Johanna Huda
Die Ibisse von Montagnac

Johanna Huda

Die Ibisse von Montagnac

Catherines erster Fall

Bibliografische Information der Deutschen Nationalbibliothek
Die Deutsche Nationalbibliothek verzeichnet diese Publikation in der Deutschen Nationalbibliografie.
Detaillierte bibliografische Daten sind im Internet über http://dnb.ddb.de abrufbar.

© 2023 Oldib Verlag

Oldib Verlag Oliver Bidlo
Waldeck 14, 45133 Essen
www.oldib-verlag.de, info@oldib-verlag.de
Twitter: @OldibVerlag
Umschlagbild: Johanna Huda
Herstellung: BoD, Norderstedt
ISBN 978-3-939556-96-1

Wichtige Personen in diesem Roman

Capitaine Joseph Leroux	weilt mit Hélène und Leonie an der Ardeche,
Lieutenant Catherine Rozier	hat in diesem Krimi die Chefrolle
Marc Majory	Leitender Staatsanwalt in Montpellier und Lebensgefährte von Catherine
Brigadier Claude Haussman	IT-Experte
Brigadier Arnaud Pinel	mittlerweile Lieutenant
Brigadier Gavin Rifaud	wird von der Gendarmerie Marseillan zur Unterstützung geschickt
Colette Caumel	Leiterin der Spurensicherung
Dr. Elsa Toulouse	die neue Rechtsmedizinerin
Gloria Zhou	Praktikantin, Nichte von General Neville
General Neville	direkter Vorgesetzer von Capitaine Leroux
Andrè Caussel	Mordopfer
Jean-Baptiste & Catalina Caussel	Eltern des Mordopfers
Olivia Saumade	Emmas Mutter
Emma Saumade	Mutter von Sylvie Saumade
Sylvie Saumade	Freundin des Mordopfers
Tomer Cairot	Drogendealer
René Susa	Inhaber der Disco Le Comptoir, Sète
Louis Barray	sein Barkeeper
General Cigogne	gelegentlicher Besucher des Le Comptior
Direktor Beaume	Bankdirektor
Ruben Kaprisky	Nationalspieler
Pierre Becker	Schafzüchter in Bedarieux

Oscar und Maggie Melrose   besitzen die Domaine
                            St. Croix in
                            Saint Pargoire,
Emile Scolaire   arbeitet als Koch auf
                            der Domaine
Odette Bole   arbeitet dort als Servicekraft
Nathalie Bensaid   Hilfe im Haushalt der Leroux'

Alles schien zu sein wie immer. Der Morgen umgab sich mit einem Hauch der vergangenen Nacht. Die Sonne zeigte sich am Himmel wie an jedem Morgen. Der Étang de Thau glitzerte verheißungsvoll. Ein leichter Wind ließ auf angenehme Temperaturen hoffen. Im Laufe des Tages würde sich dieses Versprechen als trügerisch herausstellen. Erbarmungslos brannte die Sonne in diesem Sommer auf Frankreich, auf das Languedoc und auf die Gegend rund um den Étang de Thau.

Doch etwas störte die Idylle. Ein Hauch von verbranntem Gras erzählte von den Bränden der vergangenen Wochen. Mehrere Dörfer im Herault waren davon getroffen worden. Wochen später, als die Feuer bereits gelöscht worden waren, fanden die Gendarmen den Verursacher. Ein siebenunddreißigjähriger Mann, Mitglied bei der freiwilligen Feuerwehr, hatte die Brände gelegt.

Über Emma: Der Beginn eines Lebens

Das erste Geräusch, das sie am frühen Morgen des 26. April 1986 hörte, war lautes Lamentieren der Gemüsebauern. Der Geruch von Hähnchen drang in ihre Nase. Monsieur Latude hatte seinen Grill angeworfen. Hätte sie schon sehen können, hätte sie Füße in schweren Schuhen entdeckt.

Das einzige, was sie fühlte, war Leere. Sie war aus ihrem Universum hinausgeschleudert worden. Die Symbiose mit der Mutter war vorbei. Sie war allein. Allein in einer unbekannten Welt. Sie schrie. Zornig schrie sie. Sie brüllte so laut, so lange, bis sich eine magere Frauengestalt über sie beugte. Sie wurde von hageren Händen hochgenommen, an eine Brust gedrückt. Darunter klopfte ein Herz. Eine dünne Stimme flüsterte Kosenamen, die sie nicht verstand. Sie wurde in ein Haus getragen, in ein warmes Bettchen gelegt und bekam etwas Warmes zu trinken.

Dass am selben Tag im viertausend Kilometer entfernten Tschernobyl der Reaktor-Block 4 des Kernkraftwerkes explodierte, bekam sie nicht mit.

Olivia Saumade fand das stark unterkühlte Baby auf der obersten der drei Stufen vor der Eingangstür der massiv erbauten Kirche Saint-André. Es war kurz nach sechs Uhr morgens. Sie hatte eben die ersten Bretter ihres Marktstandes aus dem Lieferwagen gezurrt. Die Kisten mit erdigen Gemüsezwiebeln, duftenden Melonen und saftigen Coeur de Boeuf-Tomaten standen noch in ihrem Lieferwagen. Sie ließ alles stehen und liegen und rannte mit dem Baby auf dem Arm zu ihrer Tante. Marie Saumade wohnte in einer Seitenstraße des kleinen Ortes. Die Tante schaute missbilligend auf das Bündel. „Was willst du mit einem Bastard?" Als Olivia nichts sagte, knurrte sie: „Das Kind ist nicht von hier." Olivias Tränen weichten ihre Härte auf und sie versprach, bis zum Ende des Markttages für das Kind zu sorgen.

Olivia hatte vor langer Zeit die Hoffnung aufgegeben, jemals ein eigenes Kind zu bekommen. Ihr zwanzig Jahre älterer Mann Henri, streng gläubig, führte das auf den Willen des Herrn zurück. „Seid fruchtbar und mehret Euch" galt eben nicht für alle. Umso überraschter war er, als er abends vom Feld nach Hause kam und beim Eintreten von ohrenbetäubendem Babygeschrei begrüßt wurde. „Nanu, haben wir Besuch?" Olivia zeigte ihm das Kind. „Ich habe es auf den Stufen unserer Kirche gefunden. Ist sie nicht süß." „Sie wird uns nichts als Ärger einbringen", brummte Henri. Olivia weinte und hielt das Mädchen fest an ihre Brust gedrückt. Henri wandte sich wieder zum Gehen. „Wir werden sie im christlichen Glauben erziehen", sagte er und schloss die Tür hinter sich.

Catherine war sich sicher. Es musste eine Erlösung für Monique gewesen sein. Auf ihrer Fahrt von der Normandie in den Süden glitten die letzten Jahre mit ihrer Mutter an ihr vorbei. Nach zweihundert Kilometern machte sie eine Pause in Le Mans. Unzählige Baustellen und zähfließender Verkehr hatten an ihren Nerven gezerrt. Sie fand ein hübsches Bistro, trank einen Café crème und beobachtete das Treiben auf dem Fluss Sarthe. Ein kleines Mädchen stolperte über einen Stein und fiel hin. Es schrie wie am Spieß. Dicke Tränen liefen ihm über verschmierte Wangen.
Catherine erinnerte sich an den Sturz ihrer Mutter vor drei Jahren. Sie hatte hilflos in der Diele ihres Hauses gelegen. Wie lange hatte sie auf dem kalten Kachelboden zugebracht? Keiner wusste es. Die Nachbarin hatte sie gefunden und den Krankenwagen gerufen. Nach der Operation des Oberschenkelhalsbruches blieb sie verwirrt. Sie rief nach ihrer Tochter Clara, die bereits vor sieben Jahren tödlich verunglückt war.
Catherine fuhr weiter. Sie musste zurück. Zurück ins Languedoc, um ihre Arbeit als Lieutenant der Gendarmerie Mèze zu verrichten. In Clermont-Ferrand machte sie die nächste Pause.
Sie aß in einem unauffälligen Thai-Restaurant in der Rue des Jacobins zu Mittag. Der Kellner ähnelte dem Leiter der Residenz Chapeau Rouge, in das ihre Mutter nach dem Krankenhausaufenthalt übergesiedelt war. Trotz ihrer Trauer stahl sich ein Schmunzeln auf ihr Gesicht. Monique hatte den Heimleiter für ihren verstorbenen Mann gehalten und ihm nachgestellt. Sogar mit dem Rollator. Sie hatte versucht, ihn zu küssen und randaliert, als er sich ihr entzogen hatte.
Chapeau Rouge, die Residenz hatte sich einen feinen Namen gegeben. Residenz war ein nettes Wort. Residenz stand für den Aufenthaltsort von Königen oder Präsidenten. Eine Residenz roch nicht nach Pipi, saurem Schweiß oder sonstigen Ausdünstungen.

Catherine hatte ihre Mutter immer dann besucht, wenn sie es einrichten konnte. Also nicht öfter als zweimal im Jahr. Eine neunstündige Autofahrt war kein Pappenstiel, sieben Stunden Zugfahrt auch nicht. Ihre Mutter hatte sie seit dem Sturz nicht mehr erkannt, hartnäckig Clara zu ihr gesagt und einmal sogar den Brieföffner nach ihr geworfen. „Du hast meine Briefe gestohlen", hatte sie gezetert.

Catherine war müde. Die Abrechnung mit dem Heim, das Ausräumen der Kleider, die Beerdigung, das anschließende Kaffeetreffen. Drei steinalte Cousinen waren gekommen und die Nachbarin. Alles war reibungslos verlaufen, aber erst jetzt wurde bemerkte sie, wie kräftezehrend das Prozedere gewesen war.

Sie durfte nicht schlapp machen. Kurz vor Millau stoppte sie an einer Raststätte. Sie spritze sich Wasser ins Gesicht, machte ein wenig Gymnastik und kaufte sich eine Flasche Wasser. Ein Gedanke flog sie an. „Ab Millau wird alles besser." Sie lächelte. Ab Millau stellten sich heimatliche Gefühle bei ihr ein. Es wurde heller. Der Himmel wirkte höher. Die Luft veränderte sich, duftete abwechselnd nach Lavendel, Rosmarin und Oleander. Zeitweilig mischte sich Pinie darunter.

Catherine stieg erfrischt in ihren roten Sportwagen und freute sich auf das vor ihr liegende, mehr als zwei Kilometer lange Viadukt. In zweihundertsiebzig Metern Höhe hatte man einen atemberaubenden Blick auf den Tarn und die ihn umgebende Landschaft. Das Glück meinte es gut mit ihr. Dank einer Tagesbaustelle staute sich der Verkehr, so dass sie im Schneckentempo fahren musste. Der Ausblick auf das Tal und die dahinter liegenden Berge des Zentralmassivs entlockten ihr einen lautlosen Jubelschrei. Ihre neue Heimat, das Languedoc, rückte näher. Eine Rast auf einem der vielgepriesenen Aussichtspunkte verschob sie. Ein anderes Mal, dachte sie. Wenn ich mit Marc zusammen unterwegs bin.

Auf das Schild, das die Ausfahrt Pézenas anzeigte, reagierte sie mit einem erfreuten Seufzer. Sie mied die Umgehungsstraße und fuhr mitten durch Montagnac. Bedauerlich, dass sich die Montagnacois bei den letzten Wahlen mehrheitlich für die Rechten entschieden hatten. Sie zuckte mit den Schultern und ließ ihren Blick über die wunderschöne Pappelallee gleiten, die Montagnac mit Mèze verband. Bald würde sie zu Hause sein und Marc in die Arme schließen. Aber sie musste sich gedulden. An beiden Kreisverkehren vor Mèze kroch eine Blechlawine in die Stadt. Eine halbe Stunde musste sie sich noch gedulden, bevor sie Marc erschöpft in die Arme fallen konnte.

1

Urlaub. Das Telefon auf lautlos stellen. Die Dienstuniform in den Wäschesack stecken. Sich von Catherine, Arnaud und Claude verabschieden. Beim Hinausgehen der Reinigungskraft einen schönen Abend wünschen. Nach Hause fahren. Joseph glaubte es noch nicht.

Zehn Minuten, nachdem er die Haustür aufgeschlossen hatte, zog er das Telefon aus der Hosentasche. Kein Anruf in Abwesenheit? Kein Anruf in Abwesenheit. Er steckte es wieder weg, wartete darauf, dass Hélène mit Leonie aus der Stadt zurückkam. Gestern Abend hatte sie ihm ins Gewissen geredet. „Wenn du so weiter machst, sehe ich schwarz. Denk an Alphonse." „Ich rauche nicht. Du ernährst mich gesund. Ich habe wieder mit dem Schwimmen angefangen", hatte er beleidigt entgegnet.

Er ging ins Schlafzimmer, zog eine legere Freizeithose und ein weites T-Shirt an, betrachtete sich im Spiegel. Sein Teint könnte frischer sein. Graue Strähnen im Haar waren in seinem Alter normal. Die Ringe unter den Augen würden an der Ardèche verschwinden. Er streckte seine Arme nach oben, bog sich vor und versuchte, den Fußboden mit den Fingerspitzen zu berühren. Das missverstand Vicky. Sie kam fauchend unter der Couch hervor und schoss auf ihn zu. „Hey, hey, hey", rief Joseph. „Was passt dir denn jetzt schon wieder nicht?" So schnell, wie sie gekommen war, verschwand sie wieder. Die ersten Tage mit der neuen Katze waren nicht leicht gewesen. Leonies Versuch, sie in ihrem Körbchen zu streicheln, endete in einem Blutbad. Schreiend hielt sie ihre Hand hoch. Die scharfen Krallen hatten sich in die zarte Haut gegraben. Sie mussten mit ihrer Tochter zum Notarzt, der die Wunde mit zwei Stichen nähte.

Nach dem Donnerwetter war Vicky unter die Couch geflüchtet. In den nächsten drei Tagen verließ sie das Versteck nur, wenn sie Hunger hatte. „Wir müssen ihr Zeit geben", hatte Hélène gesagt.

Die Katze gewöhnte sich an ihr neues Zuhause. Zur Kuschelkatze wurde sie nicht.

Als Joseph das glockenhelle „Papaaaa" hörte, legte er das Diensttelefon weg.

Leonie wirbelte ihm entgegen. „Wir haben Schwimmflügel gekauft", jubilierte sie. „Und einen Schwimmreifen. Alles Türkis." Sie hüpfte und versuchte, die Tüte mit den Reiseutensilien in die Höhe zu werfen. Sie landete vor Josephs Füßen. Der lachte, umfasste Hélène und drehte sie um ihre eigene Achse. Sie kniff ihm in die kleine Speckrolle. „Das gefällt dir wohl", scherzte Joseph. „Lass uns packen. Ich glaube, ich habe schon hundert Jahre nirgendwo anders Urlaub gemacht als Zuhause."

Joseph hatte den arg lädierten Koffer vom Dachboden geholt. „Gut, dass Catherine den nicht sieht", flüsterte er zu Hélène. „Er ist aus Elefantenleder angefertigt."

Klägliches Maunzen ertönte aus dem Vorratsschrank, gefolgt von blechernem Poltern. Als sie die Schranktür öffneten, hockte Vicky unter Blechschüsseln und Plastikboxen. Bevor Hélène die Katze ergreifen konnte, entwischte sie, empört fauchend. „Na, mit dir werden wir wohl noch manches Abenteuer erleben", seufzte Hélène und setzte ihre Urlaubsvorbereitungen fort.

Joseph überlegte, ob er an der Ardèche Zeit zum Lesen finden würde. Er sah sich selbst schlafend im Sessel sitzen. Hélènes Bücherstapel bestand aus Fachliteratur und vier Kriminalromanen. Er würde sich ein Buch von ihr leihen. Außerdem freute sich Joseph darauf, endlich Zeit für Leonie zu haben. Sie wurde bald fünf Jahre alt.

Hélène rief aus dem Schlafzimmer: „Wir sollten den Verbandskasten prüfen. Haben wir genügend Pflaster für aufgeschlagene Knie?"

„Meine Liebe, denkst du jetzt schon an mögliche Unglücke, die passieren könnten?"

„Ich habe keine Lust, mit einem schreienden Kind zur nächsten Apotheke zu fahren."

Joseph kontrollierte den Verbandskasten, die vorhandenen Warnwesten und das vorgeschriebene Alkoholtest-Kit. Alles vollständig, alles aktuell.

Catherine hatte ihm versprochen, täglich eine Nachricht zu schicken. Ganz loszulassen fiel Joseph schwer.
Catherine würde ihre Arbeit gut machen, er wusste, dass sie nichts vermasseln würde. Und auch Arnaud wuchs immer mehr mit seinem Team zusammen, kniete sich gewissenhaft in Details, erledigte klaglos die Laufarbeit, wenn Zeugen befragt werden mussten. Er fand die Lücken, wenn sie in der Hektik etwas vergessen hatten und korrigierte ihre Protokolle. Bislang war er der Ernsthafteste von ihnen gewesen. Das änderte sich allmählich.

Joseph steckte Angelschnur zum Basteln, ein Messer zum Schnitzen und das Fernglas ein. Welche Vögel hielten sich in dem Gebiet um Ruoms auf? Ruoms liegt direkt an der Ardèche. In unmittelbarer Nähe fließen die Beaume und der Chassezuac in die Ardèche. Vielleicht könnte er das Abendessen aus einem der Flüsse holen?
Leise pfiff er das Chanson La mer. Leonie stürmte zur Tür hinein. Sie hatte sich von der Nachbarstochter verabschiedet. Sie entdeckte die Taschen, Rucksäcke und Kisten, die Joseph und Hélène im Flur zusammengestellt hatten
„Der Eisbär muss auch mit. Allein bekommt er Angst", argumentierte sie.
„Aber Nathalie kommt jeden zweiten Tag und gießt die Blumen, dann ist er nicht allein", warf Hélène ein.
„Er muss mit." Leonie stampfte mit dem Fuß auf.
Nach einem kleinen Imbiss zum Abend verzog sich Leonie mit einem Bilderbuch in ihr Zimmer. Hélène und Joseph machten es sich im Wohnzimmer gemütlich. Erst, als Joseph im Sessel saß, fiel die Anspannung von ihm ab und er merkte, wie sehr er sich auf den Urlaub freute.
Er hatte die kleinteilige Carte Routière für das Gebiet Ardèche herausgekramt. Lanas, am Nebenfluss Auzon angesiedelt und Labeau-

me, an dem die Beaume entlangfließt, hatte er eingekreist. Er hoffte darauf, sich architektonische Zeugnisse der ehemaligen Seiden- und Olivenproduktion anzusehen. Er ahnte nicht, dass ihm die Temperaturen einen Strich durch die Rechnung machen würden.

„Woran denkst du?" Joseph spürte Hélènes Blick auf sich ruhen.

„Ich freue mich darauf, Neues zu sehen, zu riechen, zu spüren", sagte er. „Ich habe gerade ein wenig in dem Reiseführer geschmökert. Ich würde gerne die Burg in Montréal besichtigen."

„Aber Montreal liegt doch in Kanada", warf Hélène ein. Joseph lachte.

„Dieses Städtchen gehört zum Naturpark Monts d'Ardèche."

„Den Geist erfrischen tut immer gut", sinnierte Hélène. „Wenn du immer das Gleiche erlebst, ist es wie mit Bildern. Das Gehirn nimmt ein neues Bild nur ein paar Tage als neu wahr. Nach dreißig Tag behaupten wir steif und fest, es hinge schon immer dort."

„Mir geht es so mit der Luft", sagte Joseph. „Wie gut es bei uns zu Hause riecht, stelle ich erst fest, wenn ich ein paar Tage nicht mehr hier war."

„Freuen wir uns auf morgen." Hélène hob ihr Glas, um mit Joseph auf die freie Zeit anzustoßen.

Bis zur Ardèche mussten sie nur etwas mehr als zweihundert Kilometer fahren. Trotzdem wollte Joseph ausgeruht sein. Er leerte sein Glas und ging zu Bett. Leonie würde sie auf ihre Art früh genug aus den Betten treiben.

2

Am Wochenende schlief Catherine unruhiger als sonst. Was wäre, wenn ausgerechnet in den nächsten beiden Wochen ein Mord in Mèze verübt würde? Wenn eine Bande aus Marseille auf die Idee käme, westwärts zu ziehen? Sie könnten Wohnungen plündern oder Kupfer und Messing in großem Stil von den Grabstätten der Friedhöfe stehlen.

Catherine hatte sich bisher nie Gedanken darüber machen müssen. Wenn Joseph Leroux in den Jahren zuvor Urlaub gemacht hatte, war ein Commandant aus Montpellier erschienen und hatte Joseph vertreten.

In diesem Jahr herrschte Personalknappheit. Unbesetzte Stellen und ein ungewöhnlich hoher Krankenstand bescherten Catherine die offizielle Vertretung Leroux'. Joseph hatte ihr ausdrücklich versichert, dass er seinen Aufenthalt an der Ardèche jederzeit unterbrechen werde, falls es erforderlich sei.

Am Sonntagmorgen entdeckte sie im Spiegel dicke Ringe unter den Augen. „Ich werde alt", jammerte sie. In der Küche bewahrte sie erkaltete Pads von schwarzem Tee auf. Die legte sie sich auf die Augen. Für zehn Minuten genoss sie das erzwungene Nichtstun. Danach raffte sie sich zum Joggen auf.

Sie rannte über die Straße am Étang de Thau bis zum Hafen von Mèze und zurück. Der Lauf beruhigte sie. „Ich schaffe das", sagte sie sich.

„Haben wir Besuch?" Marc erschien verschlafen in der Küche. In der Hand hielt eine Espressotasse. „Du machst dich wegen der Vertretung verrückt, stimmt's?"

„Nur ein bisschen", flunkerte Catherine.

„Du schaffst das", sagte Marc.

„Ich weiß", antwortete Catherine.

Als sie montags um fünf Uhr den Ruf der Nachtigall hörte, schnappte sie sich den Wecker und drückte die Aus-Taste. Sie sprang unter die Dusche, frühstückte und schwang sich anschließend auf ihr neues Rennrad. Das war ihr Beitrag zum Klimawandel. In weniger als zehn Minuten stand sie vor der noch geschlossenen Tür der Gendarmerie.

Dienstag, 16. August

1

Einzelne Bewohner der Stadt Mèze waren schon auf den Beinen.
War sie vor ein paar Jahren nur Liebhabern schruppiger Städte ein
Begriff, so hatte sie sich nun deutlich gemausert. Palmen am großen Platz de Tonneliers, gepflegte Bänke, die zum Ruhen mit Blick
auf den Étang einluden, frisch und bunt gestrichene Häuser.
Durch neu erbaute Appartements rückte der intim anmutende
Sandstrand mit seinen vorgelagerten knorrigen Bäumen erstmals
in den Blickpunkt. Ausladende Äste sorgten für ausreichend Schatten. Familien mit Kleinkindern bevölkerten sonntags mit Pick-
nickkörben, Liegen und Decken den gesamten Strand.
Mèze setzte den luxuriösen Orten an der Côte d'Azur ein warm-
herziges und einladendes Pendant entgegen. Und die Stadt wuchs.
Etliche Baukräne entlang der Corniche zeugten von dem Willen
künftiger Bewohner, sich hier niederzulassen.

Noch gaben sich die meisten Häuser verschlossen, die Jalousien
waren dicht gestellt, die Stühle der Cafés noch gestapelt und ange-
kettet. Nur ein paar Katzen strichen durch die engen Gassen. Sie
versuchten, durch gewagte Sprünge hochgehängte Plastikmüllsäcke
zu erreichen, die auf die morgendliche Müllabfuhr warteten. Manche von den Säcken dufteten nach köstlichen Fisch- und Saucen-
resten.
Am Murre-Hafen liefen zwei Fischkutter ein und luden ihren kost-
baren Fang aus. Das emsige Treiben der Austernzüchter störte die
Bewohner von Mèze nicht, der Hafen lag weit von der Stadt entfernt.
In dem kleineren Yachthafen klapperten ein paar Stagen der Segel-
boote aneinander, sonst war auch hier kein Laut zu hören. Nur
Eugène Fournier, ehemaliger Chef der Spurensicherung, tuckerte
mit seinem Segelboot gemächlich in die schmale Einfahrt. Die so-
genannte Wolfsstunde, die manche Leute zwischen zwei und vier

Uhr Nachts nicht schlafen ließ, hatte auch ihn erwischt und aufs Boot getrieben. Er wollte sich nicht von einer Körperseite auf die andere wälzen und über seine Einsamkeit grübeln. Deswegen hatte er sich entschlossen angekleidet und war zu einer nächtlichen Runde auf der Lagune aufgebrochen.

Und noch ein anderer Frühaufsteher genoss die unberührte Landschaft des frühen Morgens. Um halb sieben Uhr stieg der Engländer Oscar Melrose in seinen klapperigen Citroën Mehari und verließ die Domaine St. Croix. Seine Frau Maggie und er hatten sie vor Jahren entdeckt. Sie hatten sich in die Mauern des im siebzehnten Jahrhundert errichteten Gebäudes verliebt und sie zu einem Hotel umgebaut. Im Augenblick waren alle Zimmer vermietet, zum größten Teil an Landsleute. Oscar liebte das Languedoc, er mochte die Franzosen, aber er genoss es auch, mit den Gästen Englisch zu sprechen.
Manchmal begleitete er seinen Koch Emile, wenn der zum Großmarkt nach Sète fuhr, um frischen Fisch zu kaufen. Gelegentlich besuchte er seinen Freund Bernard Pelzer, der gemeinsam mit seiner Ehefrau Beatrix die ehemaligen Wirtschaftsgebäude eines Klosters an Feriengäste vermietete. Bernard war ebenso umtriebig wie er selbst. Er sprühte vor architektonischen Ideen und erweiterte seine Anlage ständig durch geschmackvolle Anbauten.
Oscar liebte es, sich mit Bernard auszutauschen und beispielsweise über die Vorzüge spanischer Kacheln zu fachsimpeln. Wenn es ihre Zeit zuließ, segelten sie zusammen auf dem Étang de Thau.

Heute wollte Oscar nicht reden. Mit niemandem. Zu sehr lag ihm der Streit mit Maggie auf der Seele. Sie hatte ihm schon wieder grundlos ein zu inniges Verhältnis mit Odette unterstellt. Er rauchte manchmal eine Zigarette mit ihr. Warum akzeptierte Maggie das nicht? Manchmal hatte er den Eindruck, dass sie ihn bewusst für irgendetwas bestrafte. Er wusste nur nicht, wofür eigentlich.

Ziellos bretterte er über die Landstraße nach Mèze und ärgerte sich. Stress mit Maggie würde sich auf sein Gemüt auswirken. Wenn er unleidlich wurde, könnte er keinen lockeren Umgang mit den Gästen pflegen. Aber Gäste mussten sich wohlfühlen, sonst kamen sie nicht wieder. Das konnten sie sich nicht leisten.
Bisher hatten die Feriengäste immer wieder die himmlische Ruhe und die angenehme Atmosphäre gelobt, die sie auf St. Croix genossen.

Er konnte sich später nicht daran erinnern, warum er in den staubigen Feldweg eingebogen war. Nach einigen hundert Metern erwartete ihn unwegsames Gelände. Kein Problem für seinen Wagen. Hinter dem letzten krüppelwüchsigen Gebüsch nahm er einen weißen Fleck wahr. Er sah genauer hin und entdeckte einen entsorgten Kühlschrank. „Diese Idioten", fluchte Oscar. Dass immer wieder Müll illegal entsorgt wurde, regte ihn auf. Erst sein zweiter Gedanke galt der Brauchbarkeit des Elektroteils. Vielleicht könnte er ihn in die Werkstatt stellen. Einer seiner Mitarbeiter war geschickt im Reparieren von Elektroschrott und bekam manch totgeglaubten Toaster wieder hin. Er setzte ein Stück zurück, stellte den Motor ab und sprang aus dem Wagen.
Vier Schritte und er sah, dass der Kühlschrank nur unmodern war. Brauchbar für seinen Geräteschuppen. Neben dem Kühlschrank lagerten mehrere Müllsäcke, ein gesprungenes Waschbecken und vergammelte Gartenstühle. Er holte Arbeitshandschuhe aus dem Mehari und überlegte, wie er das Teil am besten ins Auto heben könne. Er hob ihn hoch, um ihn gleich vor Schreck wieder fallen zu lassen. Aus dem daneben liegenden Plastiksack lugte ein menschlicher Fuß hervor.
Seine Knie wurden weich. Er schaffte es, gerade noch zwei Schritte nach rechts zu gehen, bevor er sich übergab. Danach schleppte er sich zum Mehari, holte tief Luft und wählte dann mit zitternden Fingern den Notruf. Eine verschlafene Stimme meldete sich. Er gab seinen Namen und den Fundort des schwarzen Sacks an. Wahrscheinlich sei es keine Frau. Er habe nur kurz hingesehen,

aber der Fuß sei ihm männlich vorgekommen. Er versprach, zu warten, bis die Gendarmen eintreffen würden.

Er konnte den nachfolgenden Film nicht stoppen. Bilder der toten Menschen, die er in seinem Leben gesehen und erfolgreich verdrängt hatte. Der Wagen, der vor seinen Augen mit überhöhter Geschwindigkeit von der Straße abgekommen war und sich überschlagen hatte. Die Männer der Feuerwehr, die den Verletzten aus dem Wrack herausschnitten. Der alkoholisierte Mann, der mit dem Helikopter in ein Krankenhaus gebracht wurde und knapp überlebte.

Der Junge, den sie damals am Strand von Eastbourne gefunden hatten. Die Haare durchsetzt mit Algen, umkränzt von Plastikfetzen. Er war ertrunken.

Die Sirene der Gendarmerie erlöste ihn von den düsteren Gedanken. Der Wagen des städtischen Notarztes hielt neben ihm. Minuten später erreichten Lieutenant Rozier und Brigadier Pinel sowie das Team der Spurensicherung mit seiner Chefin Colette Caumel den Ort. Sie nahmen seine Personalien auf und erlaubten ihm, nach Hause zu fahren.

2

„Jetzt kannst du beweisen, was du in der Zwischenzeit gelernt hast“, dachte Catherine und warf einen Blick auf das schwarze Plastikbündel. Colette Caumel zupfte vorsichtig einige Plastikfetzen von der Kleidung des Toten ab.

Arnaud fotografierte das Opfer aus verschiedenen Perspektiven. Der Anblick des jungen Mannes, der nicht älter als siebzehn Jahre zu sein schien, schlug Catherine auf den Magen. Sie zwang sich, ruhig zu bleiben.

„Ist es normal, dass er so weiß im Gesicht ist?“, fragte sie Colette.

„Tote sind gewöhnlich blass. Aber es stimmt, viel Sonne hat seine Haut nicht gesehen“, bestätigte diese.

Der Tote war hager, hatte lange, schwarze und dünne Haare. Ein kleines Tattoo auf seinem linken Oberarm zeigte einen Drachen.

„Das steht für Macht und Stärke", erklärte Colette. „Solch ein Wissen könnte später wichtig werden, um die Psyche des Opfers zu erforschen", fügte sie hinzu.

„Willst du umschulen?" Catherine wurde neugierig, aber Colette antwortete nicht gleich.

„Macht und Stärke scheinen ihm wenig geholfen zu haben", warf Arnaud ein. „Schau dir die Fingernägel an", forderte Colette Catherine auf.

„Hatte er etwas mit der Gothic-Szene zu tun?"

Arnaud ging näher heran und fotografierte die schwarz lackierten Nägel. „Arnaud, notierst du diese Frage?" Arnaud nickte.

Colette kam auf Catherines Frage zurück und setzte zu einer Erklärung an, dass sie nicht umschulen wolle, als ein dunkelblauer Spider an der Wegbiegung hielt. Erwartungsvoll schauten alle auf den neuen Rechtsmediziner.

Zuerst sahen sie schlanke Beine, die sich aus der Tür des Spiders streckten. Dann erschien die ganze Person. Der Nachfolger von Doktor Letailleur entpuppte sich als Frau. Catherine schätzte, dass sie im gleichen Alter war wie sie.

Mit rötlichbraunen Locken stöckelte sie auf die Gruppe zu.

„Bonjour. Elsa Toulouse. Ich bin die Nachfolgerin von Dr. Letailleur."

Catherine, Colette und Arnaud stellten sich ihrerseits vor. Colettes Mitarbeiterinnen und Mitarbeiter schauten kurz hoch, nickten und konzentrierten sich weiterhin auf das Sammeln einzelner Spuren. Doktor Toulouse zog sich Handschuhe, Mundschutz und Overall über und warf einen Blick auf den Toten. „Der Junge lebt nicht mehr", stellte sie nüchtern fest.

3

Elsa Toulouse sah sich den toten Jungen von allen Seiten an. Der schmächtige Kerl mit den Striemen auf dem Rücken rührte sie. Schnell verdrängte sie ihr aufkeimendes Bedauern.

Sie wollte auch nicht an das letzte Wochenende mit Philippe denken. Philippe, mit dem sie seit fünf Jahren liiert war und der auf keinen Fall der Bretagne den Rücken kehren würde. Sie liebte sein renoviertes Haus in der Nähe von Morlaix, wanderte gerne mit ihm in der wilden Bucht durch den Sand, aber ihre Unabhängigkeit war ihr wichtiger. Wenn er in ihrer Nähe war, überfiel sie ein derart heftiges Verlangen, dass sie an nichts anderes denken konnte, als ihn möglichst umgehend aufs Bett zu werfen und ihm die Kleider vom Leib zu reißen. Wenn er sie in Montpellier besuchte, spielte sich das gleiche in ihrer Dreizimmerwohnung ab. Solch einen Kontrollverlust konnte sie nicht lange zulassen. Spätestens nach drei Tagen schickte sie ihn zurück in die Bretagne.

Am vergangenen Wochenende hatte Philippe erneut gefragt, ob sie sich ein gemeinsames Leben mit ihm und Kindern vorstellen könne. Kinder? Bloß nicht. Sie dachte an ihren zehn Jahre jüngeren Bruder, der sie meistens genervt und seinen Schabernack mit ihr getrieben hatte.

„Wer ist der Tote? Haben Sie seine Identität festgestellt?", fragte sie Lieutenant Rozier.

„Der Tote hatte weder Ausweispapiere noch ein Telefon dabei."

„Wird jemand mit seiner Personenbeschreibung vermisst?"

„Auch das wissen wir noch nicht. Wir haben ihn eben erst gefunden."

Sie bemerkte, dass Lieutenant Rozier die Augen verdrehte.

Colette Caumel mit ihren sehr schwarzen, kurzen Haaren machte auf Elsa Toulouse einen zupackenden Eindruck. Unter der weißen Verkleidung vermutete sie eine sportliche Figur. Warum sie ihr auf Anhieb unsympathisch erschien, konnte Elsa nicht sagen.

Ihre Antrittsvorstellung verlief nicht so glücklich, wie sie es sich gedacht hatte. Sie würde alles daran setzen, um diese Gegend Frankreichs möglichst bald wiederzuverlassen.

Elsa schob das hochgerutschte T-Shirt des Jungen vorsichtig an und deutete auf die sichtbaren Striemen auf dem oberen Rücken.

„Er wurde vor seinem Tod gezüchtigt, das sieht man an den Handgelenken."

„Ja, die roten Streifen haben wir bemerkt", sagte Colette Caumel. „Wann ist der Junge gestorben?"

Lieutenant Rozier sah sie erwartungsvoll an und hielt ihr Smartphone griffbereit. Wahrscheinlich würde sie ihre Aussagen mit der Diktierfunktion festhalten. Das konnte ihr egal sein. Sie war kein Neuling mehr.

„Der Grünfärbung auf dem Unterbauch zufolge muss er mindestens seit 48 Stunden tot sein, die Totenstarre ist fast verschwunden. Grob also vor zwei bis drei Tagen."

Caumel sagte zu Lieutenant Rozier: „Er muss mit einem Auto hierher transportiert worden sein. Aber ich fürchte, dass wir keine brauchbaren Reifenspuren isolieren können. Die Strecke ist viel zu befahren."

Eine Mitarbeiterin der Spurensicherung hob mit der Greifzange einen leicht zerrupften, kleinen Teddybär empor und zeigte ihn Colette. „Ob der zu dem Opfer gehört?"

„Auf jeden Fall einpacken", wies Colette die Mitarbeiterin an.

Catherine Rozier wandte sich an Madame Toulouse. „Madame Toulouse, was vermuten Sie? Wie ist der Junge zu Tode gekommen?" „Ich schätze, er ist erdrosselt worden."

„Ist das eindeutig erkennbar?"

„Ich bin mir ziemlich sicher. Die cyanotischen Flecken an den Wangenknochen und der Netzhaut in den Augen gelten als typische Kennzeichen für Tod durch Erdrosseln. Der schmale, rote Streifen um den Hals trägt die Handschrift eines Kabels."

„Erdrosselt? Das kann doch nur ein Mann gemacht haben."

„Nicht unbedingt. Wenn er vorher betäubt wurde, schafft das auch eine Frau. Wäre er erwürgt worden, gäbe ich Ihnen Recht. Da braucht man mindestens fünfunddreißig bis vierzig Kilo Kraft."

Fürs Erste hatte sie genug gesehen.

„Lassen Sie den Toten in die Gerichtsmedizin bringen. Ich werde alles Weitere veranlassen. Ich nehme an, dass ich Ihre Emaildaten im Computer von Doktor Letailleur finde."

„Ich bin mir sicher", antwortete Lieutenant Rozier.

Erleichtert verabschiedete sich Elsa und verließ den Tatort. Es war erst neun Uhr, so dass sich die Hitze des Sommers noch nicht in der Luft festgebissen hatte. Der Hauch des Todes, wie sie den Leichengeruch nannte, war gnädig und verschonte ihren Geruchssinn. Trotzdem holte sie im Wagen das Erfrischungsspray aus dem Handschuhfach, gab einen kräftigen Stoß auf ihr am Rückspiegel hängendes Maskottchen und schob sich ein Pfefferminzbonbon in den Mund.

Sie bog auf die Straße mit den vielen Schlaglöchern ein, als ihr von links ein galoppierendes Pferd fast vor den Kühler rannte.

„Hoppla, wo kommst du denn her?", rief Elsa aus dem heruntergekurbelten Fenster. Das Pferd, eine braune Stute, war offensichtlich ausgebüxt, sie trug weder Zaumzeug noch einen Sattel. Elsa hatte als Kind ein ähnliches Pferd besessen. Sie stieg vorsichtig aus dem Wagen und sprach leise auf das verschreckte Tier ein. Langsam hörte es auf zu schnauben und senkte den Kopf, so dass Elsa seine Nüstern streicheln konnte. Sie staunte über sich selbst. In dem Maße, wie sich das Pferd beruhigte, beruhigte sie sich selbst. Die Anspannung fiel von ihr ab. Gerne hätte sie sich noch mehr mit dem Pferd beschäftigt, aber diese Begegnung blieb ein kurzes Vergnügen.

Eine junge Frau auf einem Fahrrad eilte herbei und rief: „Aurelie! Aurelie!" Elsa wartete.

„Sie hat sich erschreckt und ist über den Zaun gesprungen", erklärte die Besitzerin. „Danke, dass Sie sie aufgehalten haben. Vielen Dank."

Elsa setzte sich wieder in ihren Wagen und fuhr nach Montpellier in die Gerichtsmedizin.

4

Catherine wollte soeben in den Wagen steigen und zurück zur Gendarmerie fahren, als sie fünf weiße Ibisse auf dem nahegelegenen Feld erblickte. Sie suchten in dem abgeernteten Weizenfeld nach Nahrung.

„Warte", sagte sie zu Arnaud und zückte ihr Handy.

„Ibisse sieht man hier selten und sie sind äußerst scheu. Ich muss ein Foto von ihnen machen."

Kaum hatte sie die Kamerafunktion ihres Handys eingeschaltet, als die Ibisse ein Stück weiter flogen. Catherine folgte ihnen vorsichtig. Die Ibisse bemerkten es, flatterten auf und flogen zum nächsten Zaun. Catherine ging weiter. Doch jedes Mal, wenn sie glaubte, sie könne den Auslöser betätigen, flatterten die weißen Vögel auf und entfernten sich ein Stück weiter. Schließlich gab Catherine es auf.

„Schade", seufzte sie.

5

Auf dem Rückweg hatte Catherine einen plötzlichen Geistesblitz.

„Ist dir aufgefallen, welche Initialen die neue Rechtsmedizinerin hat?", fragte sie Arnaud. „Nein, warum?"

„E.T. für Elsa Toulouse. Kennst du nicht den berühmten Satz: E.T. will nach Hause? Vielleicht wurde sie zu uns strafversetzt und möchte bald wieder weg." „Ach, wenn die uns erst richtig kennengelernt hat, möchte sie nie wieder woanders hin."

Danach wurden sie wieder ernst.

„Der Junge scheint am Samstag ermordet worden zu sein. Vorher wurde er eine Zeitlang misshandelt."

Im Büro durchforsteten sie alle Vermisstenmeldungen im Umkreis von fünfzig Kilometern. Eine Stunde später wussten sie, dass es keine übereinstimmende Personenbeschreibung gab.

„Wir stellen eine eigene Anzeige ins Netz. Schau nach, ob du ein taugliches Foto auf deinem Handy hast", bat Catherine ihren Kollegen. Eines der Tatortfotos konnten sie nehmen. Es würde bei den Betrachtern nicht sofort einen Schock auslösen.

„Wer kennt diesen Jungen? Wer hat ihn vor dem 13. August gesehen? Sachdienliche Hinweise an die Gendarmerie Mèze", lautete der Text.

„Seine Eltern haben ihn nicht als vermisst gemeldet", dachte Catherine laut. „Mit siebzehn Jahren könnte er in einem Internat untergebracht sein."

„Oder er geht keiner geregelten Arbeit nach", ergänzte Arnaud.

„Oder er ist nur Sohn", murmelte Catherine. „Zeig mir doch bitte noch einmal alle Fotos, die du gemacht hast", bat sie.

„Moment, ich verbinde mein Handy mit dem Rechner, dann schauen wir uns die Bilder auf dem großen Bildschirm an. Möglicherweise fallen uns Details auf. „Vergrößere bitte die Schuhe und die Bekleidung."

Sie ließen die Details auf sich wirken.

„Ich tippe auf ein wohlhabendes Elternhaus. Jeans von Cerrutti, Baskets von Caval, die Dinge bekommst du nicht im Secondhandshop. Wir rufen jetzt sämtliche Gymnasien im Herault an und fragen, ob sie einen Jungen vermissen. Vielleicht treffen wir ins Schwarze, dann haben wir Glück", sagte Catherine.

Ein Blick auf die Uhr belehrte sie eines Besseren. Wahrscheinlich würden sie im Augenblick niemanden in ganz Frankreich ans Telefon bekommen. Es war zwölf Uhr mittags.

„Komm, wir fahren in die Stadt und zerbrechen uns bei einer Portion Moules et Frites den Kopf." Überrascht hob Arnaud den Kopf. „Du isst doch keinen Fisch." Catherine lachte. „Ich nicht, aber du. Und ungefähr fünf Pommes werde ich mir von deinem Teller stibitzen."

Sie ergatterten den letzten freien Tisch im Le Tabou. Catherine bestellte sich einen Salat und bekam von Arnaud fünf Kartoffelstäbchen.

„Sag' mal", begann Arnaud kauend. „Wer bringt ein Kind um?"

„Theorien, Spekulationen. Also denken wir laut. Raubmord? Kein Smartphone, kein Portemonnaie. Aber er ist vorher misshandelt worden. Ich glaube, Raubmord wird spontaner durchgeführt."

„Er war gut gekleidet. Vielleicht hat man ihn entführt, wollte seine Eltern erpressen, die sind nicht auf die Forderungen eingegangen, dann: Zack. Exitus." „Ja, aber das Quälen spricht dagegen. Mir kommt Rache in den Sinn. Nur, Rache wofür?", wandte Catherine ein.

„Ich habe neulich von einem Fall gehört, in dem ein Stricher einen reichen Mäzen erpressen wollte. Der hat ihn von Professionellen erschießen lassen und auf einem offenen Feld entsorgt."

„Könnte sein, obwohl…", Arnaud dachte nach. „Ich hatte nicht den Eindruck, dass er wie ein Stricher aussieht."

„Wie sieht ein Stricher aus? Ich habe keine Ahnung, in welche Schublade ich ihn packen soll. Wäre eine Überlegung wert. Fällt dir noch ein anderes Motiv ein?"

„Wir haben den Drogenhandel noch nicht ins Spiel gebracht. Da gibt es immer mal wieder tödlich endende Streitereien."

„Solange wir seine Identität nicht geklärt haben, können wir nur raten. Wir kennen weder sein Umfeld, noch womit er sich beschäftigt hat, geschweige denn ein Motiv. Über einen möglichen Täter können wir somit erst recht nichts sagen." „Wenn seine Eltern ihn nicht als vermisst gemeldet haben, könnten sie Tatverdächtige sein?"

„Ziemlich abwegig", meinte Catherine. „Welche Eltern ermorden ihr eigenes Kind?"

„Hast du noch nie von der Frau gehört, die ihre drei Kinder umgebracht hat?", hielt Arnaud dagegen.

„Ach ja, das war in Amerika." Catherine winkte ab.

„Mindestens fünfundneunzig Prozent der Opfer kennen ihren Mörder."

„Ja, aber. Ein Junge in seinem Alter kennt ein paar mehr Leute als seine Eltern." „Sicher", lenkte Arnaud ein.

Sie fuhren leicht schläfrig zurück ins Büro. „Wir hätten einen Café bestellen sollen", sagte Catherine.

Im Büro drehten sie die Klimaanlage ein Grad kälter. Das tat Catherine sonst nie, schon wegen des Klimawandels nicht. Sie holte den schwarzen Stift aus der Schublade und malte einen großen Kreis in die Mitte der weißen Tafel. Alle Anwesenden hatten sie stets im Blick. In den Kreis heftete das Foto des toten Jungen. Arnaud hatte es ausgedruckt. Oben rechts schrieb sie: Vater? Mutter? Links vom Kreis pinselte sie gut leserlich: Geschwister? Darunter: Freunde? Freundin? Schule? Rechts, von einem fetten Rund umrahmt stand: Motiv.

„Haben wir etwas vergessen?", fragte sie.

„Nachbarn", schlug Arnaud vor.

„Wir bitten General Neville um Verstärkung. Ich rufe ihn an."

Sie hatte kein Glück. Die Sekretärin von Neville versprach, ihre Bitte weiterzuleiten, sobald der General aus dem Ministerium zurück sei.

„Sie werden allerdings bis morgen warten müssen", sagte sie.

„Wir fangen trotzdem an. Wenn der Junge nicht als arbeitssuchend registriert ist, haben wir auf dem Gebiet keine Chance. Wir klappern alle Lycèes und weiterführenden Schulen in der Umgebung ab, vielleicht haben wir Glück."

„Solange wir seine Identität nicht kennen, ist es auch sinnlos, ihn in der Datenbank der Pôle Emploi zu suchen", sagte Arnaud.

Sie notierten alle Telefonnummern der fünf Lycèes in Sète auf eine Liste. Aus Pézenas gesellten sich fünf weitere Nummern hinzu.

„Und wenn der Junge in keinem eingeschrieben war?", fragte Arnaud. Catherine klang optimistischer als sie es war. „Dann melden sich Zeugen. Irgendwer kennt den Jungen. Ich fange mit Sète an, du mit Pézenas?" „In Ordnung", sagte Arnaud und griff zeitgleich mit Catherine zum Hörer.

6

Sie hatten Glück. Bereits nach zwei Stunden glaubte Madame Bonfleur vom Lycée Irene Curie in Sète, sie habe eine vage Vermutung, wer der tote Junge sein könne.

Ein junger Mann sei am Montag nicht zu seinem Mathematikkurs erschienen. Er habe sich am vergangenen Mittwoch krankgemeldet und für den Donnerstag und Freitag ein Attest eingereicht. Dieser Schüler habe im angegliederten Internat gewohnt und sei an den genannten Tagen nicht erschienen. Sie müsse bei der Direktion nachfragen, ob sie ihnen den Namen des Jungen nennen dürfe. Sie rufe zurück. Das machte sie ein paar Minuten später. Der Junge heiße André Caussel. Sie buchstabierte die Adresse seiner Eltern.

„Wir fahren gleich zur Rue de Chèvrefeuille 20.“

„Da könnten wir fast hinlaufen“, scherzte Arnaud.

„Vielleicht müssen wir danach weiterfahren.“

Sie entschieden sich gegen das Laufen.

Das Haus befand sich auf einem Eckgrundstück. Verspielte Ranken auf einem großen, rostigen Hoftor wiederholten sich auf dem schmaleren Seiteneingang. Es gab nur einen Namen auf der Klingel. Als sie auf den Knopf drückten, hörten sie eine helle Tempelglocke. Es tat sich nichts. Arnaud, ein Stückchen größer als Catherine, reckte seinen Hals. „Drinnen bewegt sich niemand. Sie klingelten noch einmal. Eine graue, wohlgenährte Katze sprang auf die Mauer, maunzte und rollte sich vor ihnen auf die Seite. Catherine konnte nicht weitergehen, bevor sie das samtige Fell der Katze gestreichelt hatte.

Dann folgte sie Arnaud, der das nächste Haus inspizierte. Auch hier waren sämtliche Fensterläden geschlossen und die Gardinen zugezogen.

„Sind wir in einer Geisterstadt?“, fragte Arnaud.

„Man nennt es auch Schlafstadt“, ergänzte Catherine. Sie versuchten ihr Glück im nächsten Haus. Dem Klingelschild entnahmen sie, dass hier Madame Téchiné wohnte.

7

Eine füllige Frau in einer Kittelschürze und einer Zigarette im Mundwinkel öffnete das Tor.

„Ich hoffe, wir haben Sie nicht gestört, Madame Téchiné“, entschuldigte sich Catherine.

„Kein Problem, ich koche Marmelade, habe sie aber vom Herd genommen. Was gibt es?“, fragte sie.

„Wir versuchten, die Familie Caussel zu erreichen. Offensichtlich ist niemand zu Hause. Wissen Sie, wann wir dort jemanden antreffen?“

„Die Herrschaften sind verreist. Mir sagen sie ja nichts, nur der englischen Miss von gegenüber.“ Mit beleidigtem Gesicht schnippte sie die Asche ihrer Zigarette auf den Gehsteig.

„War der Sohn in den letzten Tagen zu Hause?“

Die Nachbarin wurde misstrauisch. „Hat er etwas ausgefressen?“ Ihre Augen verrieten ihre Neugier. Catherine und Arnaud warfen sich einen kurzen Blick zu. „War er am Mittwoch oder Donnerstag im Haus?“, insistierte Catherine.

„Kann sein, dass ich den Jungen gesehen habe. Am Mittwoch spätnachmittags bewegte sich etwas hinter dem Oleanderbusch. Vielleicht hat er sich vor mir versteckt. Am Donnerstag oder Freitag habe ich ihn nicht gesehen. Oder er hat sich verkrochen und ist durchs Haus geschlichen. Der ist sowieso komisch.“ „Komisch?“, fragte Arnaud.

„Der grüßt nie, geht manchmal sogar auf die andere Straßenseite, wenn er mich sieht. Arrogantes Bürschchen, wenn Sie mich fragen.“

„Hat er Freunde? Eine Freundin?“

Die Nachbarin zuckte mit den Schultern. „Das fragen Sie besser Miss Anderson. Die ist mit denen ganz dicke. Sie wohnt da drüben.“

Sie deutete mit dem Kopf auf ein kleineres, taubenblau gestrichenes Haus. „Taubenblau. Die hatte ihre Haustür dunkelblau gestrichen, lila abgesetzt. Ich habe mich beim Bürgermeister erkundigt, ob das erlaubt sei. Daraufhin musste sie ihre Tür in hellem Cremeweiß streichen.“

Ein Anflug von Genugtuung breitete sich auf ihrem Gesicht aus.

„Danke Madame. Geben Sie uns bitte Ihre Telefonnummer, falls wir noch Fragen haben?“

Madame Téchiné schriebe ihre Nummer auf einen Zettel. Catherine sah aus dem Augenwinkel, dass sie danach nicht zurück ins Haus ging, sondern sich hinter einen Busch stellte. Sie tat so, als zupfe sie welke Blätter ab, stellte sich dabei allerdings auf die Zehenspitzen.

Catherine und Arnaud klingelten bei Miss Anderson. Eine zierliche Frau mit dünnen Haaren und Sommersprossen öffnete ihnen. Catherine und Arnaud stellten sich vor und erklärten, ihr ein paar Fragen stellen zu müssen. Miss Anderson bat die Gendarmen ins Haus und führte sie in ein nach Lavendel duftendes Wohnzimmer. Catherine fühlte sich an das englische Cottage erinnert, in dem sie als junge Studentin auf dem Weg nach Gloucester übernachtet hatte.

„Möchten Sie eine Tasse Tee mit mir trinken? Ich habe Wasser aufgesetzt." Catherine und Arnaud nahmen das Angebot dankbar an. Miss Anderson bat sie, auf dem geblümten Sofa Platz zu nehmen. „Ich kann Sie nicht ins Esszimmer bitten. Das will ich renovieren und habe es komplett ausgeräumt", entschuldigte sich Miss Anderson. Dann eilte sie in die Küche, um den Tee aufzugießen.

Das Haus zeichnete sich durch eine angenehme Kühle aus, sämtliche Blendläden waren geschlossen. Als Miss Anderson zurückkam, balancierte sie eine orientalisch anmutende Silberkanne und drei dünne Porzellantassen zusammen mit einem Schälchen Teegebäck auf einem Tablett. „So, nun können wir uns unterhalten", sagte sie und setzte sich. Arnaud berichtete, dass sie einen Jungen gefunden hatten, der möglicherweise ihr Nachbar sei.

„Wir haben die Adresse seiner Eltern von der Schulsekretärin bekommen."

„Was ist mit ihm passiert?", fragte Miss Anderson.

„Das versuchen wir, herauszufinden."

Miss Anderson berichtete, Madame und Monsieur Caussel seien vor einer Woche nach Kanada geflogen, um die Schwester von Madame in Vancouver zu besuchen. André wohne wochentags in einem Internat in Sète. Er komme normalerweise nur an den Wochenenden nach Hause.

„Miss Téchiné von gegenüber sagte, sie habe André möglicherweise am Mittwochabend gesehen. Können Sie das bestätigen?" Miss Anderson verneinte.

„Ich habe ihn in der ganzen Woche nicht zu Gesicht bekommen, nicht einmal am Wochenende.“

„Könnte er bei einer Freundin übernachtet haben oder bei einem Freund?“

„Dazu kann ich leider gar nichts sagen. Die Caussels baten mich vor ihrer Abreise, ihre Katze zu versorgen. Das habe ich auch getan, ich habe einen Schlüssel zum Haus.“

„Ist Ihnen etwas Ungewöhnliches aufgefallen? Im Zimmer verstreute Sachen, ein ungemachtes Bett?“

„Ich schaue niemals in das Zimmer von André. Selbst die Putzfrau darf dort nicht hinein. André hat es ihr verboten.“ In ihrer Stimme schwang eine leichte Entrüstung mit.

„Hat sonst noch jemand einen Schlüssel zum Haus? Ein Gärtner? Eine Zugehfrau?“

„Die Putzfrau hat einen Schlüssel. Aber wenn die Caussels verreist sind, hat sie frei.“

„Haben Sie ihren Namen oder ihre Telefonnummer?“

„Sie heißt Janine, mehr weiß ich leider nicht.“

„Miss Anderson, wann kommen die Caussels zurück? Und haben Sie eine Handynummer für uns, damit wir sie benachrichtigen können?“

„Sie wollten am Freitag zurückkommen. Natürlich gebe ich Ihnen die Handynummer. Ich schreibe sie Ihnen auf.“

Catherine zog ihr Handy aus der Tasche. Sie zeigte Miss Anderson das Foto des toten Jungen.

Miss Andersons schreckgeweitete Augen sprachen Bände.

„Das ist André“, flüsterte sie.

„Wenn seine Eltern tatsächlich erst am Freitag zurückkommen, fühlen Sie sich in der Lage, ihn vorläufig zu identifizieren?“, fragte Catherine behutsam.

„Ich … Oh … Ich weiß nicht …“, stotterte Miss Anderson. „Aber, andererseits, wenn es Ihnen hilft, seinen Mörder zu finden, vielleicht …“

„Es würde uns helfen, den Fall schneller zu bearbeiten“, versicherte ihr Catherine.

Mit Tränen in den Augen sagte sie plötzlich: „Ich dachte, mir wäre eine kleine Veränderung im Haus aufgefallen, aber ich habe es vergessen."

„Vielleicht fällt es Ihnen gleich noch ein. Hatte André eine feste Freundin?"

„Ich habe ihn vor Wochen einmal mit einem Mädchen gesehen. Flüchtig. Sie sah ziemlich unscheinbar aus. Hat mich gewundert. Sonst gab er sich nur mit so Models ab. Er ist von sich selbst sehr überzeugt. Aber vielleicht tue ich ihm Unrecht, vielleicht hat er sich geändert."

Plötzlich schluchzte sie. „Sie werden schockiert sein, vor allem Jean-Baptiste. Er hängt sehr an seinem Sohn." Sie warteten, bis Miss Anderson sich wieder beruhigte. Catherine reichte Miss Anderson ihre Visitenkarte.

„Falls Ihnen noch etwas einfällt." Sie dankten für den ausgezeichneten Tee und verabschiedeten sich. Draußen vor der Tür schlug ihnen die unbarmherzige Sommerhitze entgegen. Sie zogen sofort ihre Dienstjacken aus und warfen sie auf den Rücksitz.

„Im Lycèe werden wir heute nichts mehr ausrichten", sagte Catherine. „Schade, dass ich den General nicht erreiche. Joseph werde ich auf keinen Fall um seinen verdienten Urlaub bringen."

„Wirst du ihn informieren? Du hast versprochen, ihm täglich eine Nachricht zu schicken."

Catherine schüttelte den Kopf. „Ich werde ihm vorerst nichts sagen. Wie ich ihn kenne, bricht er sofort seinen Urlaub ab."

Auf dem White-Board notierten sie Madame Téchiné und Miss Anderson als Zeuginnen. Catherine wollte gerade die Gendarmerie verlassen, als ihr Diensthandy klingelte. Miss Anderson war die Kleinigkeit eingefallen, über die sie im Haus der Caussels gestolpert war. „Der Katzennapf. Ich warte immer, bis Cherie das Futter aufgenommen hat. Dann spüle ich den Napf, damit er nicht unangenehm riecht. Am Donnerstagmorgen klebten Futterreste in dem Schälchen, und ich fand eine halbvolle Dose mit Katzenfutter auf der Fensterbank hinter dem Vorhang. André muss demnach am

Mittwochabend noch im Haus gewesen sein. Tut mir leid, dass mir das nicht sofort eingefallen ist.“

Über Emma

Olivia wollte alles richtig machen. Sie hatte sich in der örtlichen Bibliothek einen Erziehungsratgeber ausgeliehen. Darin warnte eine Fachärztin für Lungenheilkunde davor, Kinder zu verwöhnen, sie würden sich sonst zu kleinen Despoten entwickeln. Das Schreien eines Säuglings sei unbedenklich und diene dazu, die Lungen zu kräftigen. Solange der Nachwuchs über ausreichend Nahrung, saubere Windeln und frische Luft verfüge, bestehe kein Grund, das Kind übermäßig oft auf den Arm zu nehmen. Das führe zu fortgesetztem Terror seitens des kleinen Schreihalses, besonders in der Nacht. Für die Mutter sei ausreichender Schlaf das oberste Gebot.

Olivia befolgte alle Ratschläge. Nach vier Wochen stellte das kleine Ding nachts sein unerträgliches Geschrei ein und schlief durch. Tagsüber hielt sich der Säugling an die vorgegebenen Fütterungszeiten. Das Mädchen verhielt sich weitgehend ruhig.

Olivia hatte übersehen, wer der Ratgeber verfasst hatte. Die deutsche Lungenfachärztin schrieb den Ratgeber in demselben Jahr, in dem Hitler in Deutschland die Macht übernommen hatte.

Mittwoch, 17. August

1

Ein Blick auf seine Armbanduhr sagte Joseph, dass es in wenigen Minuten vier Uhr sein würde. Er redete sich ein, er werde gleich wieder einschlafen. Er irrte sich.

Für die Vögel war die Nacht schon zu Ende. Sie übertrafen sich gegenseitig mit herrlichstem Gezwitscher. Joseph stand auf. Er kochte sich einen Kaffee und nahm ihn mit nach draußen. Angenehme Kühle empfing ihn. Wie gerne hätte er jetzt in einer Zeitung geblättert. Er ging leise ins Wohnzimmer und fand unterhalb des niedrigen Wohnzimmertisches ein paar alte Ausgaben des Charlie Hebdo, Express, der Paris Match und des Cahiers du Cinema. Das Magazin für neue Kinofilme hob er sich für später auf. Es war erst vor einem Monat erschienen. In das Magazin für luxuriöse Immobilien warf er nur einen kurzen Blick. Ein Traumhaus an der Côte d'Azur überstieg ihr Budget. Die Ausgabe der *Le Monde* vom November vergangenen Jahres nahm er mit. Die jüngste Vergangenheit ein wenig aufzuarbeiten könnte nicht schaden. Die meisten Nachrichten hatte er in Kurzform schon einmal gelesen.

Ein Artikel aber sprang ihm ins Auge, weil sie sich gerade fünfzig Kilometer vom Kernkraftwerk Tricastin aufhielten. Es war die Rede von einem Manager, der bei der Pariser Staatsanwaltschaft eine Klage gegen die EDF eingereicht hatte. Er warf dem Energieversorger vor, Störfälle im Werk systematisch zu verheimlichen. Die Geschäftsführung wolle um jeden Preis die Stilllegung des Betriebes verhindern. Seine Anwälte erklärten, ihr Mandant solle durch Repressalien seitens der Firmenleitung mundtot gemacht werden.

Die EDF betonte, die Behörde für nukleare Sicherheit habe zu keiner Zeit mangelnde Transparenz beanstandet, den weiteren Betrieb genehmigt und das Stromversorgungsunternehmen lediglich dazu verpflichtet, die Sicherheit weiterhin zu verbessern.

Der Manager wurde in den vorzeitigen Ruhestand geschickt.

„Hätte mich auch gewundert", murmelte Joseph laut. „Was hätte dich gewundert?", echote eine schlaftrunkene Hélène hinter ihm.

2

Nathalie schloss um sechs Uhr morgens das Haus der Leroux' auf. Die neue Katze lauerte vor der Haustür und schlug ihr beim Hinaushuschen die Krallen in die Fersen. „Undankbare Kreatur", schimpfte Nathalie. Sie riss alle Fenster auf. Die Regentonne war bis auf eine Pfütze leer, also nahm sie den Schlauch und wässerte alle Blumen auf der Terrasse. Sie füllte den Katzennapf und klapperte so lange mit dem Löffel, bis die Kratzbürste wiederkam. „So Madame, bis später", sagte sie. „Streicheleinheiten sind für heute gestrichen." Die Katze drehte sich nicht einmal zu ihr um, schleckte den Napf leer und verschwand wieder. Nathalie schloss die Fenster, klappte die Fensterläden zu und kehrte auf ihrem Moped zu ihren beiden Kindern zurück. Während die Familie Leroux ihren Urlaub an der Ardèche genoss, wiederholte sie diese Routine jeden Morgen.

3

Catherine hatte für acht Uhr morgens ein Gespräch mit der Schulsekretärin vom Lycée Irene et Frederic in Sète vereinbart. Pünktlich fand sie sich zusammen mit Arnaud vor dem riesigen Komplex ein. Vergeblich suchten sie den Eingang des Verwaltungsgebäudes. Eine junge Frau mit Aktentasche unter dem Arm wurde auf ihre ratlosen Gesichter aufmerksam.

„Suchen Sie etwas?", fragte sie.

„Wir haben einen Termin mit Madame Bonfleur."

„Kommen Sie." Die junge Frau, bekleidet mit einem feuerroten T-Shirt und einem ausgestellten Glockenrock, ging ihnen zielstrebig voraus. Ihre zu einem Pferdeschwanz zusammengebundenen Haare wippten munter auf und ab. Sie folgten ihr durch mehrere Gänge bis zu einem flachen Gebäude. Dort hielt die hilfsbereite Dame ihnen eine doppelflügelige Glastür auf.

„Hinter der ersten Tür auf der linken Seite ist das Büro von Madame Bonfleur." „Hier finden wir nie wieder alleine heraus", raunte Catherine und klopfte an die Tür.

Madame Bonfleur sah ihnen mit professionellem Interesse entgegen. Ihr adrettes, dunkelblaues Kostüm mit Bleistiftrock war über jeden einzelnen Hitzegrad erhaben. Allerdings sorgte im Büro auch eine Klimaanlage für angenehme Kühle. Catherine und Arnaud zeigten ihre Dienstausweise.

„Wir haben gestern miteinander telefoniert. Wir würden gerne von Ihnen hören, was Sie uns am Telefon nicht sagen wollten."

Madame Bonfleur entschuldigte sich. „Excusez-moi. Wir haben die Order, äußerst vorsichtig zu sein. Zu oft haben Kriminelle versucht, vertrauliche Informationen von uns zu ergaunern. Sie möchten wissen, seit wann André Caussel nicht mehr im Internat war?"

„Das sagten Sie bereits am Telefon", korrigierte Catherine sie. „Sie sagten, dass Caussel am Freitag ein Attest von einem Arzt aus Mèze eingereicht hat. Dürfen wir den Namen des Arztes erfahren? Vielleicht erfahren wir von ihm Näheres." „Einen Moment." Madame Bonfleur schaute in ihren Computer.

„Das Attest wurde von Docteur Montel ausgestellt. Ich notiere Ihnen seine Telefonnummer. Fragen müssen Sie ihn selbst."

„Vielen Dank. Und nun müssen wir einen Blick in sein Zimmer werfen", sagte Arnaud.

„Haben Sie einen Durchsuchungsbeschluss?" Die hochgezogenen Augenbrauen verliehen Madame etwas Hochmütiges.

„Der Junge ist ermordet worden. Wir ermitteln, wer dies getan hat." Arnaud lief rot an. „Den Raum des Todesopfers können wir ohne richterlichen Beschluss durchsuchen", legte er nach.

„Lass gut sein", wisperte Catherine ihm ins Ohr. „Ich regele das." Zu Madame Bonfleur gewandt, sagte sie: „Vielleicht ermöglichen Sie uns ein Gespräch mit jemandem, der ihn unterrichtet hat?"

„Einen Augenblick." Madame Bonfleur tippte ein paar Nummern in die Tastatur. Bevor sie redete, hielt sie die Hand über den Telefonhörer und erklärte ihnen in milderem Tonfall: „Am besten reden Sie mit Cécile Padure. Sie unterrichtet Französisch in seiner Stufe." Anschließend führte sie ein kurzes Gespräch, das sie mit einem „bien sûr" beendete. „Bitte gedulden Sie sich noch zehn Minuten. Madame Padure sucht Aufgaben für ihre Studenten heraus, mit denen sie sich beschäftigen können. Sie wird in wenigen Minuten bei Ihnen sein. Nehmen Sie so lange Platz." Sie begleitete die Gendarmen zur Tür und wies auf lindgrüne Sitzschalen, bei deren Anblick beide gleich an das Wartezimmer eines Zahnarztes dachten.

Catherine nutzte die Zeit, um Marc zu informieren, bevor eine energische, circa einen Meter fünfundfünfzig große Frau auf sie zukam und sich als Cécile Padure vorstellte.
Ihr Händedruck verriet Kompetenz und Durchsetzungskraft. Ihre blaugrünen Augen weiteten sich, als sie hörte, dass André Caussel nicht mehr lebte. „Kommen Sie bitte mit." Madame Padure führte sie vorbei an bodentiefen Fenstern zu einem Raum, zu dem sie den Schlüssel besaß.
Ein schmaler Tisch für vier Personen, vier schlichte Stühle, an der Stirnwand ein großes kühles Bild in Grüntönen: Der Raum lud nicht zum Träumen ein.
„Wie grauenhaft", sagte Madame Padure. „Wer macht so etwas?"
„Wir hoffen, dass Sie uns etwas über André, über sein Umfeld, über seine Einstellungen sagen können. Seine Eltern konnten wir noch nicht befragen. Sie sind noch in Kanada und wollten ursprünglich am Freitag zurückkommen. Sie versuchen, einen früheren Flug zu buchen. Aber nun fragen wir Sie: Was war André für ein Mensch?" Madame Padure seufzte. „Über Tote soll man nichts Schlechtes sagen. Aber André war kein einfacher Schüler. Er war sehr intelligent. Leider wusste er das. Und weil er solch eine rasche Auffassungsgabe hatte, langweilte er sich schnell. Es gefiel ihm, den Unterricht zu stören und die Lehrkräfte durch Scherzfragen zu

provozieren. Seine Mitschüler bewunderten ihn dafür. Er stand ein paar Mal kurz davor, wegen seines Verhaltens aus unserer Einrichtung zu fliegen. Die Eltern konnten das jedes Mal verhindern." Sie machte eine Pause.

„Sie haben der Schule eine großzügige Spende in Aussicht gestellt?", mutmaßte Catherine.

Madame Padure hob eine Augenbraue. Sie hauchte leise „Tja" und fuhr fort: „Wenn ich Spezialaufgaben für ihn hatte, erledigte er sie begeistert und ohne Murren. Aber nicht immer hat man grandiose Ideen. Dann war es oft ziemlich anstrengend mit ihm."

„Hatte er Freunde, ich meine echte?", hakte Catherine nach.

Madame Padure schüttelte den Kopf. „Er hing zwar immer mit einer gewissen Clique herum, aber ich bezweifele, dass das echte Freunde waren." Sie sprach etwas leiser. „Ich vermute, dass er mit Marihuana oder stärkerem Zeug gedealt hat." Sie lehnte sich zurück. „Erwischt haben wir ihn nie. Und diese Clique sonnte sich in seinem Glanz. Ich bin mir sicher, dass er im Grunde ziemlich einsam war."

„Wie kommen Sie darauf?"

Madame Padure ließ sich Zeit. „Er versuchte, immer und überall Eindruck zu schinden. Er brauchte überdurchschnittlich viel Anerkennung." Madame Padure trank einen Schluck Wasser. „Einmal schenkte er der ganzen Studentengruppe selbstgebackene Kekse. Versetzt mit Marihuana. Er gab auch der nichtsahnenden Lehrerin welche."

„Was passierte?", fragte Arnaud.

„Die Lehrerin wurde im Laufe des Unterrichts immer alberner. Die Studierenden ermunterten sie, feuerten sie an. Zu ihrem Gaudi kam zufällig die Direktorin in den Raum und zitierte die Arme in ihr Büro. Ich stellte ihn am nächsten Tag zur Rede. Anfangs spielte er den Überheblichen, dann schwieg er eine Weile. Ich ließ ihn gewähren. Plötzlich fing er an zu schreien. Keiner nimmt mich wahr. Ich existiere nicht. Ich bin ein Novum. In seinen Augen schimmerten Tränen, aber natürlich hat er nicht geweint. Nimmt dich keiner ernst, fragte ich ihn. Nein, sagte er. Ich ließ ihm Zeit. Er wirkte trotzig, verbittert, wütend. Ich existiere nur als Der-von, sagte er. Die Freunde seiner Eltern würden ihn nur als den Sohn von Catalina oder als den Sohn von Jean-Baptiste kennen. Sie wüssten nicht einmal seinen Namen, jedenfalls täten sie so.“

Sie strich sich eine Strähne aus der Stirn, bevor sie weitersprach. „Er wurde richtig zornig. Ihm war etwas eingefallen, über das er zunächst gar nicht sprechen wollte. Wenn er sich als Kind gewünscht habe, von seiner Mutter in den Arm genommen zu werden, habe sie das als überflüssigen Unsinn abgetan. Später hätte sich die Beziehung zu seinen Eltern auf Banktransaktionen reduziert. Danach brach er dann wirklich in Tränen aus. Er zeigte mir auf seinem Handy ein Bild, das er von seinen Eltern gemalt hatte. Dort, wo ihre Pupillen hätten sein sollen, prangten riesige Dollarzeichen. Von einer Therapie wollte er nichts wissen. Ich lege mich doch nicht auf eine Couch und lasse mich aushorchen, sagte er.“

Catherine stellte die Frage nach einer Freundin.

„Dafür müsste ich einen Jungen aus seiner Stufe befragen. Bei uns habe ich ihn nie mit einem Mädchen gesehen. Haben Sie noch einen Moment Zeit?“

„Selbstverständlich.“

Sie ließ die beiden Gendarmen in dem Zimmer zurück. Als sie zurückkam, gab sie ihnen einen Zettel.

„Pierre kannte ihren Namen. Sie heißt Sylvie Saumade und wohnt in Mèze. Sie soll seit diesem Sommer nicht mehr aufs dortige Collège gehen, aber mehr wusste er auch nicht.“

„Danke Madame Padure, Sie haben uns sehr geholfen. Wir haben mittlerweile einen elektronischen Durchsuchungsbeschluss erhalten und würden uns gerne sein Zimmer im Internat ansehen.“

„Das muss die Sekretärin, Madame Bonfleur, regeln. Sie haben sie ja bereits kennengelernt. Wenn Sie im Laufe der Ermittlung noch weitere Fragen haben, rufen Sie mich gerne an.“ Sie gab ihnen ihre Visitenkarte.

Die Sekretärin hatte zu ihrer Freundlichkeit zurückgefunden. Sie bat den Hausmeister, sie zum Zimmer von André Caussel zu begleiten. Es dauerte, bis ein hagerer Mann in grauem Kittel und hochrotem Gesicht sie bis zu Andrés Zimmer begleitete. Er schloss ihnen auf und ging gleich wieder, um im Hof eine Zigarette zu rauchen.

Sie betraten das rechteckige, stickige Zimmer. Catherine schnappte nach Luft und öffnete das kleine Fenster. Über dem schmalen Bett hing das Bild, das Madame Padure ihnen gezeigt hatte.

„Wow, das sieht in der Realität noch imposanter aus", bemerkte Catherine. „Ob der Goldrahmen ironisch gemeint ist?"

Ein farbenfroher Gabeh-Teppich schmückte den Fußboden. In einem Spind neben der Tür lagen wild durcheinander Markenjeans, mehrere T-Shirts und ein Dutzend Boxershorts mit dem Namenszug eines bekannten Designers. „Ist es immer noch modern, die Jeans bis auf die Kniekehlen hängenzulassen", scherzte Arnaud. „Witzbold", kommentierte Catherine. Der Schreibtisch am Fenster schrie nach einem Aufräumkommando. Halbvolle Erdnusstüten lagen zwischen Bonbonpapier, mehreren Kugelschreibern und einem vollgekritzelten Schreibblock. An der Stelle, wo ein Laptop gestanden haben musste, fehlte der Staub.

Der Bauch des Papierkorbs enthielt neben leeren Schachteln und Papierschnitzeln auch eine zerknüllte Postkarte aus Vancouver. Auf der Rückseite stand: ‚Gruß aus Vancouver. Deine Eltern'. Sie nahmen die Karte an sich.

„Schau einmal", forderte Arnaud sie auf und wies auf die Rückseite der Tür. Dort hing eine vergilbte Internatsordnung. Punkt fünf war dick umrandet. Daneben hatte jemand einen Sticker der Rolling Stones geklebt:

‚Der Besitz und Genuss von Alkohol und Drogen ist während der Internatszeit strikt verboten und wird geahndet. Jeder Verstoß gegen das Betäubungsmittelgesetz führt mit sofortiger Wirkung zur Kündigung des Internatsvertrages.'

Der restliche Text war durchgestrichen worden. Sie lasen nur noch Rauchverbot. „So ganz ernst scheinen sie das mit den Kontrollen aber nicht genommen zu haben", sagte Catherine.

„Vielleicht war André einfach super vorsichtig, so dass man ihm nichts nachweisen konnte", vermutete Arnaud.

Sie fotografierten jedes Detail der Einrichtung. „Ich sehe hier keinen weiteren Hinweis für unsere Ermittlungen. Den Laptop finden wir hoffentlich bei ihm zu Hause."

4

In Mèze gab es nur das Collège Jean Jaurès in der Avenue Général de Gaulle. Catherine und Arnaud fuhren auf dem Rückweg dorthin. Die zuständige Schulsekretärin kannte Sylvie Saumade. Sie gab ihnen die Adresse, nachdem sie ihre Bitte erklärten.

„Rue Beau Rivage, die Straße muss in der Nähe des Boulodroms sein", sagte Arnaud. Sie fanden das Haus auf Anhieb.

Ein schmales Mädchen mit dunkelblonden, langen Haaren zupfte im Vorgarten verwelkte Blüten eines riesigen, stark duftenden Oleanderstrauchs ab.

Catherine fragte: „Sylvie Saumade?"

Das Mädchen zuckte zusammen. Ringe unter rotgeweinten Augen verstärkten ihren blassen Eindruck. Sie machte keine Anstalten, Catherine und Arnaud ins Haus zu bitten.

„Wir können hier reden", sagte das Mädchen. Catherine erklärte ihr, wer sie und Arnaud seien und fragte, ob es ihr egal sei, wenn Passanten ihr Gespräch belauschten.

„Wir könnten leise reden", antwortete sie.

„Wann haben Sie von Andrés Tod erfahren?" Sylvies Augen glänzten. „Seine Nachbarin, Miss Anderson, hat es mir gestern Abend erzählt. Er hat auf meine Nachrichten seit Tagen nicht geantwortet. Ich bin mit meinem Fahrrad zu dem Haus seiner Eltern gefahren. Sie kam vom Einkaufen zurück." „Sie waren mit André Caussel befreundet?" Sylvie nickte. „Hatte er in der letzten Zeit Streit mit jemandem?" „Ich glaube nicht." „Wann haben Sie ihn zum letzten Mal gesehen?" Sylvie überlegte nicht lange. „Am Donnerstag. Wir sind zusammen schwimmen gegangen."

„Obwohl er sich offiziell als krankgemeldet hat?"

Sylvie drückste ein wenig herum und schlug die Augen nieder. „Er wollte mit mir zusammen sein. Im Lycée hat er sich gelangweilt."

„Und er konnte nicht bis zum Wochenende warten?"

„Seit Anfang Juli jobbe ich am Wochenende im Petite le Crabbe, da habe ich keine Zeit für ihn."

„Bis wann wart Ihr zusammen?"

„Bis kurz nach sieben Uhr abends. Er wollte sich im Haus seiner Eltern einen Film anschauen und die Katze versorgen. Ich bin dann nach Hause."

Draußen auf der Straße mühte sich eine Frau mit einer schweren Tasche ab. Sie schaute durch einen Spalt in der Hecke und grüßte Sylvie.

„Hallo Sylvie. Bei dir alles in Ordnung?"

„Ja, danke Madame Pécresse", rief Sylvie und duckte sich unwillkürlich.

Catherine wartete, bis sich die Frau entfernt hatte.

„Bist du sicher, dass er sich den Film alleine angesehen hat?"

Sylvie zuckte mit den Schultern und hielt den Kopf gesenkt. Während ihres Gespräches schaute sie immer wieder zur Haustür.

Arnaud fragte: „Ist jemand im Haus, vor dem Sie Angst haben?"

„Meine Mutter", flüsterte Sylvie.

„Möchten Sie uns lieber in die Gendarmerie begleiten?", fragte Arnaud.

„Auf keinen Fall. Meine Mutter glaubt sofort, dass ich etwas verbockt habe." „Wir müssen trotzdem wissen, ob André vielleicht am späten Donnerstag jemanden getroffen hat. Er soll über Drogen verfügt haben."

„Das darf meine Mutter auf keinen Fall hören. Sie geht gleich zur Arbeit", flüsterte Sylvie. Ängstlich drehte sie sich um.

„Sollen wir später wiederkommen, vielleicht in einer Stunde?", schlug Catherine vor.

„Ich weiß doch nichts", sagte Sylvie flehentlich.

„War André am Donnerstagabend oder Freitag mit einem Dealer verabredet?" „Manchmal verkaufte er samstags etwas am Strand. Ich habe mich aber nie darum gekümmert."

„Sie wissen nicht, wer ihm das Zeug verkauft hat?"

„Einmal habe ich einen Mann auf einem Motorrad gesehen. Es ging so schnell. Der Mann hatte einen Helm auf. André war danach total gut gelaunt. Er wollte mir sogar einen Pastis ausgeben, dabei finde ich das Zeug widerlich.“

„Wo hat sich das Treffen abgespielt?“

„Das war am Rand des großen Parkplatzes am Étang de Thau in Mèze.“

„Auf dem Place de Tonneliers?“

„Ja, dort.“ Sie schaute nervös zur Tür.

„Wie lange ist Ihre Mutter noch im Haus?“

„Sie müsste jeden Augenblick gehen.“

„Gut“, sagte Catherine. „Wir kommen gleich zurück.“

Sylvie bedankte sich mit einem Kopfnicken und setzte ihre Arbeit fort.

„Die Mutter muss ja grässlich sein“, sagte Catherine, nachdem sie ein paar Meter gegangen waren.

„Oder überbehütend“, sagte Arnaud.

Ihre Gedanken wurden von Eugène Fournier unterbrochen.

„Na, habt ihr schon dienstfrei?“, rief er von der anderen Straßenseite. Er stand auf dem Bouleplatz und säuberte seine Kugel mit einem Tuch.

„Fünf Minuten Pause“, winkte Catherine. „Haben Sie gewonnen?“.

„Dreizehn zu acht“, grinse Fournier und entfernte sich.

„Erstaunlich, dass er nach seinem Unfall die Lust am Boule spielen nicht verloren hat“, sagte Catherine.

„Warum sollte er?“

„Na, wenn ich eine Kugel vors Knie bekommen hätte, würde ich mir einen anderen Sport suchen.“

Das Boulodrome erfreute sich großer Beliebtheit. Catherine zählte achtzehn Männer, die ihre Kugeln abwechselnd aus der Hocke oder dem Stand warfen, um dem Cochonnet möglichst nahezukommen. Manchmal gelang es einem der Männer, die fremde Kugel wegzukitschen. Dem folgte bewunderndes Raunen der Zuschauer.

„Komm, wir versuchen es noch einmal. Vielleicht ist das Mädchen entspannter, wenn die Mutter aus dem Haus ist", sagte Catherine nach einer Weile.

Sylvie winkte schon von weitem.

„Im Haus ist es kühler", sagte sie und öffnete die Tür. Sie führte sie in das Wohnzimmer und wies auf das Sofa. Eine Karaffe mit Wasser und Gläser standen auf dem Tisch.

„Seit wann waren Sie mit André befreundet?"

„Ich habe ihn vor einem halben Jahr kennengelernt. Meine Mutter will nicht, dass ich die Arbeit im Haus vernachlässige. Außerdem fürchtet sie sich davor, dass ich ein Baby bekomme." „Was für ein Mensch war André? Erzählen Sie uns ein bisschen von ihm."

Sylvie schossen Tränen in die Augen.

„Er war so lieb zu mir. Ihm gingen seine Mitschüler auf die Nerven. Ständig wollten sie etwas von ihm. Der Unterricht langweilte ihn. Er gab gerne an, aber das war nur Spaß. Wenn ihn jemand kritisierte, das mochte er überhaupt nicht." „Hat er sich mit Jungen in seinem Alter geprügelt?", fragte Arnaud.

„Nie."

„Sie wissen von keinem Streit?" Wieder schüttelte die junge Frau den Kopf. „Würden Sie morgen zu uns in die Gendarmerie kommen und das Protokoll unterschreiben?" „Ich werde es einrichten", sagte sie leise. „Noch etwas. Sie haben sicher ein Foto von André auf Ihrem Smartphone."

„Natürlich." Sie entsperrte ihren Bildschirm und hielt ihnen das Smartphone hin. Ein überheblich grinsender André schaute ihnen entgegen.

Catherine fotografierte Sylvies Bildschirm und verabschiedete sich.

„Irgendetwas stimmt mit dem Mädchen nicht, sagte Catherine, als sie sich ans Steuerrad ihres Wagens setzte.

„Wir fahren ins Petite le Crabbe. Das gehört Madame Roussel, vielleicht weiß sie etwas", sagte sie zu Arnaud.

„Kennen wir Madame Roussel?", fragte Arnaud.

„Sie hat uns früher schon einmal geholfen. Damals wurden Jäger verdächtigt." „Jäger?", sagte Arnaud.

„Ja, Madame Roussel gehört zu ihnen."

5

Sie parkten direkt vor dem Petite le Crabbe. „Sie wird enttäuscht sein, dass wir ohne ihren heimlichen Schwarm kommen", sagte Catherine. Arnaud verstand nicht. „Warte es ab", erklärte Catherine.

Madame Roussel trug einen schwarzen, wadenlangen Leinenrock und eine weich fallende, senfgelbe Bluse. Sie verriet sich nur mit durch einen schnellen Blick hinter Catherine.

„Lieutenant Rozier, bonjour. Einen Cappuccino für Sie?"

„Gerne. Meinen Kollegen Pinel kennen Sie?"

Madame Roussel schenkte ihm einen wohlwollenden Blick.

„Er kam schon einmal mit Capitaine Leroux. Sie sind dienstlich hier?"

„Haben Sie einen Augenblick Zeit für uns?" Madame Roussel nickte.

„Meine Gäste sind versorgt. Schießen Sie los."

„Hier und jetzt? Ich sehe keine Wildschweine", sagte Catherine, die solche Wortspiele liebte.

Madame Roussel schmunzelte. „Ein paar Rebhühner könnte ich Ihnen wohl zeigen. Aber im Ernst, Sie wollen nichts von der Jagd hören?"

„Ist es schon wieder soweit?"

„Es dauert noch ein paar Wochen. Aber ich habe überhaupt keine Lust mehr aufs Jagen. Die Ballerei erinnert mich doch zu sehr an den Krieg. Also, was möchten Sie von mir wissen?"

„Sylvie Saumade arbeitet an den Wochenenden bei Ihnen. Welchen Eindruck haben Sie von ihr?"

Madame Roussel antwortete nicht sofort. „Sie könnte ein bisschen mehr aus sich herausgehen, aber das wird sich bestimmt noch ändern. Sie bemüht sich, lernt rasch, verhält sich manchmal ein bisschen zu unterwürfig. Warum fragen Sie das?"

„Wir haben einen toten Jungen gefunden. Er war mit ihr befreundet.“

„André? Oh Gott, wie furchtbar. Was ist passiert?“

„Kennen Sie ihn?“

„Er hat sie manchmal abgeholt, wenn sie Feierabend hatte. Sie war ziemlich verliebt in ihn.“

„War er auch in Sylvie verliebt?“

„Das kann ich schlecht beurteilen. Der Junge sah verdammt gut aus. Und seine Eltern sind wohlhabend. Wenn Sie mich fragen, er hätte jede haben können. Wie ist er gestorben?“

„Er wurde ermordet.“

„Oh nein, wie schrecklich.“ Madame Roussel schlug die Hand vor den Mund. „Aber Sie glauben doch nicht, dass Sylvie etwas damit zu tun hat.“ Das Entsetzen in ihren Augen wirkte echt.

„Hat er mal versucht, Ihren Gästen Drogen zu verkaufen?“

„Solche Kunden habe ich nicht. Glaube ich.“

„Gut, das wäre im Augenblick alles.“

Sie standen schon in der Tür, als Madame Roussel fragte: „Capitaine Leroux ist doch nicht etwa krank?“

Catherine lächelte. „Er macht Urlaub mit seiner Familie.“

„Ah ja“, sagte Madame Roussel gedehnt.

Auf dem Weg in die Gendarmerie kamen sie an der Bäckerei von Valerie und Hubba Debakker vorbei. Ein kurzer Blickwechsel genügte ihnen. „Sollen wir?“, fragte Arnaud. „Immer“, antwortete Catherine. Sie parkten auf einem der vier Stellplätze. Arnaud sprang in das Geschäft und kam mit einer gefüllten Papiertüte zurück. Eine Wolke von warmer Butter, Mehl, Eiern und Mandeln breitete sich im Wagen aus. „Sacristains?“, riet Catherine. „Na klar“, sagte Arnaud. „Ich muss mich schließlich gut mit dir stellen.“ „Du lernst schnell.“ Catherine lächelte.

In der Gendarmerie stand die Hitze. Sie befreiten sich von ihren Jacken. Catherine schickte das Foto von André an den Drucker, anschließend heftete sie es an die weiße Wand. Sie rief sich die Erinnerung an Sylvie ins Gedächtnis. Die blassgrünen Augen des

Mädchens hatten keinen persönlichen Kontakt zugelassen, als ob sich hinter den Pupillen eine unsichtbare Wand befinde.

Von Andrés Foto zog sie einen langen Strich nach rechts und schrieb: Dealer?

Arnaud beobachtete sie. „Ich könnte später nach Agde fahren", schlug er vor. „Was willst du in Agde?", fragte Catherine.

„Ich mache mir vor Ort ein Bild von der Drogenszene. In den letzten Monaten scheint sich Agde als Hauptumschlagplatz für allerlei Drogen entwickelt zu haben. Vielleicht erfahre ich dort mehr darüber, wer André mit Stoff versorgt hat."

„Gute Idee. Aber einem Flic wird doch keiner etwas verraten."

„Ich werde mich ein wenig zurechtmachen", sagte Arnaud mit leichtem Schmunzeln. „Niemand wird mich als Gendarm erkennen."

„Das möchte ich sehen." Catherine konnte ein Grinsen nicht unterdrücken, als sie sich einen verkleideten Arnaud Pinel vorstellte.

6

Arnaud machte ernst. Als er um sieben Uhr abends bei Catherine klingelte, hätte sie ihn beinahe nicht erkannt. Arnaud glich aufs Haar einem Rocker. Bleistiftkurze Haare, mit stumpfem Gel auf ungewaschen getrimmt, standen igelartig von seinem Kopf ab. Schwarzer Kajal betonte seine dunklen Augen. Er bemühte sich, furchteinflößend drein zu schauen. Um den Hals trug er eine grobe Metallkette mit einem großen Peace-Zeichen. Das schwarze T-Shirt unter dem flatterig-grauen und viel zu großen Hemd verdeckte die Pistole im Halfter und seine ausgeprägten Muskeln. Die zerrissene Hose war das i-Tüpfelchen seiner Verkleidung.

„Gefalle ich dir?" Er schob seine Sonnenbrille hoch und grinste.

„Locken mag ich lieber."

Seine Haut wirkte fahl, als würde er reihenweise Zigaretten konsumieren. Er las Catherines Frage in ihren Augen.

„In Montpellier gibt es einen Laden, die haben alles", sagte er.

„Du bist vom Dienst aus nach Montpellier gerast?"

„Nein, das hatte ich noch vom letzten Kostümfest noch zu Hause."
„Wenn du zu Halloween so im Dienst erscheinst, stecken dich die
Kollegen in eine freie Zelle", sagte sie. „Aber Johnny Depp würde
vor Neid erblassen."
„Warte. Ich brauche einen Beweis." Catherine eilte ins Wohnzim-
mer, holte das Smartphone und tippte auf den Auslöser. „Das hän-
ge ich morgen an die Wand." Sie schickte es Joseph und kommen-
tierte: „Täter gefasst." Sie stellte sich Josephs erstauntes Gesicht vor
und lächelte.
„Rauchst du eigentlich?"
„Ich werde nicht beim ersten Zug eine Hustenattacke bekommen",
beruhigte sie Arnaud. „Ich will doch nicht auffallen."
„Welche Fähigkeiten so eine verdeckte Ermittlung zutage fördert.
Sei vorsichtig und lass dich nicht anwerben."
„Du meinst wohl abwerben", korrigierte Arnaud und schwang sich
auf sein Motorrad.
„Deins?", staunte sie.
„Geliehen", antwortete er und drückte den Anlasser.
Welch eine Entwicklung, dachte Catherine. Noch vor zwei Jahren
war Arnaud kaum aufgefallen. Aber schon beim letzten Fall hatte
sie seine Entwicklung bemerkt. Durch sein beherztes Eingreifen
war es gelungen, einen flüchtenden Jungen zu stellen. Gerne hätte
sie ihre Überlegungen mit Joseph diskutiert, aber der weilte noch
im Urlaubsparadies.

Die Tochter entwickelte sich mustergültig. Sie war freundlich, höflich, nie laut. Sie kletterte nicht auf Bäume und machte ihre Kleider nie schmutzig. Im Kreise der Verwandtschaft wurde sie als Vorbild gehandelt. „Wenn du dich nur so benehmen würdest wie sie." Diesen Satz hörten ihre Cousinen mehr als einmal. Aus Rache hänselten sie Olivias Tochter als ‚tête de bite'. „Mit Pollenköpfen spiel'n wir nicht, mit Pollenköpfen spiel'n wir nicht", riefen sie, zeigten ihr eine lange Nase und rannten weg.

In der Schule konzentrierte sie sich auf den Unterricht. Sie schwätzte nicht und brachte am Jahresende glänzende Zeugnisse nach Hause. In den Pausen wollte keiner etwas mit der Streberin zu tun haben; trotzdem verteilte sie Bonbons an ihre Mitschülerinnen, wenn Olivia ihr, was selten vorkam, welche mitgegeben hatte. Streitereien ging sie aus dem Weg. Meistens stand sie allein in der äußersten Ecke des Schulhofs.
Die Lehrerin adelte sie als Musterschülerin. Diktate und Aufsätze lieferte sie fehlerfrei ab. Nur ihr Schriftbild ließ zu wünschen übrig. Mal kippten ihre Buchstaben nach links, mal neigten sie sich nach rechts. Ihr S entschied sich weder für die runde noch die spitze Variante. Dies blieb die einzige Auffälligkeit. Und so vergaß die Lehrerin, die Eltern darauf aufmerksam zu machen.

Donnerstag, 18. August

1

Frühmorgens schaute Catherine zum fünften Mal auf ihre Armbanduhr. Wo blieb Arnaud? Sie wählte seine Nummer. Im gleichen Augenblick erschien der Button, der eine Textnachricht verkündete. „Sorry, bin im Krankenhaus. Nichts Schlimmes. Gruß A.“

Sie sah ihn am Boden liegen, umringt von Burschen mit grimmigen Gesichtern. Die Männer malträtierten ihn mit Füßen. Er richtete sich mühsam auf und schleppte sich mit letzter Kraft zu seinem Motorrad. In einem anderen Szenario fuhr ein Wagen der Police Municipale betont langsam die Straße entlang, entdeckte den Schlägertrupp und befreite den verletzten Arnaud.

Sie verdrängte ihre aufkommende Panik, holte sich einen Kaffee, unterhielt sich mit Claude über die nicht enden wollende Hitze, kehrte zurück und forschte in ihrem PC nach Neuem von der Justiz. Trotzdem schaute sie nach drei Minuten wieder auf die Uhr.

Als die Tür aufging und Arnaud hereinkam, seufzte sie laut. Sie forschte in seinem blassen Gesicht nach Platz-, Biss- oder Kratzwunden. Erst dann bemerkte sie seine verbundene linke Hand.

„Was ist passiert?“, wollte sie wissen.

Arnaud hüstelte. „Ich könnte eine Heldentat erfinden. Aber bin ich heute Morgen mit dem Brotmesser abgeglitten. Die Wunde musste genäht werden.“

„Hättest du nicht anrufen können?“, tadelte sie ihn. „Ich wähnte dich schon verprügelt, von den Kollegen in Agde gerettet oder auf einer Bahre ins Krankenhaus transportiert.“

„Entschuldigung. Ich wusste nicht, dass du dich so um mich sorgst“, sagte Arnaud.

„Ich habe schließlich die Verantwortung für dich übernommen.“

Nach einer Pause fragte sie: „Hast du gestern etwas herausgefunden?“

„Einiges schon. Der Dealer muss Anfang Dreißig sein, von kräftiger Statur, bärtig. Sie nennen ihn augenzwinkernd den *Herrn des*

Himmels. Er scheint im großen Stil zu dealen, und zwar mit allen Drogen, auch mit Heroin und Kokain. Er hat sich gestern aber nicht blicken lassen. Einer der Jungs kannte auch André. Er wusste, dass André von dem Dealer einige der Drogen bekommen hat. Er riet mir, heute Abend noch einmal auf den Dealer zu warten. Der komme nicht regelmäßig, sozusagen als vorbeugende Maßnahme, um nicht geschnappt zu werden. Ich habe dem Jungen meine Handynummer gegeben, damit er mir Bescheid sagt, sobald der Kerl auftaucht."

„Deine Dienstnummer?" Catherine zog die Augenbrauen hoch.

„Welchen Eindruck hast du von mir? Ich habe mir ein Prepaid-Handy gekauft." Catherine nickte anerkennend: „Du wirst es noch zu etwas bringen."

2

Gegen elf Uhr erschien Sylvie Saumade in der Gendarmerie. Sie wirkte wie ein gehetztes Reh, erklärte, dass sie gleich wieder wegmüsse, da ihre Mutter bald nach Hause komme. Sie unterschrieb das Protokoll und wollte gleich wieder gehen. Catherine bat sie, noch eine Frage zu beantworten.

„Würden Sie den Dealer anhand seiner Statur wiedererkennen?"

„Vielleicht." Sie zuckte mit den Schultern. „Aber was ist, wenn der mich erkennt? Muss ich mich vor ihm fürchten?"

„Wir würden es so einrichten, dass er Sie nicht sieht", versicherte Catherine.

Sylvia schien erleichtert und bat darum, gehen zu dürfen. Sie wolle den Bus rechtzeitig erreichen.

3

„Sind die Eltern von André mittlerweile wieder in Frankreich?" Catherine wandte sich an Arnaud. Der berichtete nach einem Telefonat, dass sie es geschafft hatten, einen früheren Flug zu bekommen.

„Sie sind heute Morgen in Paris gelandet und gleich nach Montpellier weitergeflogen. Sie seien zwar todmüde, stehen uns aber ab dreizehn Uhr zur Verfügung."

Catherine schaute auf die Uhr. „Dann bleibt uns noch eine gute Stunde", sagte sie.

4

Catherine und Arnaud klingelten an der rostigen Seitentür des Hauses in der Rue de Chèvrefeuille. Sie wappneten sich. Sie erwarteten tränenüberströmte Eltern. Eine blonde Frau mit Kurzhaarfrisur öffnete ihnen. Graublaue Augen musterten sie kurz, um sich danach sofort abzuwenden. Die Frau trug ein enges, blauweiß gestreiftes Kleid, das zehn Zentimeter über dem Knie endete.

„Madame Caussel?", fragte Catherine.

„Ja", antwortete die Dame. Sie bat sie mit einer knappen Geste ins Haus.

Drinnen herrschte eine kühle Atmosphäre. Hellgrau gestrichene Wände, an der Decke dunkelgrau abgesetzt, weißer Marmorfußboden, ein silberner Rahmen um ein monochromes Gemälde in gebrochenem Weiß. In dem großzügig geschnittenen Wohnzimmer herrschte die gleiche Stilrichtung vor. Catherines Schuhe quietschten leise, während die Riemchen-Sandaletten von Madame Caussel auf dem Marmorfußboden klackerten.

Bevor sie sich auf das Ledersofa setzte, stand Catherine für einen Moment direkt neben Madame Caussel, so dass sie die feinen Narben hinter deren Ohren sah. „Schatz, kommst du?", rief Madame Caussel in Richtung eines weiter hinten im Flur gelegenen Badezimmers. Ihre Stimme zitterte. Der Mann, braungebrannt, mit markantem Gesicht und Grübchen im Kinn, krempelte die Ärmel seines Hemdes hoch und begrüßte sie. Eine Wolke holzigen Rasierwassers umgab ihn. „Bonjour, Jean-Baptiste Caussel. Das ist meine Frau Catalina." In seinen Augen entdeckte Catherine Spuren geplatzter Äderchen „Die Ärztin hat meiner Frau ein starkes

Beruhigungsmittel verordnet", entschuldigte er. „Wissen Sie schon, wer unseren Jungen auf dem Gewissen hat?"

„Leider nicht. Unsere nächsten Fragen sind vielleicht unangenehm für Sie." Catherine nahm ein Schluck des angebotenen Wassers.

„Wir vermuten, dass Ihr Sohn mit Drogen gedealt hat, und zwar auch mit schweren. Wissen Sie das?"

Das Paar schaute zu Boden.

„Das ist nichts Neues für Sie?"

„Es kann sich nur um winzige Mengen Marihuana handeln. Das soll demnächst sowieso legalisiert werden", antwortete Catalina.

„Ich glaube nicht, dass er mit Kokain oder Heroin gehandelt hat", ergänzte Jean-Baptiste.

„Wir haben die Information, dass der Dealer Ihrem Sohn Kokain und Heroin verkauft hat." „Dann haben Sie doch schon einen Verdächtigen", rief Catalina aufgebracht. „So einfach ist das nicht. Wir müssen wissen, wem André Drogen verkauft hat. Gab es im Internat deswegen Probleme mit André?"

Catalina Caussel rutschte unruhig auf dem weißen Ledersofa zur Seite. Jean-Baptiste knetete seine Hände. Dann sagte er:

„Er hat sich zweimal eine Verwarnung eingehandelt. Er ist in der Pause mit einer geringen Menge Dope vor dem Internat erwischt worden. Sie hatten nichts gegen André in der Hand, weil er sich nicht auf dem Gelände des Internats aufgehalten hat. Später haben sie in seinem Zimmer einen Rest Marihuana gefunden. Aber das ist ein halbes Jahr her."

„Also hat André den Stoff danach woanders verkauft?"

Die Eltern zuckten mit den Schultern. „Normalerweise kommt André nur am Wochenende hierher. Wir haben einen großen Bekanntenkreis und sind abends oft eingeladen. André hat sich geweigert, uns zu begleiten."

„Wir würden gerne sein Zimmer sehen", meldete sich Arnaud.

„Natürlich", beeilte sich Jean-Baptiste zu sagen. Er sprang auf und bat die Gendarmen, ihm zu folgen.

Andrés Zimmer machte auf den ersten Blick deutlich, dass er in einer anderen Welt lebte. Catherine und Arnaud betraten ein Zimmer, das sämtliche Nuancen der Farbe Schwarz enthielt. Dunkelgraue Vorhänge verschlossen die Fenster und ließen nur wenig von der Welt draußen herein. Auf dem ungemachten großen Bett lag ein dickes Fellknäuel und blinzelte sie aus gelben Augen an. Das musste Cherie sein. Catherine ließ die Katze an ihren Fingerspitzen schnuppern. Danach streichelte sie einmal über das weiche Fell.

Es knisterte, als Arnaud auf eine halbvolle Chipstüte trat. Eine schwarze Jeans, mehrere Socken mit Löchern und eine Boxershorts lagen auf dem Boden verstreut. Links stand ein quadratischer Glastisch. Vor einem riesigen Bildschirm lag ein Laptop, daneben zwei externe Festplatten. Bekritzelte Arbeitsblätter vom Lycèe, ausgedruckte Noten, handgeschriebene Notizen, Kugelschreiber, stumpfe Bleistifte und zerknüllte Taschentücher ließen kaum ein Fleckchen des Tisches frei. In einem schweren Marmoraschenbecher entdeckten sie Zigarettenasche und erschnupperten den unverwechselbaren Duft eines Joints.

„Die Spurensicherung muss das Zimmer Ihres Sohnes untersuchen", sagte Catharine zu Madame Caussel, die an der Tür stand und sie beobachtete.

„Sie meinen, der Mörder war in unserem Haus?" Catalinas Augen weiteten sich. Ihre Hände begannen, unkontrolliert zu zittern.

„Madame Caussel, wir wissen nicht, wo Ihr Sohn getötet wurde. Trotzdem wollen wir sichergehen, dass wir nichts übersehen. Wann haben Sie das Haus für Ihren Urlaub verlassen?"

„Wir sind am sechsten nach Vancouver geflogen", antwortete Jean-Baptiste. „War das Zimmer damals in diesem Zustand?", fragte Arnaud. Catalina schaute ihren Mann ratlos an.

„Normalerweise kommt unsere Putzfrau montags. Sie putzt sehr gründlich und räumt auch Andrés Zimmer immer auf, obwohl er ihr das verboten hat."

„Das bedeutet, dass André nach Ihrer Abreise noch einmal hier gewesen sein muss." Catalina wankte.

„Wäre der Mörder dann hier …?" Sie sprach den Gedanken nicht aus.

„Ich glaube das nicht. Vermutlich würde man dann Spuren eines Kampfes sehen."

„Wann trifft die Spurensicherung hier ein? Wir können uns kaum noch auf den Beinen halten. Der Jet-Lag." Jean-Baptiste sah sie entschuldigend an.

„Ich sage ihnen sofort Bescheid." Arnaud wählte bereits die Nummer von Colette Caumel. „Sie sind in einer halben Stunde hier. Danach können Sie sich ausruhen."

Noch in der Haustür fragte Catherine: „Haben Sie seine Freundin Sylvie kennen gelernt?" „Flüchtig", antwortete Andrés Mutter. „Ein unscheinbares Ding." Monsieur Caussel sagte: „Sie machte einen netten Eindruck."

5

Am frühen Nachmittag bekam Arnaud die Nachricht. Der Herr des Himmels komme Punkt neunzehn Uhr zum Yachthafen in Agde.

„Ich gehe mit", entschied Catherine. Ihr Ton duldete keinen Widerspruch. „Dann solltest du dich meinem Auftreten anpassen", flachste Arnaud.

„Das bekomme ich hin", versicherte Catherine. Sie verabredeten sich für halb sieben.

Catherine beglückwünschte sich insgeheim. Noch vor einem Monat hatte sie überlegt, die alten Klamotten vom Dachboden wegzugeben. Seit zehn Minuten wühlte sie in der Kleiderkiste aus Peddigrohr. Sie zog eine Jeans heraus und probierte sie an. Sie passte. Kurzerhand griff sie zur Schere und schnitt an beiden Knien Löcher in den Stoff. Bei dem dunkelblauen T-Shirt kannte sie ebenfalls keine Gnade. Es reichte ihr bis zur Hüfte, sie kürzte es mit der Schere. Sie betrachtete sich im Badezimmerspiegel. Sie band die langen Haare zusammen und versteckte sie unter einer Baseballkappe. Die Augen umrandete sie, wie Twiggy es einst getan hatte. Sie erinnerte sich an ein Foto ihrer Mutter: Stolz hatte sie mitten auf der Tower Bridge in London neben ihrem Idol gestanden. Sie malte sich lange Spinnenbeine unter die Augen. Zu spät fiel ihr ein, dass sie das Gesicht blass schminken sollte. Sie wischte die Spinnenbeine weg und begann von vorne. Mit dem Ergebnis war sie zufrieden.

Arnaud wich bei ihrem Anblick fast einen Meter zurück. Catherine fühlte sich gleich zehn Jahre jünger.

„Wir machen schnell noch ein Selfie fürs Poesie-Album", scherzte sie. Sie zogen Grimassen, während sie auf den Auslöser tippten.

„Joseph hat dich auf dem Foto von gestern tatsächlich nicht erkannt."

„Hat er sonst nichts geschrieben?"

„Nein, nur dass die Landschaft phantastisch sei und er traumhaft schlafe."

„Keine Alpträume?"

„Offensichtlich nicht. Fahren wir?"

Sie durchquerten auf der Route de Marseillan mehrere Kreisverkehre, bis sie in Agde auf die Rue de la Capitainerie einbogen. Arnaud stellte die Maschine ab. Dann gingen sie betont langsam zu dem langen Holzsteg. Auf einer Tafel waren alle Anlegestellen verzeichnet. Sie hatten die Tafel bis ins letzte Detail studiert, als der „Herr des Himmels" seine Harley direkt neben sie schob. Er behielt den Helm auf und musterte sie mit einem schnellen Blick. Lässig drehte er sich eine Zigarette. Arnaud bewunderte das Lenkrad der Harley.

„Wer ist die Schnecke?", murrte der Mann.

„Die braucht Stoff", erwiderte Arnaud. „Darf ich?", fragte er und streckte seine Hand aus, um die Ledergriffe des Lenkers zu fühlen.

„Hast du die schon mal ausgefahren?", fragte er.

Der Mann überhörte die Frage. „Wieviel?" Arnaud hielt ihm einen zusammengerollten Hunderter unter die Nase. Der Mann lachte.

„Gibst ihr wohl nix ab, hä?"

„Ist für André", sagte Arnaud.

„Warum kommt der nicht selber?" Der Unbekannte zischte gefährlich leise. „Jemand hat ihn im Wald abgelegt."

Catherine beobachtete ihn unter halb geöffneten Augenlidern. Er zuckte nicht mit der Wimper.

„Warum guckt die mich so an?", sagte der Typ plötzlich. Sie hatten keine Ahnung, was ihn stutzig gemacht hatte. „Flics", fluchte er und war mit einem Satz auf seiner Maschine.

Catherine war schneller. Sie ließ die Handschellen um sein Handgelenk schnappen und schaute ihn drohend an. „Hast du André auf dem Gewissen?"

„Dachte ich's mir doch", sagte der Mann und spuckte auf den Boden. „Ich bringe meine Kunden nicht um. Wär' ich doch blöd."

„Hast du 'ne Ahnung, wer ihn ermordet hat?"

„Hab' ich nicht."

„Hast du mehr Ahnung, wenn wir dich für eine Nacht bei uns einquartieren?" „Vielleicht hat er das Zeug gestreckt und einer ist stinkig geworden. Hört euch doch in Marseillan-Plage um. Er hat das Zeug dort verhökert. Und jetzt lass mich los. Wir sind hier nicht in Marseille."

„Wann hast du André zum letzten Mal gesehen?"

„Das weiß ich doch nicht", fauchte er.

„Müssen wir nachhelfen?", drohte Arnaud.

„Wahrscheinlich letzte Woche."

„Geht es ein bisschen genauer?"

„Muss Donnerstag gewesen sein. So um achtzehn Uhr herum."

„Und wo?"

„Wo ich ihn immer sehe. In Mèze am großen Parkplatz."

„War er allein?"

„Was sollen diese Fragen? Ich treffe ihn immer allein."

„Am dreizehnten August hast du ihn nicht gesehen?"

„Nein, zum Teufel."

„Wo warst du am Samstagabend?"

„Meine Fresse. Ich stehe vor dem Le Comptoir in Sète. Sie können meinen Arbeitgeber fragen."

„Wer ist das?"

„Renè Susa."

„Das werden wir. Deinen Ausweis bitte."

Der Mann fischte ihn mit der freien Hand aus seiner Westenta-
sche.

„Tomer Caroit, gemeldet in Vias." Sie machte ein Foto und reichte
ihm den Ausweis zurück. „Wir brauchen eine richtige Aussage.
Morgen früh in unserem Büro in Mèze. Acht Uhr."

„Acht Uhr? Sind Sie verrückt?" schnaubte Caroit. Catherine
schloss ihm ungerührt die Handschellen auf, drehte sich um und
zog Arnaud mit sich. Tomer Caroit vernebelte ihnen mit seinen
Abgasen die Luft.

„Pfui Teufel", hustete Catherine.

Einen Tag nach ihrem zwölften Geburtstag erschien Olivias Tochter nicht zum Frühstück. Auf ihr Rufen bekam Olivia keine Antwort. Sie klopfte mehrmals an die Schlafzimmertür, öffnete sie und fand das Mädchen totenbleich und schwach atmend in ihrem Bett. Sie hastete die Treppe hinunter und wählte die Nummer des Notarztes. Zurück nahm sie zwei Treppenstufen auf einmal, schüttelte ihre Tochter und kniff ihr in die Wangen. Neben dem Bett entdeckte sie eine zerknüllte Schachtel Paracetamol und ein leeres Fläschchen Baldrian. Zum Glück hatte die Menge nicht gereicht. Der Arzt war wenige Minuten später zur Stelle, gab ihr eine Infusion und eine größere Menge Flüssigkeit. Darüber hinaus veranlasste er die sofortige Unterbringung des Mädchens im Hospital La Colombière in Montpellier. Der Krankenwagen vor dem Haus sorgte bei den Nachbarn für aktuellen Gesprächsstoff. Etliche Frauen standen später vor der Boulangerie und steckten die Köpfe zusammen.

Am nächsten Sonntagmorgen holte Olivia ihr bestes Kleid aus dem Schrank. Sie hakte Henri unter und ging hocherhobenen Hauptes zur Kirche. Sie grüßte alle, die sie traf, freundlich und erkundigte sich nach deren Wohlbefinden. Sie ließ sich nicht das Geringste anmerken. Vor dem altehrwürdigen Kirchenportal erzählte sie allen, die dort standen, dass ihre Tochter ihr größter Stolz sei. Nach dem Ende der Heiligen Messe fragten mehrere Gemeindemitglieder, was mit der Tochter passiert sei. „Sie musste sich in Montpellier einer Blinddarmoperation unterziehen", erklärte Olivia.

Das Mädchen hatte Glück im Unglück. Eine engagierte junge Ärztin versuchte zu ergründen, warum es aus dem Leben scheiden wollte. Das Mädchen brauchte eine Woche, bevor es sich aus seiner Starre löste und mit der Ärztin sprach. Anfangs reagierte das Mädchen nicht einmal auf seinen Namen. Wenn die Ärztin leise Emma sagte, starrte das Mädchen nur an die Decke. Emma erzählte stockend, schluchzend, zitternd. „Da ist nichts", schluchzte sie. „Als ob ich lebendig begraben sei." „Aber du hast doch eine Mutter, die dich über alles liebt." „Das ist nicht meine Mutter", stieß Emma hervor. Sie krallte sich das Kopfkissen und weinte. Irgendwann musste die Ärztin Emmas Hand loslassen.

Die Ärztin fragte Olivia beim nächsten Besuch, wie das Verhältnis zu ihrer Tochter sei. Olivia fand die Frage zudringlich. Sie habe ihr Leben ganz auf ihre Tochter abgestimmt und ihr Bestes gegeben. Sie unterstellte ihrer Tochter, sich bei der Ärztin über sie beschwert zu haben. Das Mindeste, was sie verlangen könne, sei Dankbarkeit. Stattdessen schütte sie ihr Herz bei einer Fremden aus. Sie habe der helfenden Hand Gottes nicht vertraut und versucht, ihrem Leben ein Ende zu setzen. Das sei gotteslästerlich. Sie schäme sich. Beim Jüngsten Tag würde alles ans Licht kommen, der Gedanke an diese Schmach raube ihr den Schlaf. Sie verließ schimpfend das Krankenhaus. Sie besuchte ihre Tochter an diesem Tag nicht und verabschiedete sich auch nicht von der Ärztin.

Freitag, 19. August

1

Marc war schon am Vorabend über Catherines Outfit verblüfft gewesen. Als sie am Freitagmorgen schon um halb sechs Uhr morgens trällernd unter der Dusche stand und ihm eine halbe Stunde später einen doppelten Espresso ans Bett brachte, staunte er noch mehr. „Wird wohl Zeit, dass Joseph wiederkommt", murmelte er verschlafen.

„Kann sein", rief Catherine. „Aber wir haben für Acht unseren Chefrocker einbestellt, da brauche ich einen klaren Kopf."

„Oh, Mistress Bond greift durch", kommentierte Marc. Er hatte nicht damit gerechnet, dass sich Mistress Bond auf ihn stürzen und ihm die Bettdecke wegziehen würde.

„So schön warm, zum Reinbeißen", hauchte sie ihm ins Ohr. Sie entledigte sich blitzschnell ihres luftigen Kleides und stürzte sich auf ihn. Marc genoss ihre begehrenden Hände und ließ sich voller Wonne auf dieses unerwartete Vergnügen am Morgen ein.

„Wenn du mich mit Mistress Bond vergleichst, verhalte ich mich auch so", sagte sie. Nach einer gefühlten Ewigkeit löste sie sich aus seiner Umarmung und sprang mit Schwung aus dem Bett. „Jetzt muss ich mich sputen", sang sie zu der Melodie von ‚Sky Fall'.

2

Um halb acht Uhr betrat Catherine energiegeladen die Gendarmerie. Sky Fall summend begrüßte sie den diensthabenden Kollegen. Dann fuhr sie ihren PC hoch, rief das Spracherkennungsprogramm auf und diktierte den Bericht von der Befragung Tomer Cairots. Arnaud kam kurz nach ihr. Er wirkte, als sei er aus dem Bett gefallen. Eine zarte Röte überzog sein Gesicht. „Allergische Reaktion auf die Schminke", erklärte er, als Catherine fragte. „Gestern Abend war es noch schlimmer. Es hat gejuckt wie verrückt.

Ich habe mir in der Apotheke eine Creme besorgt, sonst sähe ich aus wie ein Zombie.“

Catherine bedauerte ihn ausgiebig. Es half. Allmählich hob sich Arnauds Laune wieder.

Sie erkannten Tomer Cairot kaum wieder. Im dunkelblauen Anzug und weißem Hemd ignorierte er ihre Blicke.

„Wo kann ich unterschreiben?“, fragte er und holte einen Füller mit goldener Spitze aus seiner Aktentasche. Er setzte kommentarlos und ohne den Inhalt gelesen zu haben seinen Namen unter das Protokoll. „Ist das alles?“, fragte er.

„Das ist alles“, erklärte Catherine. „Wir haben Ihre Daten, falls wir Sie noch einmal brauchen.“

Tomer Cairot grüßte und verschwand.

„Was für ein Auftritt. Hast du seine Aktentasche gesehen?“, fragte Catherine, nachdem er gegangen war. Sie klärte Arnaud darüber auf, dass Cairot eine Tasche von Ermenegildo Zegna unter den Arm geklemmt habe, die nicht für ein paar Euro zu haben sei. Arnaud sagte, ihm habe sie nicht besonders gefallen.

„Er gehört jedenfalls nicht zu den armen Schluckern. Hast du inzwischen herausgefunden, womit der Herr seine legalen Brötchen verdient?“

Arnaud klickte sich durch mehrere Internetseiten, bis er Cairot auf einer Social-Media-Plattform fand.

„Ohne Bart sähe er komplett harmlos aus. Schau mal.“ Er drehte seinen Bildschirm. „Seinen eigenen Angaben zufolge ist er bei einem Software-Entwicklungsunternehmen in Montpellier beschäftigt.“ „Seinem Auftreten zufolge sicher in einer höheren Position.“

„Aber dann hätte er es doch nicht nötig, samstags einen Club zu bewachen. Ob sein Arbeitgeber weiß, womit er sich in seiner Freizeit beschäftigt?“

„Glaube ich nicht. Nachweisen können wir ihm nichts.“

„Vielleicht geben wir dem Drogendezernat in Montpellier einen Tipp.“

Catherine glaubte, dass die Kollegen längst Bescheid wüssten.

„Lass uns Prioritäten für Marseillan-Plage setzen. Wir fragen in allen Bars, Diskotheken und Pizzettas nach, ob sie André kennen oder ihn gesehen haben. Mit dem Vergnügungspark befassen wir uns später", beschloss Catherine.

3

„Du könntest dich wieder so nett zurechtmachen wie gestern", schlug Catherine vor.

„Als verdeckter Ermittler?", feixte er. „Ich muss es zugeben, ich finde Gefallen daran."

„Vielleicht sollten wir dem Justizministerium vorschlagen, ein paar Stunden Schauspielunterricht mit in die Ausbildung aufzunehmen."

Sie prusteten los, als sie sich das angewiderte Gesicht des Justizministers vorstellten.

Catherine hatte Marc informiert, dass sie erst spät abends nach Hause komme. Dem war das Recht. Er war noch in Montpellier und wollte eine schwierige Akte studieren.

Catherine fuhr nach Hause, bevor Arnaud sie abholte. Sie besichtigte ihren Kleiderfundus und zog einen lachsfarbenen Minirock mit Rüschen, ein knappes, schwarzes T-Shirt und Ballerinas aus einer Kiste, die sie schon längst hatte entsorgen wollen. Mit schwarzem Eyeliner betonte sie heute ihre Augenlider, wie Maria Callas es einst praktiziert hatte. Auf den Lippenstift verzichtete sie. Ein schwarzes Band, um die Stirn gebunden, und schon sah sie aus wie ein Hippie. Arnaud trug das gleiche wie am Vortag, nur geschminkt hatte er sich nicht. „Eine allergische Reaktion pro Woche reicht", sagte er, als Catherine ihn fragte.

„Ob sich die Besucher zudröhnen, wenn sie auf die Wasserrutsche gehen?", überlegte Catherine auf dem Weg nach Marseillan-Plage.

Die Wasserrutsche, ähnlich wie eine Achterbahn gestaltet, galt als die Hauptattraktion des Parks. Nachts war sie sogar beleuchtet.

„Kann schon sein. Eine Achterbahn ist nichts für Feiglinge. Wahrscheinlich putschen sich die Leute auf, wenn sie in einer Gruppe sind. Aber das geht genauso gut mit Alkohol. Zugegeben, ich habe überhaupt keinen Spaß an Rummelplätzen."

„Warst du denn nie jung?", fragte Catherine.

„Schon, aber ich bin lieber auf lebendigen Pferden geritten und auf Bäume geklettert."

„Dann hattest du es gut. Ich bin gespannt, ob wir jemanden finden, der sich an André erinnert."

„Ich auch."

Am Eingang des Vergnügungsparks stand eine schmale junge Frau in einem Kassenhäuschen. Ihre hellblau gefärbten Haare lagen wie ein Helm um ihren Kopf. ‚Mélissa verkauft Ihnen die Tickets zum Glück' stand auf einem goldumrahmten Täfelchen. Als sie den Park erreichten, standen nur wenige Besucher im Eingangsbereich. Catherine nutzte die Chance, um Mélissa in ein Gespräch zu verwickeln. Mit panischer Stimme fragte sie: „Ist es gefährlich, auf die Rutsche zu gehen?"

„Ach was." Mélissa klang wie ein kleines Mädchen.

„Bekommt man einen Sicherheitsgurt?"

„Natürlich."

„Und ist schon einmal jemand aus dem Boot gefallen?"

„Natürlich nicht. Wollen Sie jetzt ein Ticket kaufen oder nicht?"

„Ich weiß nicht", sagte Catherine zaghaft und schaute Arnaud hilfesuchend an. Er sprach beruhigend auf sie ein. „Liebling, du musst nicht auf die Bahn, wenn du zu viel Angst hast."

„Hey, treten Sie zur Seite, wenn Sie sich nicht entscheiden können", forderte Mélissa sie auf.

Ein Mann mit Irokesenschnitt, Piercings im linken Ohr und im rechten Nasenflügel sowie an den Augenbrauen stellte sich neben Arnaud.

„Na? Probleme mit der Tusse?" Er zog Arnaud zur Seite und raunte: „Braucht sie was zur Beruhigung? Oder lieber was anderes?"

„Was anderes."

Unter dem T-Shirt des Mannes prangten auf kräftigen Armen Tattoos bis hin zu den Handgelenken. Er schaute Catherine von oben herab an. Sie wollte sich gerade empören, ruderte aber rechtzeitig zurück.

„Ein bisschen was zu Rauchen wäre nicht schlecht." Sie schaute Arnaud bittend an.

„Okay", sagte der und wandte sich an den Mann. „Kannst du mir was besorgen?"

Der Mann zuckte mit den Schultern. „Kostet dich einen Fünfziger."

„Bist du verrückt?", empörte sich Arnaud.

„Angebot und Nachfrage", grinste der Mann. „Schon mal gehört?" Als Arnaud nicht reagierte, schob der Tätowierte nach.

„Zurzeit sind wir knapp. Bis vor kurzem schickte uns der Herr des Himmels Manna, aber jetzt hat sich der Engel verpisst."

„Hat der Herr nur den einen Engel?", hauchte Catherine, scheinbar verzweifelt. Arnaud musste sich beherrschen, um nicht laut loszuprusten.

„Sein Freund sagte, bald käme ein neuer, aber der war noch nicht hier."

„Was ist mit dem alten? Macht der Stress?", fragte Arnaud.

„Oh, Scheiße, ihr seid Flics", zischte der Mann, nahm seine Beine in die Hand und verschwand hinter dem Kassenhäuschen.

„Merde", rief Catherine, hielt Mélissa ihren Ausweis hin und setzte dem Flüchtigen nach. Arnaud sprintete hinterher. Sie fanden ihn nicht. Die Menge hatte ihn verschluckt. Sie rannten ziellos zwischen den Buden, der Wasserrutsche und der Geisterbahn hin und her.

„Entschuldigung, ich hab's vermasselt", sagte Arnaud kleinlaut. „Warum hat der Mann uns erkannt?"

„Eine Frage zu viel vielleicht. Ich weiß es nicht. Ich spendiere dir ein Panaché", sagte Catherine.

„Das kann ich bei der Hitze vertragen."

„Schau mal. Dort drüben gibt es eine Karaoke-Bar. Die öffnet sicher erst später, aber lass uns den Türsteher interviewen."

„Warum sollten wir den Türsteher einer Karaoke-Bar befragen?"

„Du hast noch nie bei Karaoke mitgemacht?"

„Warum sollte ich?" Arnaud verstand die Frage nicht.

„Gut, dann sage ich es dir. Um öffentlich zu singen, braucht es Mut. Die meisten von uns haben in der Schule oder von den Eltern gehört, dass sie nicht singen können."

„Ja?"

„Ja! Catherine, stelle dich doch lieber in die letzte Reihe", äffte sie ihre Lehrerin nach. „Selbst, wenn sie heute zu mehreren in den Schuppen gehen, kostet es Überwindung. Da könnte ein Joint ermutigen."

„Ach so meinst du das. Manchmal bin ich schwer von Begriff."

Diesmal nahmen sie sich in Acht. Catherine spielte die Rolle des schüchternen Mädchens weiter.

„Trauen sich viele Besucher auf die Bühne?", fragte sie den Türsteher. Der grinste. „Genügend", versicherte er.

„Ist jemand schon einmal ausgebuht worden?", fragte sie mit großen Augen.

Der Türsteher, einen Kopf größer als Catherine, verschränkte die kompakten Arme vor der Brust. Er musterte Catherine von oben bis unten.

„Eine kleine Starthilfe gefällig?" Seine gehobenen Augenbrauen unterstrichen seine Frage.

„Gibt es was?", antwortete sie mit einer Gegenfrage.

„Noch." Er zog ein Tütchen aus seiner Hosentasche. „Dreißig Euro für ein himmlisches Vergnügen", sagte er und hielt ihr die Hand hin. Catherine stupste Arnaud an, der zückte sein Portemonnaie und gab dem Mann einen Schein. „Was bedeutet noch?", setzte sie nach.

„Lieferunterbrechungen", raunte ihr der Mann ins Ohr.

„Lieferunterbrechungen?", echote Catherine.

„Der Bote des Himmels kommt nicht mehr."

„Der hier?"

Catherine zog entgegen ihrer ursprünglichen Absicht das Foto von André aus der Tasche.

„Ihr habt mich reingelegt", tobte der Mann. „Ihr wollt mir etwas anhängen." „Der Junge wurde umgebracht", sagte Catherine. Wir suchen seinen Mörder, das ist alles."

„Ich wusste gleich, dass ihr nicht sauber seid." Er fuhr sich mit beiden Händen über den kahlen Schädel, kratzte sich hinterm Ohr und verdrehte die Augen. „Regen Sie sich ab. Wir wollen von Ihnen wissen, ob der junge Mann Streit mit jemandem hatte? Oder verfolgte ihn jemand?"

Der Mann glotzte sie wütend an. „Dieser Milchbubi glaubte, er würde über den Dingen stehen, bildete sich was ein auf seine teuren Klamotten. Er konnte froh sein, dass ihm keiner die Fresse poliert hat."

„Hatte er also doch Streit? Warum wollte ihn jemand vermöbeln?"

„Er ist mit Jean-Paul von der Wasserrutsche angeeckt. Er soll ihm gestreckten Mist angedreht haben, da gab es eine kleine Rangelei."

„Jean-Paul? Der von der Kasse?"

„Genau."

„Wo finden wir ihn, wenn er nicht an der Kasse sitzt?"

„Fragen Sie drüben in der Pizzetta nach. Dort räumt er manchmal die leeren Teller ab. Von mir haben Sie das aber nicht. War's das jetzt? Ich muss wieder arbeiten. Wenn andere mitbekommen, dass ich mit den Flics rede, kann ich mich nirgendwo mehr blicken lassen."

Catherine steckte ihm ihre Visitenkarte zu und tippte mit ihrem Zeigefinger an die Schläfe. „A bientôt."

Jean-Paul war nicht in der Pizzetta. Ein junges Mädchen beschwerte sich mit Tränen in den Augen bei einer Kollegin.

„Der hat mich angeschnauzt. Ich sei nicht schnell genug."

Catherine und Arnaud verzichteten darauf, sie nach Jean-Paul zu fragen.

Sie schlenderten durch eine schmale Gasse. Zu beiden Seiten reihten sich Fast-Food-Stände und offene Restaurants wie Perlen einer Kette aneinander. Laut wummernde Musik aus verschiedenen Richtungen machten eine normale Unterhaltung unmöglich. Oregano Düfte ertranken im herben Fischsudgeruch. Das Aroma von

Crêpe Suzette mischte sich mit dem alten Fett diverser Pommesbuden. Catherine verging der Appetit. Sie bat Arnaud, sie nach Hause zu fahren.

4

Als Catherine nach Hause kam, wollte sie nur noch eins: schlafen. Marc hatte ihre Abwesenheit genutzt, um sich einen alten Film von François Truffaut anzuschauen. Catherine fand an den alten Schinken keinen Gefallen. Sie ließ sich neben Marc auf die Couch fallen. Ein Blick auf ihr Gesicht genügte und er schaltete den Fernseher aus. „Erzähl‘“, sagte er interessiert.

„Ich glaube, ich schaffe es nicht“, jammerte Catherine.

„So schlimm?“.

„Es kommt mir so vor wie mit den Ibissen.“

„Ibisse?“ Marc schaute sie verständnislos an.

„Jedes Mal, wenn ich glaube, wir wären der Lösung ein Stück näher gekommen, verflüchtigt sie sich und ein neues Problem taucht auf. Mit den Ibissen verhält es sich genauso. Kaum kommst du ihnen ansatzweise näher, flattern sie davon. Keiner hat den Jungen gesehen, keiner weiß, wo er in den letzten Tagen gewesen ist.“

„Du brauchst Geduld, das ist alles. Und …“

„Ich weiß, was du sagen willst“, unterbrach ihn Catherine. „Aber Joseph hat immer den Überblick, bleibt gelassen und gleichbleibend freundlich.“

„Schatz, du wirst den Fall lösen.“

„Ja, aber du weißt auch, dass es bei der Lösung auf die ersten Tage ankommt.“

„Weiß ich. Trotzdem kannst du nichts herbeizwingen. Soll ich dir einen Tee kochen? Oder möchtest du lieber ein Glas Roten?“

„Ja, nein, vielleicht doch einen kleinen Roten, aber dann gehe ich schlafen.“ Marc holte einen besonders schönen Kelch aus dem Schrank und schenkte ihr einen Cabernet Sauvignon ein.

„Was habt ihr bisher?“, fragte Marc nach einer Weile.

„André hat bis Mittwoch ordnungsgemäß das Lycée von Sète besucht, am Donnerstag hat er sich vom Arzt einen Krankenschein ausstellen lassen. Seine Eltern besuchten zu der Zeit eine Verwandte in Kanada. Wir haben seine Lehrerin, seine Freundin und seinen Drogenlieferanten befragt. Abgesehen von seiner Freundin halten alle anderen ihn für überheblich. In Marseillan-Plage scheint er Stress mit einem Kunden gehabt zu haben.“

„Aber in der kurzen Zeit habt ihr doch einiges erreicht. Du wirst sehen, wenn ihr glaubt, es geht nicht weiter, kommt ein Zeuge oder eine neue Spur tut sich auf.“

„Aber ohne Zeugen, ohne Spuren und ohne Beweise kommen wir nicht weiter“, widersprach Catherine.

„Ja, ich gebe dir Recht, aber du darfst nicht den Glauben an dich und an deine Fähigkeiten verlieren.“

„Wenn das immer so einfach wäre“, seufzte Catherine.

„Von einfach habe ich nichts gesagt.“ Marc nahm sie fest in die Arme und Catherine ließ es geschehen. Er sang leise ‚Au clair de la lune‘ bis sie einschlief.

Samstag, 20. August

Am nächsten Morgen ging es Catherine besser. Nach ihrem Stimmungstief am Abend lockte Marc sie früh an den Strand. Noch war der Sand kühl. Noch verbrannten sie sich auf dem Weg zum Wasser nicht die Fußsohlen. Noch lagen kaum Menschen unter Sonnenschirmen.

Während sie an der Wasserkante entlang liefen, die sanften Wellen ihre Füße benetzten, erzählte Marc ihr Geschichten aus seiner Jugend.

Dass er eines Nachts beschlossen habe, am nächsten Morgen nach Hamburg zu fahren. Einfach so. In einer kleinen Szene-Bar in Montpellier hatte er am Tresen gestanden, geraucht, gesoffen und ein wildfremdes Mädel gefragt, ob sie ihn begleiten wolle. Sie wollte. Sie waren um fünf Uhr morgens mit seinem dunkelblauen Bulli aufgebrochen. Nach hundert Kilometern hatte der Trip ein Ende gefunden. Ein geplatzter Reifen und das Gemotze seiner Begleiterin hatten ihn so genervt, dass er sie gebeten hatte, auszusteigen. Sie weigerte sich. Danach hatte er den Reifen gewechselt, war umgedreht und zurück nach Montpellier gefahren.

„Warst du danach je in Hamburg?", fragte Catherine. „Hat sich nicht ergeben", bedauerte er. „Das könnten wir uns für ein besonderes Wochenende vornehmen", schlug sie vor.

„Ist notiert", versprach Marc, drückte ihr sein Handtuch in die Hand und stürzte sich in die Wellen.

Nach dem dreiwöchigen Aufenthalt auf einer psychiatrischen Station des Krankenhauses verdoppelte Emma ihre Anstrengungen im Collège. Sie lernte Tag und Nacht binomische Formeln, englische und italienische Vokabeln, die Gedichte von Charles-Pierre Baudelaire. Bald wurde sie von ihren Mitschülerinnen als wandelndes Lexikon verspottet. Nach einer Zeugniskonferenz legte man ihren Eltern nahe, sie solle eine Klasse überspringen. Ihr Ruf als Streberin eilte ihr voran. Ihre neuen Mitschülerinnen grenzten sie von vorneherein aus. Zwei Monate vor ihrem Abschluss verweigerte sie von heute auf morgen das Collège.

Sie wuchs zu einer attraktiven jungen Frau heran. Lange, dunkle Haare fielen ihr bis auf die Schultern. Ihre unergründlich braunen Augen umrandete sie mit schwarzem Kajal. Olivia schimpfte vergeblich: Sie sehe aus, als sei sie gerade einem Bergwerk entstiegen. Sie schnitt sich die Jeans an den Knien auf, später auch am Hintern. Olivia tobte, nachdem sie beim Anblick ihres blanken Körperteils beinahe in Ohnmacht gefallen wäre. Ihre Haare färbte sie wasserstoffblond. Reihenweise verdrehte sie jungen Männern den Kopf, spukte in ihren Träumen herum. Olivia erreichte sie nicht, weder mit Lob noch mit Tadel. „Was sollen die Nachbarn sagen, wenn du so herumrennst", sagte sie zu ihrer Tochter. „Das ist mir sowas von scheißegal", fauchte diese und schlug die Tür hinter sich zu.

Montag, 22. August

1

Arnaud Pinel stand im Allgemeinen früh auf. Sehr früh. Besonders im Sommer. Seit der vergangenen Woche besaß er ein Rennrad. Die Sonne war noch nicht aufgegangen, aber eine zartblaue Färbung kündigte ihren Aufgang an. Arnaud zog die Fahrradhosen an, stieg in die Sportschuhe und streifte das neongrüne Hemd über. Noch im Gehen schnallte er den Helm fest. Mit dem kleinen Rucksack auf dem Rücken düste er los.

Bis zum Marktplatz in Mèze brauchte er nur sieben Minuten. Er kaufte die „Midi libre", zahlte und fuhr vorbei an Autos, in denen Fahrer mit nervösen Gesichtern auf die Rücklichter ihres Vordermannes stierten. Er sah Finger, die ungeduldig auf Lenkräder trommelten und amüsierte sich über vereinzelte Mittelfinger, die aus Seitenfenstern gestreckt wurden. Bei der Bäckerei Debakker machte er einen Schlenker, stellte sein Rad ab, schloss es sorgfältig ab und stellte sich in die Schlange. Er kaufte mehrere Croissants, ein Baguette und ein Rustic und verstaute alles im Rucksack.

Zu Hause sprang er unter die Dusche, ließ zum Schluss eiskaltes Wasser über seinen Körper laufen und rubbelte sich kräftig ab. Er brühte sich einen kleinen Espresso auf und setzte sich mit der Tageszeitung auf seinen winzigen Balkon.

Die überregionalen Meldungen überschlug er. Die kannte er schon aus den Radio- und Fernsehnachrichten. Arnaud las die Zeitung von hinten nach vorne. In einem Leserbrief regte sich ein Mann tierisch über das Verkaufsverbot von Welpen und Katzen in Zoohandlungen auf. Arnaud wusste, dass es ab Januar 2024 hart bestraft werden sollte, Haustiere zu quälen oder auszusetzen. Gut so. Dann würden unüberlegte Tierkäufe vielleicht endlich unterlassen, und Tiere nicht zu Weihnachten oder Geburtstagen als Spielzeuge verschenkt werden.

Eine Frau stieß sich an der Entscheidung des Präsidenten, die blaue Farbe der französischen Flagge zu ändern und machte ihrem

Ärger Luft. ‚Das ist doch alter Tobak‘, dachte Arnaud. Würde er jemals die Zeit haben, um sich über solche Lappalien aufzuregen? Er wollte das Blatt schon weglegen, als ihm etwas auf der ersten Seite ins Auge sprang. Unter dem Artikel über die Brandstifter, die mindestens drei Waldbrände im Herault gelegt hatten, fand er ein paar andere Zeilen.

‚Gendarmen tappen im Dunkeln – Mord im Drogenmilieu?
Der siebzehnjährige A.S. wurde in den frühen Morgenstunden des 16. August in der Nähe des Dinosaurier-Parks in Montagnac tot aufgefunden. Laut Aussagen der Gendarmerie gibt es in dem Fall bislang noch kein Ergebnis. Eine Nachbarin deutete an, dass der junge Mann Verbindungen zum Drogenmilieu haben könnte. Ein mutmaßlicher Drogendealer wurde nach seiner Vernehmung frei gelassen.
Wer kennt diesen Jungen und weiß, wo er sich in den letzten Tagen aufgehalten hat? Die Gendarmen bitten um sachdienliche Hinweise.‘

Gezeichnet war der Bericht mit dem Kürzel B.T. Arnaud fragte sich, woher die Presse diese Informationen hatte.

2

Am Morgen fand Catherine auf ihrem Schreibtisch den beschlagnahmten Laptop von André Caussel. An der Plastikummantelung klebte ein Zettel: Weibliche Fingerabdrücke auf der Tastatur. Herkunft unbekannt. Daneben natürlich die von André. Gruß Colette.
Catherine fuhr ihren Computer hoch und inspizierte die Mails in ihrem Postfach. Keine Nachricht von Neville. Hatte er sie vergessen? Vor neun Uhr würde sie ihn nicht erreichen. Ein Anruf bei ihm landete als Punkt eins auf ihrer Erledigungsliste. Darunter schrieb sie: Alibi von Tomer Cairot prüfen.

Kurz darauf hörte sie Arnaud auf dem Gang lauthals „Nathalie"
singen. Er kam ins Büro und wedelte mit einer Gebäcktüte.

„Für dieses Chanson bist du viel zu jung", begrüßte ihn Catherine.

„Wie kommst du zu diesem Schluss?", fragte Arnaud.

„Das hat meine Mutter mir vorgesungen, als ich noch in der Wie-
ge lag. Sie war damals vernarrt in Gilbert Bécaud. Möchtest du
etwa bei dieser Dauerhitze im Café Puschkin eine heiße Schokolade trinken?"

„Ich konzentriere mich nur auf die Stelle, wo er eine blonde
Schönheit anhimmelt, um mit ihr über den roten Platz zu mar-
schieren."

„Das ist nicht dein Ernst. Wer möchte in diesen Zeiten über den
roten Platz laufen."

„Daran habe ich nicht gedacht", entschuldigte sich Arnaud.

Nach einer Weile fragte Catherine: „Warum hast du so unverschämt gute Laune? Wir kommen mit unserem Fall nicht weiter
und du trällerst Chansons. Stand der Zeugenaufruf heute Morgen
in der Presse?" „Er steht vorne auf der ersten Lokalseite." Die restlichen Zeilen erwähnte er nicht.

„Dann warten wir auf den Ansturm der Massen", sagte Catherine.

„Ja, das tun wir", entgegnete er und lächelte. Er stand auf, stellte
sich vor Catherines Schreibtisch und sagte:

„Lieutenant Rozier. Darf ich Ihnen etwas präsentieren?" „Was ist
los?", fragte Catherine lachend.

„Hier!" Arnaud Pinel zog hinter seinem Rücken ein Schriftstück
hervor und hielt es ihr hin. Eine Urkunde, die ihn als Lieutenant
der Gendarmerie auswies. „Gratulation." Catherine sprang auf und
schüttelte ihm die Hand.

„Davon hast du uns ja gar nichts verraten. Wann hast du die Prü-
fung gemacht?" „Vor zwei Wochen, aber die Urkunde war erst am
Samstag im Briefkasten", verriet er.

„Das feiern wir, wenn Joseph von der Ardèche zurück ist." Catherine war beeindruckt.

„Soll ich dir noch etwas verraten?", fragte der frisch gebackene
Lieutenant der Gendarmerie.

„Nur zu. Ich bin gespannt?"

„Ich habe am Samstag eine Stunde Schlagzeugunterricht genommen."

„Das hat bestimmt Spaß gemacht."

„So richtig drauf hauen, ja, das tat gut. Und auf das Gehirn soll es sich wegen der beidseitigen Handbewegungen auch positiv auswirken."

„Wie gefällt deiner Verlobten dein neues Hobby?"

Arnauds Gesicht verdüsterte sich. „Sie hat sich von mir getrennt. Vorläufig, sagte sie. Sie ist am vergangenen Wochenende ausgezogen und wohnt jetzt in einem Schwesternwohnheim in der Nähe des Hospitals. Angeblich ist das praktischer für sie, weil sie keine Zeit mehr mit unnötiger Fahrerei verschwenden muss."

„Das tut mir leid für dich", bedauerte Catherine ihn.

„Schon gut", winkte Arnaud ab. „Ich komme klar." Nach einer Weile sagte er: „Ich muss allerdings bald ein freies Wochenende beantragen und meine Eltern besuchen. Sie haben sich bitterlich beklagt, dass sie mich so selten zu Gesicht bekommen."

„Dann müssen wir schleunigst den Mord an André aufklären", sagte Catherine.

Das Telefon schellte.

„Ich wusste nicht, dass der Bote des Himmels tot ist", meldete eine zerknirschte Stimme.

„Wer ist am Apparat?", fragte Arnaud und schaltete den Lautsprecher ein. Catherine wurde hellhörig.

„Es tut mir leid, dass ich am Samstag abgehauen bin, aber ich will meinen Job nicht verlieren."

„Jean-Paul?", vermutete Arnaud.

„Ich hatte Stress mit dem Milchbubi. Er hat das Zeug gestreckt, das er mir verkauft hat."

„Marihuana kann man strecken?", zweifelte Arnaud.

„Nee. Er hat gelegentlich Koks vertickt. Das ist nicht gerade umsonst. Er hat Backpulver untergemischt. Als ich ihm das sagte, hat er mich ausgelacht."

„Und dann hast du zugeschlagen?"

„Aber das war doch schon vor Monaten.“

„Und in letzter Zeit?“ Sie hörten das Lächeln Jean-Pauls durch seinen Ton.

„Er hat es nicht noch einmal gewagt.“

„Wo warst du eigentlich am Samstag, dem dreizehnten August?“

„Hier. Ich habe meinen Job gemacht, warum? Ach, Sie meinen, ich hätte dem Jungen den Hals umgedreht? Nee, das hängen Sie mir nicht an.“

Er schnaufte vernehmbar.

„Gibt es Zeugen dafür, dass du gearbeitet hast?“

„Jede Menge. Mein Chef, meine Kollegin und meine Freundin, die hat hier eine Zeitlang herumgelungert.“

„Und warum wolltest du deinen Job nicht verlieren?“ Jean-Paul legte auf.

Er wusste nicht, dass Claude ihn längst geortet hatte.

„Er hat vom Strand in Marseillan-Plage telefoniert“, teilte er den Kollegen mit. „Ich fahre sofort hin und knüpfe mir den Chef vor. Ein Gespräch mit der Gendarmerie einfach abzubrechen, das geht nicht“, empörte sich Arnaud. Er sprang auf und war schon auf dem Weg.

Endlich. ‚General Neville‘ leuchtete auf dem Display des Telefons.

„Ist Capitaine Leroux nicht im Haus?“, fragte er als Erstes.

„Nein, General. Er hat noch eine Woche Urlaub. Haben Sie eine Unterstützung für uns gefunden?“ Neville räusperte sich. Dann rückte er mit der Sprache heraus.

„Ein siebenwöchiges Praktikum wird in der Regel nur von Anwärtern für die Polizeiakademie absolviert. Ich denke an eine Ausnahme. Ich habe eine Nichte, die sich ernsthaft für Ihre Arbeit interessiert?“

„Eine Praktikantin?“, fragte Catherine ungläubig.

„Naja, Sie könnte Ihnen behilflich sein, bei der Zeugenbefragung Notizen machen und so etwas.“

Catherine schluckte. Dann legte sie los. „Sie wissen, dass man auch beim Notieren Unwichtiges von Wichtigem trennen muss?“

„Wenn Sie glauben, mich belehren zu müssen, Lieutenant Mèziere", fauchte der General, „dann sorgen Sie selbst für Unterstützung." Er legte auf. General Neville hatte noch nie einen Preis für elegante Kommunikation gewonnen.

„Jetzt habe ich es verbockt", sagte sie laut. Arnaud, der noch einmal zurückgekommen war, blickte sie fragend an.

„Der General", sagte Catherine nur. Das Telefon leuchtete wieder.

„Was kommt denn jetzt noch", entfuhr es Catherine.

Sie meldete sich. Ein Lächeln erschien auf ihrem Gesicht.

„Ja, General, ich höre." Sie streckte den gespreizten Zeige- und Mittelfinger hinter ihrem Kopf aus.

„Sehr gerne … Ja, wir werden uns um die junge Frau kümmern … Wir geben uns Mühe … Selbstverständlich … Einen schönen Tag auch."

Sie stöhnte.

„Der General schickt uns seine Nichte. Sie hat sich nach dem Abitur ein paar Monate mit Work-and-Travel die Zeit vertrieben. Aktuell überlegt sie, ob die Justizlaufbahn für sie das Richtige ist. Da wäre es praktisch, wenn sie einen Einblick in eine laufende Ermittlung bekomme. Jetzt dürfen wir neben den Mordermittlungen auch noch Babysitter spielen."

„Wirklich?"

„Ja", sagte Catherine gedehnt. Dann glättete sich ihre Stirn und sie fügte hinzu: „Zur Besänftigung stellt er uns Brigadier Rifaud aus Marseillan zur Seite. Im Stillen weiß er, was er uns zumutet." Arnaud pfiff durch die Zähne.

„Wolltest du nicht nach Marseillan fahren?"

„Bin schon weg."

Ab dem Nachmittag stand das Telefon in der Gendarmerie nicht mehr still. Catherine bat Claude und zwei weitere Kollegen, auch Gespräche anzunehmen.

Menschen hatten André auf dem Ausflugsschiff nach Sète gesehen. Einer schwor Stein und Bein, er habe ihn noch am Vortag an den Austernbänken getroffen und nett mit ihm geplaudert. Eine, der Stimme nach ältere Dame, hatte ihn mit seiner Mutter beim Einkaufen im Supermarkt gesehen. Er schien überall und nirgends gewesen sein. Am Ende des Tages hatten sie heiße Ohren und einen Sack voll unbrauchbarer Notizen. Erschöpft fuhr Catherine nach Hause.

3

Am Abend telefonierte sie ausgiebig mit Marc. Seit dem Mittag befasste er sich bei einer Fortbildung in Bordeaux mit juristischen Aspekten einer speziellen Software. Etliche Juristen stellten Gesetzentwürfe zur Diskussion. Thema war der Schaden, den nicht ausreichend geprüfte Software anrichten kann.

Die französische Justiz untersuchte aktuell den Fall eines namhaften Herstellers, dessen Produkt im Verteidigungsministerium installiert worden war. Es arbeitete so fehlerhaft, dass Rechnungen verspätet oder gar nicht bezahlt worden waren. Als Folge davon meldeten zahlreiche Dienstleister ihren Bankrott an. Der fünfzigjährige Inhaber einer Reinigungsfirma forderte nun vom Ministerium zwanzig Millionen Euro Schadensersatz. Das schadhafte Programm hatte mehr als fünfzehntausend Arbeitsplätze vernichtet.[1]

„Liebes, du glaubst nicht, an welche Grenzen wir stoßen. Verkrustete Strukturen, wo du hinschaust. Innerhalb der Behörden müsstest du flache Hierarchien schaffen, aber der Widerstand dagegen ist unglaublich. Kaum jemand ist bereit, seine gewohnten Denkmuster zu verlassen.“

„Das ist doch menschlich“, sagte Catherine. „Du musst eine andere Meinung als deine eigene gelten lassen. Und dich dann von dieser auch noch überzeugen lassen, das ist für viele Menschen unmöglich. Also sei gnädig.“

„Ja, aber dadurch wird es fast unmöglich, kreative Lösungen zu finden.“

„Das stimmt, das ist frustrierend. Bewerbe dich als Generalstaatsanwalt und ändere die Strukturen.“

„Nehm‘ mich nicht auch noch auf den Arm“, beschwerte sich Marc. „Zwei weitere Tage mit den Damen und Herren Juristen stehen mir bevor. Wie soll ich das überleben, wenn du mich auch noch auslachst."

„Ich lache gar nicht. Schlimmer als dein Job in Marseille kann es gar nicht sein", tröstete sie ihn. „Zum Glück findet diese Fortbildung nicht in Paris statt. Dann würdest du auch noch wie ein alter Käse zerfließen."

„Sie haben Klimaanlagen, das macht es erträglicher", sagte Marc. „Kommst du ohne Joseph aus?"

„Na, ja. Ich wachse an den Problemen", erwiderte Catherine. Sie berichtete ihm, was sie bislang herausgefunden hatten. „Schlaf gut", wünschten sie sich gegenseitig und beendeten den Abend getrennt mit einem Glas Rotwein.

Dienstag, 23. August

1

Dass es in Montagnac immer noch eine winzige Zweigstelle der Gendarmerie gab, verdankte Brigadier Canard der Hartnäckigkeit seines ehemaligen Chefs. Dieser war seinem obersten Dienstherrn, dem Directeur Général de la Gendarmerie Nationale, mit Eingaben so lange auf die Nerven gegangen, dass der nachgab und zähneknirschend die Zweigstelle in eine Art Meldestelle für besondere Angelegenheiten umwandelte. Seit nunmehr fünfzehn Jahren hockte Brigadier Canard dort und wartete darauf, dass die Einwohner Montagnacs, etwas meldeten. Wenn das keiner tat, löste er Kreuzworträtsel in Magazinen, die seine Tante beim örtlichen Frisör ergatterte. Mit etwas Glück bekam er Hefte, bei denen die Rätsel noch nicht oder nur zum Teil gelöst waren.

In dem verschlafenen Ort, der sich weder dem Meer, noch den Bergen oder dem ländlichen Raum zuordnen ließ, passierte so gut wie nichts, also auch keine Verbrechen. In der Durchgangsstraße, die von Mèze nach Pézenas mitten durch den Ort führte, konnte man wegen der vielen Kurven und Drempel gar nicht zu schnell fahren, und für falsches Parken war die Police Municipale zuständig. In die Häuser von Montagnac brach keiner mehr ein. Marodierende Banden hatten die Stadt längst ausgekundschaftet und überall Kreidezeichen an den Hauseingängen angebracht. Sie besagten, dass hier nichts zu holen sei.

Den dreiundzwanzigsten August würde sich Brigadier Canard deshalb rot im Kalender anstreichen. Um neun Uhr und dreißig Minuten stieß ein Mann die Tür auf und meldete eine junge Frau als vermisst. Odette Bole, vierunddreißig Jahre alt, schulterlanges, dunkelbraunes Haar, schlank, braune Augen, wohnhaft im Außenbezirk von Montagnac. Vermisst seit Samstag, dem zwanzigsten August. Zuletzt gesehen in der Küche der Domaine St. Croix. Die Frage Canards, ob sie sich vielleicht aus dem Staub gemacht haben könnte, wies der Mann entschieden zurück. Odette arbeite seit zwei Jahren auf der Domaine St. Croix und sei immer zuverlässig gewesen. Brigadier Canard nahm die Personalien des Mannes auf und versprach, die Meldung an die zuständige Stelle weiterzuleiten.

Nachdem der Mann die Meldestelle verlassen hatte, verfasste Brigadier Canard aufgeregt eine Mail. Es dauerte, bis er mit dem Schriftstück zufrieden war. Er bediente die Tastatur mit zwei Fingern, vertippte sich mehrmals, benutzte die Löschtaste und begann von vorne. Leider hatte er auch ein paar Updates bei der Software verschlafen. Er suchte lange nach dem neuen Button für ‚Senden‘. Danach rief er seine Tante an, um ihr die Sensation zu berichten. Sie saß gerade unter der Trockenhaube des Frisörs und verstand nur die Hälfte. „Eine Küchenhilfe ist umgebracht worden“, verkündete sie den beiden anderen Kundinnen.

Als Catherine die Mail des Brigadier Canard las, musste sie über den altmodischen Stil der Nachricht schmunzeln. ‚Es gibt Neuigkeiten‘, lautete der erste Satz. ‚Der Eigentümer der Domaine St. Croix, Monsieur Oscar Melrose, Engländer, vermeldet, dass eine Madame Bole am vergangenen Samstag nicht zur Arbeit erschienen sei. Bitte leiten Sie sofortige Suchmaßnahmen ein. Foto anbei. Gezeichnet Gaspar Canard.‘

Ob Brigadier Canard inzwischen vor der Lösung des nächsten Kreuzworträtsels saß und auf das Ende seines Dienstes wartete? Der Anhang fehlte. Catherine rief Canard an. Er versicherte, das Foto sofort nachzusenden.

„Eine Frage, verehrte Kollegin. Kennen Sie einen deutschen Fluss mit vier Buchstaben?“

„Rhin“, buchstabierte Catherine und legte auf. Der Anhang mit dem Foto traf wenige Minuten später ein.

Oscar Melrose, Besitzer der Domaine St. Croix in Saint Pargoire? Catherine stutzte. Dort hatte sie vor einiger Zeit mit Marc abends gegessen.

Sie fand die Telefonnummer der Domaine auf Anhieb im Netz. Die Inhaberin, Madame Melrose, meldete sich. Sie bestätigte, dass

Odette Bole seit drei Tagen nicht zum Dienst erschienen sei. Ihr Mann sei überfürsorglich und habe Odette bei der Gendarmerie in Montagnac als vermisst gemeldet. Sie gehe aber davon aus, dass Odette sich in den nächsten Stunden zurückmelden würde. Möglicherweise schmolle Odette wegen eines heftigen Streits mit dem Koch. Sie reagiere schnell beleidigt. Auf ihre Nachfrage, was genau Madame Melrose damit meine, verhedderte diese sich. Sie wisse nicht, worum es bei dem Streit gegangen sei. Sie glaube aber nicht, dass es etwas Ernstes sei. Odette benehme sich zeitweilig zickig.

Hörte Catherine aggressive Untertöne in Madame Melroses Stimme mitschwingen? Catherine versicherte, sie werde der Vermisstenmeldung nachgehen und sie an alle Dienststellen weitergeben. Sollten sich neue Gesichtspunkte ergeben, bitte sie Madame Melrose darum, benachrichtigt zu werden.

Nach dem Telefongespräch klopfte sie nervös auf die Unterlage ihres Schreibtisches. Sollte sie jetzt auch noch einen Fall Odette Bole bekommen, musste sie cool bleiben. Sie würde Joseph unter keinen Umständen den verdienten Urlaub vermiesen.

2

Arnaud genoss es, die D51 entlangzufahren. Er hielt sich strikt an die Geschwindigkeitsbegrenzung. Das letzte Strafmandat lag unbezahlt auf seinem Küchentisch. Am Ortseingang von Marseillan wartete eine riesige Menschentraube vor dem Eingang des Friedhofs. War ein berühmter Mann gestorben?

Oder eine Frau? Die Arbeit mit Catherine veränderte sein Denken. Er könnte zuerst bei Noilly Prat eine Flasche Wermut kaufen. Ein Extra Dry galt als vorzeigbares Mitbringsel. Kurz entschlossen unterbrach er seine Fahrt und parkte vor der Boutique, die der zweihundert Jahre alten Produktionsstätte des Wermuts angegliedert war. Schwungvoll öffnete er die Tür und blickte in erschrockene Gesichter. Er wusste, was sie dachten und winkte sofort ab.

„Ich bin rein privat hier und brauche ein Geschenk. Ich würde gerne einen French Extra Dry mitnehmen." Die Verkäuferin entspannte sich.

Sie empfahl ihm, zu einer Flasche Extra Dry noch eine Flasche Ambré zu nehmen. Statt zweiunddreißig Euro zahle er dann nur dreißig Euro. Der Ambré habe eine schokoladige Note und könne sowohl eisgekühlt als auch warm getrunken werden. Der Ambré komme bei der Damenwelt gut an. Arnaud ließ sich überreden und kaufte beide.

Nach seinem Abstecher fuhr er direkt am Étang de Thau entlang. Heute schmückte sich der Étang mit bunten Farbtupfern. Sie stammten von den zahlreichen Kitesurfern. Er hatte große Lust, einfach am Straßenrand anzuhalten, um dem eleganten Treiben zuzuschauen. Aber er fuhr weiter. Mit dem Dienstwagen würde er problemlos an der überfüllten Rue de l'Eden einen Parkplatz finden.

Schwieriger gestaltete sich die Suche nach dem Chef des Vergnügungsparks.

An dem Eingang stand diesmal eine junge Frau mit Piercings in Nase, Augenbrauen und Obie musste mehrerlippe. Sie erkannte ihn vom letzten Besuch und gab sich Mühe, ihm zu helfen. Aber sere Telefonate führen, bis sie Arnaud ihr Handy reichte. „Testeuse. Was wollen Sie wissen?", schnarrte eine männliche Stimme. „Sind Sie der Chef von Jean-Paul? Er soll an der Kasse der Wasserbahn arbeiten." „Hat er was angestellt?"

Arnaud fragte, ob Jean-Paul am Samstag, dem dreizehnten August, nachts im Park gearbeitet habe. Monsieur Testeuse erklärte, für die Abrechnung sei er nicht zuständig und leitete seinen Anruf an die Personalabteilung weiter.

Arnaud stellte sich auf nerv tötendes Gesprächspausengedudel ein. Ravel hätte er ertragen, Heavy Metal aber nicht. Angelique Lombard von der Personalabteilung erlöste ihn von seiner Qual und eröffnete ihm, dass Jean-Paul Russo am elften und am vierzehnten an der Kasse gestanden habe, nicht aber am dreizehnten. Nun wusste Arnaud Bescheid. Schimpfend trat er den Heimweg an. Ein Telefongespräch hätte er auch von Mèze aus führen können.

Über Emma

Mit knapp fünfzehn stürzte sich Emma in ihr erstes Abenteuer. Gerome, ein siebzehnjähriger, schlaksiger Junge vergötterte sie und bedachte sie mit all seiner Aufmerksamkeit. Sie blieb bis in die späte Nacht mit ihm zusammen, ohne Olivia etwas davon zu sagen. Olivia flunkerte sie vor, sie pauke mit einer Freundin Englisch. Wenn Olivia sie abends um elf Uhr mit einer Strafpredigt empfing, würdigte Emma sie keines Blickes und ging wortlos an ihr vorbei in ihr Zimmer. Auf Olivias Vorwürfe reagierte sie mit keinem Wort.

Auf dem Wochenmarkt steckte eine Nachbarin Olivia, dass ihre Tochter sich mit einem Jungen in düsteren Hauseingängen herumtreibe. Am Abend stellte sie ihre Tochter zur Rede. „Musst du dich jetzt schon mit Jungen herumtreiben? Hat das nicht noch Zeit?" „Was soll Zeit haben?", schnauzte Emma sie an. „Du könntest in der Gosse landen", sagte Olivia zaghaft. „Das kann dir doch völlig egal sein. Ich habe nie zu euch gehört." Olivia wurde blass. „Wie kommst du darauf?" Emma warf den Kopf in den Nacken. „Ihr habt mich doch nur adoptiert, damit ihr den Nachbarn eure christliche Großherzigkeit demonstrieren könnt." Olivia sank auf einen Stuhl und blieb mit offenem Mund dort sitzen.

Emma verschanzte sich in ihrem Zimmer. Während eines geschwänzten Kirchganges hatte sie in den Papieren ihrer Eltern gewühlt und die Adoptionsunterlagen gefunden. Jetzt hatte sie die Schleusen geöffnet. Nachdem sie einmal die Wahrheit hinausgeschleudert hatte, fühlte sie sich ihrer Familie entfernter denn je. Nach diesem Streit kam sie nur noch selten vor Mitternacht nach Hause.

Mittwoch, 24. August

1

Am vierundzwanzigsten August platze Gloria Zhou wie ein Knallbonbon in die Runde.

„Mein Onkel sagte, Sie bräuchten Hilfe. Hier bin ich", begrüßte sie Catherine und Arnaud und reichte ihnen die Hand. Vom ersten Moment an entpuppte sie sich als ein Energiebündel, das kaum zu bremsen war. Ihre dunklen, schräg stehenden Augen versprühten Tatendrang. „Sie sind Lieutenant Catherine Rozier, nicht wahr?", lächelte sie, dann drehte sie sich herum und ging auf Arnaud zu. „Lassen Sie mich raten, Sie sind… Monsieur Hulot", gluckste sie. Arnaud fasste sich an den Kopf tat erschrocken. „Wo ist mein Hut? Mein Hut ist verschwunden. Dann bin ich auch nicht Monsieur Hulot. Ich bin ein anderer." Er mimte den Ratlosen. Catherine prustete los. Sie erkannte Arnaud kaum wieder. Hatte das etwas mit der Trennung von seiner Verlobten zu tun? Arnaud schlug sich mit der flachen Hand vor die Stirn. „Jetzt weiß ich es wieder. Gestatten? Lieutenant Arnaud, zu Diensten."

Damit hatte Gloria Zhou nicht gerechnet. „Wenn ich gewusst hätte, dass es in einer Gendarmerie so lustig zugeht, wäre ich schon früher gekommen."

Danach war sie nicht mehr zu stoppen. Ohne Punkt und Komma nahm sie Catherine und Arnaud mit auf ihre Reisen nach Australien, Kanada und Deutschland. Gegensätzlicher habe sie es in den Ländern nicht antreffen können. Die Menschen seien so grundverschieden, auch ihre Sitten und Gebräuche. „Australien, da wollte ich immer schon einmal hin", unterbrach Arnaud, als Gloria gerade Luft holte. „Wie sind die Menschen dort?" „Freundlich. In erster Linie freundlich. Man wird schon auf dem Flughafen mit Mate, also ‚Kumpel' angesprochen. Das heißt allerdings nicht, dass man mit jedem gut Freund ist. Unter ‚Mateship' verstehen die Australier auch Loyalität und Gleichheit. Vermeiden sollten Sie politische Diskussionen über Aborigines, das hören sie nicht gerne.

Dabei hat mich das Buch von Marlo Morgan so begeistert, dass ich dort leben wollte. Und sich zu verspäten, gilt in Australien als unhöflich." „Dann sollten wir Joseph unbedingt eine Reise nach Australien empfehlen", fiel Catherine ihr ins Wort. „Warum?", fragte Gloria. Catherine schmunzelte. Sie erklärte Gloria, dass Joseph Unpünktlichkeit hasste wie die Pest. Glorias Wortschwall wurde durch das Surren des Telefons unterbrochen.

Ein Kassierer der Kart-Bahn in Marseillan-Plage meldete sich als Zeuge im Mordfall André Simon. Er glaube, André habe am Donnerstag um kurz nach elf Uhr mehrere Runden auf der Anlage gedreht. Er erinnere sich so gut an ihn, weil er bar bezahlt und gleich vierundzwanzig Minuten auf einmal gebucht habe. „Vierundzwanzig Minuten?", fragte Catherine. „Die Tickets gelten jeweils nur für acht Minuten", klärte der Kassierer sie auf. „Wenn man drei Tickets kauft, wird es billiger. Der junge Mann hat mit einem Fünfziger Schein bezahlt. Ich habe gedacht, mit dem Jungen stimmt was nicht." „War er allein?" „Mutterseelenallein", bestätigte der Kassierer. Sie nahmen seine Personalien auf und notierten die Zeit an der weißen Wand.
Gloria wollte weiter ausführen, warum sie die Arbeit der Gendarmerie interessiere, aber dafür hatte im Augenblick niemand Zeit. „Kennst du dich mit Espressomaschinen aus?", fragte Catherine. Sie wies mit dem Kopf auf Josephs Heiligtum, das auf einem alten Tisch stand und von Zeit zu Zeit Zischlaute von sich gab. „Solch eine Maschine habe ich zu Hause", erwiderte Gloria. „Oh, jetzt habe ich Sie einfach geduzt", entschuldigte sich Catherine." „Ach, das ist schon okay. Wer möchte einen Espresso? Einen Cappuccino?" „Über einen Cappuccino freue ich mich sehr", antwortete Catherine dankbar. „Die Espressobohnen stehen in dem Regal darüber, Milch findest du in dem kleinen Kühlschrank in der Küche." Die Aussicht auf einen Espresso schien Brigadier Gavin Rifaud angelockt zu haben. Er klopfte energisch an die Tür ihres Büros und legte eine große Tüte mit verführerisch duftenden Croissants auf den Tisch.

„Ihr seid hoffentlich nicht gerade auf Diät", sagte er. „Neville hat mich gestern Abend hierher beordert. Ich soll euch in einem aktuellen Mordfall unterstützen." „Willkommen im Team", sagte Catherine. „Mittlerweile haben wir einen weiteren Fall. Eine junge Frau wird vermisst." Sie reichte ihm die Hand.

„Wo habt ihr Capitaine Leroux versteckt? Oder ist er krank?", erkundigte sich Rifaud.

„Urlaub", sagte Catherine, den Telefonhörer schon in der Hand.

„Wir haben Ihren Zeugenaufruf gelesen", meldete sich eine freundliche Dame. „Der junge Mann ist Stammkunde in unserer Pizzeria. Am elften August hat er um zwölf Uhr dreißig telefonisch eine große Pizza Chorizo bestellt, die hat er eine halbe Stunde später abgeholt. Hilft Ihnen das weiter?" „Danke Madame. Könnten Sie Ihren Namen bitte noch einmal wiederholen?" „Gerne. Ich heiße Samia Valade von der Pizzeria du Printemps." „Danke für Ihre Unterstützung." Gloria schrieb sofort Datum, Uhrzeit und den Namen der Pizzeria an die Tafel.

Die Nichte des Generals könnte ein echter Glücksfall sein, dachte Catherine.

Auch Claude stieg der Duft der Croissants durch die offene Tür in die Nase. Er verließ sein Kabuff und fragte: „Gibt es etwas zu feiern?" Sein Blick fiel auf Gloria Zhou. Sofort straffte er seine Schultern und zog den Bauch ein. Catherine bemerkte es und stellte ihm Gloria Zhou vor.

„Die Nichte von General Neville. Sie möchte sich ein Bild von unserem Job machen."

„Für Sie auch einen Espresso?", fragte Gloria.

„Unser Computergenie Claude", beeilte sich Catherine zu sagen. „Er löst all unsere digitalen Probleme."

„Ah, Steve Wozniak", rief Gloria mit Augenaufschlag.

„Wer soll das sein?", rätselte Arnaud.

„Er hat den ersten Personal Computer entwickelt und ging später zusammen mit Steve Jobs mit dieser Erfindung an die Börse."

Claude parierte: „Dann hätte ich ausgesorgt", sagte er.

„Miss Oberschlau", flüsterte Arnaud.

„Dann habe ich ab sofort eine Stellvertreterin", flüsterte Catherine zurück.

Sie stand auf und klärte die Neuen über die Fälle und ihre bisherigen Ergebnisse auf.

„Seine Eltern waren zur Tatzeit in Kanada, die Freundin bei ihrer Mutter. Einem Mann aus dem Vergnügungspark von Marseillan-Plage fehlt das Alibi zur Tatzeit. André hat ihn mit Drogen versorgt, angeblich nur mit kleinen Mengen. Er hatte vor Monaten Streit mit ihm. Er warf André vor, er habe die Drogen gestreckt."

„Hat er?", unterbrach Rifaud. „Dafür gibt es bisher keine weiteren Zeugen", sagte Catherine. Sie fuhr fort:

„Der Dealer. Er lässt sich mit Herr des Himmels anreden, heißt in Wirklichkeit aber Tomer Caroit, arbeitet bei einer Softwarefirma in Montpellier und wohnt in Vias. Wir können ihm nichts anhängen, er hat ein wasserdichtes Alibi."

„Wer hat ihm das Alibi denn verschafft?", hakte Brigadier Rifaud nach.

„Sein Arbeitgeber. Er hat die ganze Nacht als Türsteher in einer Gay Discothek in Sète gearbeitet."

„Na so etwas. Verdient er so wenig, dass er sich noch mit Nebenjobs herumschlägt?"

„Vielleicht verschafft es ihm tiefe Befriedigung, wenn er Menschen den Zutritt zu einem Vergnügen verwehren kann", warf Gloria in den Raum.

„Und er hat sich von dort nicht wegbewegt, einen kleinen Abstecher gemacht, um einen lästigen Jungen loszuwerden? So, wie ich das verstanden habe, wurde der Junge nicht an seinem Fundort umgebracht?"

„Letzteres trifft zu. Ob sich Tomer Caroit die ganze Nacht an der Tür aufgehalten hat, müssen wir noch prüfen." An Rifaud gewandt, sagte sie: „Du solltest Zeugen auftreiben, die ihn in der betreffenden Nacht dort gesehen haben. Gloria kann dich begleiten."

„Wäre es an dieser Stelle nicht besser, wenn Arnaud und ich das erledigen würden? Ich meine …", Rifaud unterstrich seinen Vorschlag mit einer Handbewegung.

„Wenn du meinst, das sei besser", sagte Catherine.

„Habt ihr schon eine Liste der Zeugen?", erkundigte sich Rifaud.

„Nein, die musst du dir vom Inhaber geben lassen. Ich nehme an, dass die Zahl der Gäste in einer Gay Disco überschaubarer ist als in einer normalen Disco." „Wenn du dich da mal nicht gewaltig irrst", sagte Arnaud halblaut.

„Gut, dann müssen wir unserem Glück vertrauen. Vielleicht hat der Barkeeper ein fotografisches Gedächtnis und erinnert sich an seine Besucher", meinte Rifaud. „Ich höre nach, ab wann wir eine persönliche Auskunft vom Chef oder vom Barkeeper bekommen können."

Er hängte sich sofort ans Telefon. Geduldig wählte er in Abständen von zehn Minuten die Nummer von René Susa. Endlich brummte dieser ein verschlafenes „Wer wagt es?" in den Hörer. „Was wollen Sie von mir?", schnaufte er. Brigadier Rifaud antwortete, dass sie ihn noch einmal persönlich befragen müssten. „Ich lasse mich vor elf Uhr abends im Club nicht blicken. Aber wenn Sie sich nett anziehen, erscheine ich auch früher für Sie." Rifaud reagierte prompt. „Sie scherzen", sagte er trocken. „Wir ändern den Plan. Sie kommen zu uns aufs Revier, ob mit oder ohne Underwear, und zwar heute Mittag um zwölf Uhr. Unsere Adresse kennen Sie." „Pünktlich", schob er hinterher.

Mit dem nächsten Telefonat kündigte sich Elsa Toulouse, die neue Rechtsmedizinerin an. Ob sie auf einen Sprung vorbeikommen und sich der gesamten Gendarmerie vorstellen könne. Sie sei auf dem Weg nach Sète.

2

Doktor Toulouse wurde von einem kühlen Windhauch begleitet. Sie lächelte gezwungen und trug ein hellgrün schimmerndes Etuikleid. Catherine fand, dass es ihrem blassen Teint und ihren hellroten Haaren schmeichelte. Ihre schmalen Füße steckten in High Heels. Catherine hätte keine zehn Schritte mit diesen Dingern laufen können. Den einzelnen Diamanten an ihrem Ringfinger bemerkte sie, einen Ehering nicht. Dass Elsa Toulouse ihren Doktortitel wie ein Krönchen vor sich hertrug, wusste Catherine schon von ihrer ersten Begegnung.

„Ich wollte Ihnen die Ergebnisse der rechtsmedizinischen Untersuchung persönlich vorbeibringen. Meine Vermutungen haben sich bestätigt. Der junge Mann wurde am Samstag, dem dreizehnten August, gegen dreiundzwanzig Uhr mit einem Kabel erdrosselt. Im Bereich des seitlichen Schädels habe ich Verletzungen gefunden, die von einem Sturz herrühren könnten. Neben den bekannten Striemen auf dem Rücken fand ich noch zwei winzige Brandstellen am Oberarm. Die könnten von einem Elektroschocker stammen. Wahrscheinlich wurde er damit kurz vor dem Erdrosseln bewegungsunfähig gemacht. Im Urin gab es eine minimale Spur von Benzodiazepinen.“

„Das heißt, er wurde betäubt und hat von seinem Tod nichts mitbekommen“, sagte Catherine.

„So ist es“, bestätigte Dr. Toulouse.

„Dann können wir die Zeugen ab jetzt mit dem exakten Todeszeitpunkt konfrontieren.“ Gloria notierte eifrig die Ergebnisse.

Den angebotenen Kaffee lehnte Doktor Toulouse mit Hinweis auf ihren Termin in Sète ab. Sie zögerte einen Augenblick, dann erklärte sie zu Catherines Überraschung, warum sie die Stelle in Montpellier angetreten habe.

„Bevor Sie es von anderen hören: Ich bin aus Lyon versetzt worden. In der Justiz bestehen immer noch gravierende Unterschiede zwischen Männern und Frauen. Wenn Vorgesetzte mit Verbindungen nach ganz oben sich nicht zu benehmen wissen, hat man als Frau das Nachsehen.“

„Danke, dass Sie uns informiert haben. So etwas wird Ihnen hier garantiert nicht passieren“, versicherte Catherine. Sie verabschiedete sich herzlicher von Doktor Toulouse, als sie vorher gedacht hatte. Bevor sie Gloria erklären konnte, was Doktor Toulouse eigentlich gemeint hatte, wurden sie vom Klingeln des Telefons unterbrochen. „Gavin, kannst du dich um den Anruf kümmern?“

„Wahrscheinlich hat der Chef sie angebaggert. Möglicherweise hat
sie sich gewehrt. Daraufhin wird er sich beim Minister beschwert
haben, der sie nach Montpellier versetzt hat."

„So ist das", sagte Gloria. Catherine beauftragte sie mit einer
Nachfrage bei Claude. Sie solle herausfinden, ob er den Laptop
von André schon gesichtet und Relevantes für ihre Ermittlungen
herausgefunden habe. Gloria eilte in Claudes Büro, das gleich neben dem von Joseph, Catherine und Arnaud lag.

Gavin Rifaud informierte Catherine über sein eben beendetes Telefonat. „Eine frühere Freundin von Andrés Mutter, Farida Barlier,
glaubt, André am Donnerstag, dem elften August, zusammen mit
einem Mädchen gesehen zu haben. Sie hätten sich am Strand zwischen Sète und Marseillan-Plage aufgehalten. Die Dame sei sich
nicht ganz sicher. Die jungen Leute hätten sich ziemlich weit hinten am Rand der Dünen verkrochen. Sie habe sie nur zufällig entdeckt, weil sie auf dem Rückweg zum Parkplatz weit oberhalb der
Wasserkante gelaufen sei. Sie hatte den Eindruck, dass André sich
bewusst weggedreht habe, als sie näher gekommen sei."

„Konnte sie auch die Uhrzeit benennen?"

„Ja, daran konnte sie sich genau erinnern. Es sei kurz vor sechzehn
Uhr gewesen. Um halb fünf Uhr sei sie in einem Bistrôt in Sète
verabredet gewesen." „Dann haben wir fast den ganzen Donnerstag rekonstruiert, aber wir müssen auch noch den Arzt befragen,
der ihm das Attest ausgestellt hat." Sie suchte und fand die Notiz
mit der Telefonnummer.

„Leider ist unsere Praxis in der Zeit vom Montag, dem zweiund-
zwanzigsten August bis einschließlich Samstag, dem siebenundzwanzigsten August geschlossen. In Notfällen wenden Sie sich bitte
…" Sie legte auf und dachte wieder an die Ibisse, die sich jeder
Annäherung widersetzten.

3

Gavin Rifaud arbeitete gern mit Catherine Rozier und Arnaud Pinel zusammen. In Marseillan fühlte er sich nicht mehr wohl, seit

sie in den Neubau umgezogen waren. Neben der normalen police judiciaire waren nun auch noch die Abteilungen für Verkehrssicherheit und die Wasserschutzpolizei bei ihnen angesiedelt. Sein ehemaliger Chef Chalard nahm die Umstrukturierung zum Anlass, um sich vorzeitig pensionieren zu lassen. Seitdem traf man ihn nachmittags bei den Rentnern an, die nach dem Mittagessen Boule spielten oder auf einer Bank saßen, um auf den Étang zu starren. Eine Flasche Rotwein versteckte sich immer neben einer der vielen Taschen. Manchmal widmete sich Chalard auch seinem in die Jahre gekommenen Segelboot.

Sein Nachfolger, Commandant Delga, führte ein strenges Regiment. Daneben war ihnen auch noch Capitaine Cerdan zugeteilt worden. Er war zwar für die Brigade Nautique zuständig, gebärdete sich aber, als sei er neben Delga der Oberaufseher. Das eher gemütliche Arbeiten gehörte der Vergangenheit an. Rifaud hatte erwogen, General Neville um eine Versetzung nach Mèze zu bitten, es aber nach reiflicher Überlegung wieder verworfen. Auf den bürokratischen Aufwand hatte er keine Lust. Außerdem wäre in Mèze gar kein Platz für ihn. Die dortigen Gebäude waren zwar erst vor einem Jahr renoviert worden, platzten jedoch jetzt schon wieder aus allen Nähten. Catherine und Arnaud hockten in einem einigermaßen großen Raum, aber für Gavin Rifaud blieb auch jetzt nur übergangsweise der Schreibtisch von Capitaine Leroux.

Der Verschlag des IT-Spezialisten Claude war vollgestopft mit technischen Geräten. Auf einem länglichen Schreibtisch standen neben dem überdimensionalen Bildschirm ein Computer, ein altmodisches Faxgerät für Notfälle, ein Drucker mit integriertem Scanner. Jetzt hatte sich noch der Laptop von André Caussel hinzugesellt. Es grenzte an ein Wunder, dass sich ein Zweitstuhl für gemeinsames Sichten von beschlagnahmten Geräten in den schmalen Raum hinein gemogelt hatte.

Auf dem hockte jetzt Gloria Zhou. Claude erklärte ihr am Beispiel von Andrés Laptop, wie und wo man versteckte Dateien fand und wie man am schnellsten verdächtige Daten herausfilterte. Die beiden hatten die Köpfe ziemlich dicht beieinander, auch sonst saßen sie so eng, dass sie sich zwangsläufig hin und wieder sehr nahe kamen. Rifaud konnte sich nicht verkneifen, leise mit der Zunge zu schnalzen. Claude hörte es und lief augenblicklich rot an.

Rifaud verschwand schnell in der winzigen Küche, die an den Technikraum angrenzte. Er hatte eine neue Kiste Mineralwasser besorgt und verstaute mehrere Flaschen davon im Kühlschrank. Auf seinem Rückweg rief er betont laut: „Na, seid ihr auf Gold gestoßen?" Claude, dessen Teint sich wieder normalisiert hatte, zuckte mit den Schultern. „Wir haben die Liste mit Andrés Abnehmern ausgedruckt. Auf Gold warten wir noch." Claude und Gloria erhoben sich gleichzeitig und gingen ins Hauptbüro.

Glorias Wangen glühten. Claude bat sie, den anderen seine Erkenntnisse vorzutragen. „Claude hat eine sorgfältig geführte Liste all seiner Drogenkunden gefunden. Unverschlüsselt." Sie reichte Catherine das Papier, auf dem zwölf Personen gelistet waren. Fünf davon wohnten in Marseillan, drei in Mèze, zwei waren in Loupian gemeldet. Catherine sah sich die Liste an. Bei einem, der in Mèze wohnt, wurde sie stutzig. Emile Scolaire. Den Namen hatte sie schon einmal gelesen. Zunächst konnte sie sich aber nicht daran erinnern, wo und wann das gewesen war.

„Sollen alle ein Alibi für die Tatzeit vorweisen?", fragte Gloria.

„So ist es. Wir müssen jeden Einzelnen befragen. Du kannst dich daran beteiligen."

„Oh", sagte Gloria perplex. „Kann ich die in Mèze übernehmen? Mit meinem Roller kann ich das gut bewältigen."

„Das darfst du auf keinen Fall allein machen", sagte Arnaud. Catherine stimmte ihm zu. „Du kannst mich begleiten, nachdem Monsieur Susa hier erschienen ist. Wir nehmen einen Dienstwagen. Habt ihr eigentlich auch herausgefunden, wann André zum letzten Mal im Internet war?"

Claude blätterte einigermaßen stolz seine elektronische Beute vor ihnen auf. „Am Mittwoch gegen siebzehn Uhr wurde der Rechner für dreißig Minuten eingeschaltet. Er spielte Candy Crush." Er blickte in die Runde, um zu erklären, dass dieses Spiel normalerweise nur von Mädchen gespielt werde.

„In dem Aktivitätenprotokoll war das vorher noch nie aufgezeichnet."

„Was könnte das bedeuten?", fragte Catherine.

„Vielleicht war seine Freundin bei ihm. Während er duschte, hat sie gedaddelt?" „Gloria, notierst du das bitte auf einem gesonderten Blatt?", bat Catherine. Claude ergänzte: „Es fällt auf, dass der Laptop danach abgeschaltet wurde. Ich glaube, wenn seine Freundin den Laptop bedient hätte, hätte sie ihn eingeschaltet gelassen. Er wurde um drei Minuten vor sieben Uhr erneut hochgefahren. Danach blieb er exakt hundertsechsundsiebzig Minuten im Netz. Jemand hat sich acht Episoden einer Fantasy-Serie reingezogen. Danach sind keine weiteren Aktivitäten verzeichnet."

„Du schließt aus diesem Ablauf, dass sich eine weitere Person an seinem Laptop zu schaffen gemacht hat?"

„Ja, genau so sehe ich das. Eine weitere Person muss sich in dem Haus aufgehalten haben."

„Vielleicht die Reinigungskraft? Oder Miss Anderson? Wir prüfen das. Ansonsten, phantastische Arbeit, Claude", lobte Catherine. Das Gesicht des Computerexperten überzog sich mit einer leichten Röte, und er bedachte Gloria mit einem schnellen Blick. „War der Laptop nicht passwortgeschützt?" „Doch, war er." „Gloria, notiere bitte, dass ich Miss Anderson noch einmal danach frage." „Ist das wichtig?" „Natürlich! Sie hat es mit der Wahrheit nicht so genau genommen. Ich werde sie gleich fragen. Aber jetzt weiter. Am Donnerstag wissen wir, was er gemacht hat. Unklar ist, ob die Aussage von Sylvie Saumade stimmt, dass er sie gegen neunzehn Uhr nach Hause gebracht hat. Vorher hat er sich mit Tomer Cairot getroffen, davon hat sie nichts gesagt. Oder sie wusste es nicht. Nach neunzehn Uhr abends verliert sich seine Spur. Wir brauchen Zeugen für Freitag und Samstag. Hoffentlich meldet sich noch jemand."

Als sie einen Blick auf die Uhr warf, passierte zweierlei. Ihr Magen knurrte. Dadurch fiel ihr wieder ein, wo sie den Namen des Rauschgiftkonsumenten schon einmal gelesen hatte. Sie machte ein Sternchen hinter seinem Namen und sagte zu Gloria und

Rifaud: „Den übernehme ich. Ich weiß, wo ich ihn finde." „Aha?",
staunte Rifaud. „Du wirst doch Marc nicht untreu werden", wit-
zelte Arnaud. Catherine sagte nichts, sondern schaute nur vielsagend über die Schulter.
Und ihre ernste Miene verflog. Ein schelmisches Schmunzeln breitete sich auf ihrem Gesicht aus. „Gleich kommt Monsieur Susa.
Habt ihr schon das Deodorant erneuert und die Nasen gepudert?",
fragte Catherine.
„Muss ich jetzt duschen?", stöhnte Arnaud mit gespieltem Entsetzen.
„Männlicher Schweiß soll auf manche erregend wirken", stichelte
Catherine, als sie ihre Dienstjacke lose überstreifte, um sich auf
den Weg zu Miss Anderson zu machen.
„Willst du dann nicht besser auf uns aufpassen?"
„Ihr macht das schon", grinste sie und verschwand.

4

Er musste sich bücken, um nicht mit dem Kopf an den Türrahmen
zu stoßen. Der Duft seines Rasierwassers eilte ihm voraus. Renè
Susa lächelte, als er die Gendarmen Pinel und Rifaud an ihren
Schreibtischen sitzen sah. „Darf ich?", fragte er und deutete auf
den für ihn bereitstehenden Stuhl.
„Bitte." Arnaud Pinel zeigte sich unbeeindruckt.
Susa legte die Ray-Ban-Sonnenbrille ab und schlug seine ellenlan-
gen Beine übereinander. Ein eng anliegendes, weißes Leinenhemd
stand zur Hälfte offen, das goldene Kettchen mit Kreuz schimmer-
te auf der behaarten Brust. Er zeigte eine Reihe perlweißer Zähne,
als er fragte: „Warum muss ich meinen Hintern zu euch bewegen?
Ich habe doch schon Stein und Bein geschworen, dass Tomer
Caroit die ganze Nacht vor der Tür meines Clubs gestanden und
sämtliche Heteros davon abgehalten hat, uns zu belästigen."
„Gibt es dafür Zeugen?"
„Und ob", sagte er lässig.
„Namen?"

„Serge, Robert, Michel. Reicht das?“

„Kommt drauf an, wie glaubhaft die sind“, konterte Rifaud.

„Sind das die Klarnamen?“, wollte Arnaud wissen.

Susa grinste süffisant. „Ihr könnt sie ja selbst danach fragen.“

„War André jemals in Ihrem Etablissement?“

„Zeigen Sie mir noch mal das Foto“, bat Susa.

Arnaud Pinel deutete auf das Foto, das in der Mitte der weißen Tafel klebte.

Er nickte. „Glaube schon. Habe nicht so genau hingeschaut.“

„Welcher Barkeeper hatte am Samstag, dem Dreizehnten Dienst?“

„Moment, da muss ich mein Handy befragen.“ Susa tippte auf den Ordner und scrollte den Bildschirm, bis er ihn fand. „Louis Barray.“

„Sie sind sicher hilfsbereit“, sagte Arnaud. „Name? Anschrift?“

Susa schaute tief in Arnauds Augen. „Beehren Sie uns doch mal am Wochenende, dann sind wir noch viel netter zu Ihnen.“

„Die Anschrift bitte“, sagte Arnaud unbeirrt.

„Wie Sie wollen.“ Susa nahm sich einen Kugelschreiber vom Tisch. „Einen Zettel bitte.“ Arnaud riss einen vom Block ab und schob ihn zu Susa. Der schrieb mit gestochen scharfer Schrift Anschrift und Telefonnummer auf das Blatt. „Sie fragen mich jetzt aber nicht nach den Nummern der übrigen Zeugen. Die habe ich momentan nicht parat.“

„Kein Problem, das schaffen wir.“ Rifaud wunderte sich über Arnauds zynischen Ton. So hatte er ihn bisher noch nicht kennengelernt.

„Kann ich jetzt gehen?“ Susa klemmte die Daumen hinter die schlangenförmige Schnalle seines Gürtels und entfernte sich hüftschwingend aus dem Büro.

Arnaud riss alle Fenster auf und stöhnte laut.

„Hast du etwas gegen homosexuelle Menschen?“, fragte Rifaud mit hochgezogenen Augenbrauen.

„Nicht im geringsten, aber gegen aufdringliches Rasierwasser.“

Ermattet von der brüllenden Hitze fanden sich Catherine und Gloria kurz vor fünf Uhr wieder in der Gendarmerie ein. Sie bedienten sich am Kühlschrank und dankten Rifaud laut, dass er sie vor dem Verdursten gerettet habe. Rifaud fühlte sich geehrt. Im Vorbeigehen strahlte Gloria Claude an, der immer noch vor dem Laptop saß..

„Habt ihr einen Zeugen für den Mord gefunden?", fragte Arnaud Pinel.

„Fehlanzeige. Keiner bekannte sich zu seinem Cannabis-Konsum, keiner hatte Probleme mit André, alle kannten ihn nur vom Sehen, alle bedauerten sein Unglück." Gloria war enttäuscht von der unbefriedigenden Zeugenbefragung.

„Okay, Rosie Anderson war es total peinlich, dass wir ihr auf die Schliche gekommen sind. Sie hat zugegeben, eine halbe Stunde auf Andrés Laptop gespielt zu haben. Das Passwort war auf einem Zettel notiert."

„Und sie wusste, wo der Zettel steckte?", wunderte sich Arnaud.

„Offensichtlich." Catherine zuckte mit den Achseln.

Claude mischte sich ein. „André hatte sich ein besonders schlaues Passwort ausgedacht. 3Ro2Ho1Pic." Bevor ihn jemand fragte, erklärte er, dass 3-2-1 für eine bekannte Online-Plattform stehe. Und RoHoPic leite er von der Rocky Horror Picture-Show ab. Arnaud schrieb sich diese Kombination sofort auf einen Spickzettel, um sie vielleicht später selbst zu verwenden.

„Aber warum geht die Miss an einem fremden Computer, um dort so ein dämliches Bonbonspiel zu spielen? Das verstehe ich nicht", hakte Arnaud nach.

„Ihr eigener Laptop ist seit Wochen zur Reparatur. Vielleicht hatte sie Entzugserscheinungen?", erläuterte Catherine. „Das erklärt die fremden Fingerabdrücke auf der Tastatur."

„Und ihr? Habt ihr euch von René Susa einwickeln lassen?", fragte Catherine süffisant lächelnd.

„Ich fand es vergnüglich. Eine Augenweide von einem Kerl. Ihr Mädels hättet bestimmt Appetit bekommen."

„Warum sollten wir einem Mann hinterherhecheln, der auf Männer steht?“

„Anschauen macht doch auch Freude“, grinste Rifaud.

„Aha! Hat er auch etwas gesagt oder nur dagesessen sich anschauen lassen?“, sagte Catherine.

„Beteuert, dass Tomer Cairots Alibi wasserdicht sei und Zeugen dafür genannt. Außerdem hat er uns die Adresse des Barkeepers gegeben. Sollen wir losen, wer den Zeugen befragen darf?“

Rifaud meldete sich. „Louis Barray wohnt in Beziers. Ich könnte ihn befragen, von Marseillan aus ist Beziers näher.“ Catherine registrierte die leichte Röte auf seinen Wangen und stimmte seinem Vorschlag zu.

„Wann willst du das erledigen?“

„Sofort. Ich werde ihn anrufen und einen Termin mit ihm vereinbaren.“

„Haben wir neue Erkenntnisse zu dem Motiv? Finanzielle Beweggründe fallen meines Erachtens weg.“ Catherine blickte in die Runde.

„Hatte er einen Rivalen?“

„Dafür bringt man heute niemanden mehr um“, wandte Gloria ein.

„Gab es auf dem Internat jemanden, der sich an ihm rächen wollte?“, brachte Rifaud auf.

„Laut Auskunft der Lehrerin bewunderten ihn seine Mitschüler mehr oder weniger“, antwortete Catherine.

„Manch ein Bewunderer hat ihn vielleicht heimlich beneidet“, hielt Arnaud dagegen.

„Glaubst du, dass ein Jugendlicher ihn zuerst foltert, dann erdrosselt und später noch in einem eigenen Fahrzeug irgendwo entsorgt. Das müsste ein richtiger Psychopath sein“, wandte Rifaud ein.

„Oder einer, der zu viel Gewalt im Fernsehen konsumiert hat“, warf Claude ein. Er stand in der Tür und verfolgte aufmerksam ihre Diskussion.

„Es gibt genügend Jugendliche, die sich im Darknet bewegen. Was du dort zu sehen bekommen kannst, geht über unsere Vorstel-

lungskraft hinaus. Wenn diese Bilder auf latente Aggressionen stoßen, könnten sie das Gesehene durchaus in die Tat umsetzen?"
Catherine sah Claude nachdenklich an.

„Wir müssen seiner Freundin noch einmal auf den Zahn fühlen. Wenn sie sich von ihrem ersten Schrecken erholt hat, wird ihr vielleicht doch noch etwas einfallen."

„Es gibt eine Verbindung zu Tomer Cairot, dem Türsteher bei der Gay Disco. Möglicherweise ist über ihn ein Kontakt zustande gekommen, der schiefgelaufen ist. Der Besitzer sagte, ein Teil seiner Kunden verkehre nur unter einem Decknamen bei ihm. Dafür muss es Gründe geben", warf Arnaud ein.

„Es kann doch sein, dass einer der homosexuellen Männer den Jungen cool findet und versucht, ihn anzubaggern. André lehnt ab, wittert aber ein Geschäft und erpresst den Mann. Unser Mann versucht, ihn zum Schweigen zu bewegen, bietet ihm Geld an. Dem Jungen reicht das nicht oder er schaut, wie weit er mit dem Mann spielen kann. Der Mann sitzt in der Falle und dreht ihm die Luft ab." „So etwas soll in der Vergangenheit vorgekommen sein", bestätigte Rifaud.

„In dem Fall müssen wir den Inhaber zwingen, uns die richtigen Namen dieser Kunden zu geben. Das sollten wir mit der Befragung von Louis Barray verbinden." Zu Rifaud gewandt sagte Catherine: „Tut mir leid, dann darfst du Barray nicht einzeln in Beziers befragen. Rufe ihn an und frage, ob er heute Abend im Dienst ist." Fünf Minuten später wussten sie, dass Barray abends anwesend wäre.

„Wir lassen unsere Uniformen zu Hause. Schließlich wollen wir ihnen nicht das Geschäft verderben."

Arnaud und Rifaud wunderten sich zwar, nahmen den Vorschlag aber an.

„Du bist die Chefin", sagten sie.

Zu dritt verlangten sie gegen zehn Uhr abends den Chef des Le Comptoir zu sprechen. Arnaud nahm Louis Barray ins Gebet, Rifaud und Catherine klopften an Renè Susas Büro. Susa öffnete ihnen in einem schwarzseidenen Kimono die Tür. Einen Fluch unterdrückend bat er sie herein.

„Monsieur Susa, Sie müssen uns die Namen aller Kunden nennen, die am Samstagabend Ihre Gäste waren, egal, wie diskret Sie sonst sein mögen. Bei Mord kennen wir kein Pardon.“

Renè Susa wand sich wie ein Aal. „Sie ruinieren mich“, flehte er sie an. Catherine blieb hart.

„Wir brauchen die Klarnamen und wir werden diskret vorgehen. Die Herren müssen nichts befürchten, es sei denn, wir stoßen auf kriminelle Handlungen.“ Mit gequältem Gesichtsausdruck schrieb ihnen Susa drei Namen auf ein goldumrandetes Blatt. Catherine warf einen Blick darauf und verschluckte sich.

„Sie behandeln meine Freunde behutsam?“, bettelte Susa. „Wenn bekannt wird, dass Sie die Information von mir haben, kann ich einpacken.“

Catherine schaute ihn eindringlich an. „Wir halten uns an Vereinbarungen.“

„Olala“, entfuhr es ihr, als sie wieder im Wagen saßen. „Jetzt verstehe ich, warum der so herumgedruckst hat.“

„Warum?“, fragte Arnaud.

„Der Direktor einer örtlichen Bank. Ein Fußballspieler aus der Nationalmannschaft und ein General der Luftwaffe.“

„Sacrebleu“, stieß Arnaud aus. „Und wenn das alles nicht weiterführt?“

„Das werden wir sehen“, sagte Catherine. Sie hielt ihren Blick fest auf die Straße gerichtet.

„Was machen wir in der Sache mit dieser verschwundenen Frau? Vielleicht wird sie irgendwo gefangen gehalten.“

„Bisher haben wir nur die Aussage der Melroses. Sie kann weiß Gott wo sein. Stell dir vor, wir setzten Himmel und Hölle in Bewegung, und sie liegt am Strand von Arcachon. Wir können nur diskret ermitteln. Wenn wir ihr Verschwinden an die große Glocke hängen und jemand versteckt sie tatsächlich, wäre er gewarnt, könnte nervös werden und eine Kurzschlusshandlung begehen.“

Catherine vertröstete sie auf den nächsten Tag. Müde setzte sie ihre Kollegen an der Gendarmerie ab und fuhr nach Hause.

6

Emile Scolaire hatte sich vor zwei Jahren bei Maggie und Oscar Melrose als Koch beworben. Das Paar war von seinen erstklassigen Zeugnissen beeindruckt. Besonders angetan war Maggie von den Passagen, in denen seine Bereitschaft zum kreativen Kochen hervorgehoben wurde. Ein führendes Restaurant in Rom lobte diese Eigenschaft besonders.

Emile Scolaire hieß eigentlich Enrico Moretti und stammte aus Catanzaro, der Hauptstadt Kalabriens mit Sitz des Erzbistums Catanzaro-Squillace. Er war dort im November 1980 geboren und bis zu seinem vierzehnten Lebensjahr zur Schule gegangen. Ungefähr um diese Zeit sollte er in die verschworene Gemeinschaft der Männer aufgenommen werden, aber Enrico weigerte sich. Er wusste, was die Männer der 'Ndrangheta von ihm erwarteten und hatte Angst.

Der Brandgeruch in seiner Nase wollte auch nach neun Jahren nicht verschwinden. Damals hatte ihn sein Onkel scheinbar zufällig nachmittags zu einem Ausflug ans Meer mitgenommen. Als sie spät abends zurückkamen, war die Sonne bereits lange untergegangen und sein Onkel hatte gesagt, es sei besser für ihn, im Zimmer seines Sohnes Andréa zu übernachten.

Als der Onkel ihn am nächsten Vormittag zurückbrachte, fand er eine bis auf die Grundmauern abgebrannte Scheune vor. Verzweifelt suchte Enrico den ganzen Tag in den verkohlten Überresten nach seinen Eltern. Das Dorf flüsterte, dass die 'Ndrangheta den alten Moretti bestraft habe. Moretti hatte sich standhaft geweigert, den von ihm produzierten Büffelmozzarella mit Kuhmilch zu strecken.

Enrico wollte sein Leben nicht mit dem kaltblütigen Abknallen von Menschen verbringen. Was er genau tun wollte, wusste er nicht. Diffuse Ideen bevölkerten sein Hirn. Etwas Kreatives schwebte ihm vor, wobei seine Fähigkeiten weder beim Malen noch beim Schreiben über das normale Maß hinausgingen.

Aber in die Fußstapfen seines Onkels zu treten, kam für ihn nicht infrage. Er befand sich in einer Zwickmühle, denn er war Teil der Dorfgemeinschaft. Er zermarterte sich das Gehirn, wie er den Kopf am geschicktesten aus der Schlinge ziehen könne. Bis ihm etwas einfiel. Er schlug dem Padrone einen Deal vor und der ließ sich zu seiner Überraschung darauf ein.

Nachdem Lieutenant Rozier ihn um ein Gespräch gebeten hatte, wurden die Geister seiner Vergangenheit wieder lebendig. Es war fast schon wieder hell, als er endlich in einen unruhigen Schlaf fiel.

Über Emma

Am frühen Nachmittag des vierundzwanzigsten Dezember stand Olivia wie versteinert vor dem schlichten Tisch in ihrer Küche. Sie starrte auf den kleinen, mit einem Stein beschwerten Zettel. Die zwei Sätze lösten einen Schock in ihr aus. Sie sah nichts, fühlte nichts, hörte nichts. In ihr wütete nur die eine Frage: Warum hatte Gott beschlossen, sie zu strafen?

Am Morgen hatte sie auf dem Markt die letzten Kartoffeln vor Weihnachten verkauft. Tapfer ignorierte sie die mitleidigen Blicke, die laut geflüsterten Bemerkungen ihrer Händlerkollegen. Pauline, die Olivenhändlerin flüsterte besonders laut. Die Arme … ihre missratene Tochter … als Prostituierte in Marseillan … handelt mit Drogen … Olivia hatte die Faust in den Hosentaschen geballt und die Zähne zusammengebissen. Sie würde sich nicht die Blöße geben, auf diese Gehässigkeiten zu reagieren.

Nachdem sie die leeren Kisten weggeräumt und die Kasse verschlossen hatte, legte sie sich ohne Mittagessen mit Migräne ins Bett. Henri hatte sie nicht getröstet. Er hatte kein Wort gesagt, als sie ihm den Zettel gezeigt und gefragt hatte, ob er die Tochter beleidigt oder mit ihr gestritten habe.

Henri sprach in den letzten Jahren nur noch das Nötigste mit ihr. Er spielte lieber mit den anderen Männern im Dorf Boule und trank schon mittags Pastis. Er funkelte sie an und knurrte. „Nichts habe ich zu ihr gesagt. Sie hat sich fortgeschlichen. Undankbare Göre."

In der abgedunkelten Kammer grübelte Olivia. Was war schiefgelaufen?

Gedankenfetzen flatterten an ihr vorbei, ließen sich kurz nieder, segelten wieder davon. Vielleicht hätte sie ihrer Tochter zuhören sollen. Der Pfarrer habe bei der Beichte komische Fragen gestellt. Die Lehrerin hatte sie grundlos in die letzte Bank gesetzt. Sie saß alleine dort. Ein Junge habe sie in der Pause geschubst. Er habe ihr Araberschlampe hinterhergerufen. Olivia und Henri seien doch keine Araber. Olivia war wütend geworden. Der Junge habe doch nur das Gerede seiner Eltern wiedergegeben. Aber wer sagte so etwas?

Sie hatte keine Ahnung, wo ihr Mädchen hingegangen sein könnte. Emmas Dickkopf würde ihr verbieten, bald wieder nach Hause zu kommen.

Ich gehe. Endgültig. Sucht mich nicht.

Sechs Worte. Sollte das alles sein, was von fünfzehn Jahren geblieben war.

Trost fand sie bei ihrer Cousine, der sie sich am nächsten Morgen nach der Christmette anvertraute. „Sie wird schon wiederkommen. Du hast dein Bestes für sie gegeben. Der Himmel wird es dir lohnen." Aber Olivia glaubte nicht mehr an den Himmel.

Donnerstag, 25. August

1

Seit den frühen Morgenstunden tobte der Tramontane. Es schien, als wolle der Wind kräftig aufräumen und schauen, mit wem er es aufnehmen könnte. Mit Catherine nicht. Sie trotzte den kräftigen Böen und sprintete los. Die neuen Sneakers gaben ihr das Gefühl, auf Wolken zu schweben. Der Tramontane trieb ein paar Schaumkronen auf dem grünlich glitzernden Étang de Thau vor sich her, ein paar Möwen segelten über die Wasserfläche hinweg, immer bereit, blitzschnell in die Wellen zu tauchen und sich eine winzige Goldbrasse oder den Nachwuchs des Adlerfisches zu schnappen. Eine Kolonie von rosa Flamingos stattete dem flachen Rand des Gewässers eine Stippvisite ab. Mit ihren langen Schnäbeln stocherten sie nach Nereiden und Einsiedlerkrebsen. In Catherines Brust breitete sich ein Glücksgefühl aus. Heute Morgen verband sie Ermittlungsarbeit mit ihrem Bewegungsdrang. Gleichzeitig genoss sie die unverfälschte Natur. Die Corniche war menschenleer, wahrscheinlich lagen Einheimische und Besucher noch in den Federn oder versteckten sich vor dem Wind.

Nachdem sie zehn Minuten die Küstenstraße entlang gerannt war, drosselte sie ihr Tempo.

Schon von weitem sah sie den Mann auf der rechten der drei Bänke mit Blick auf den Étang sitzen. Die Palmen, die die mittlere Bank einrahmten, sahen ein bisschen aus wie kahlköpfige Geier. Der letzte Sommersturm hatte ihnen arg zugesetzt und riss erneut an ihren Federn. Der junge Mann sah hektisch nach links, nach rechts, versuchte einen günstigen Augenblick zu erwischen, um sich eine Zigarette anzuzünden, stand auf, setzte sich wieder. Als Catherine ihn ansprach, zuckte er zusammen.

„Emile Scolaire?" „Lieutenant Rozier?" Sie reichte ihm die Hand. „Sie sind der Veggie-Zauberer in der Domaine St. Croix, nicht wahr?" Emile überlegte einen Augenblick, dann erhellte sich sein Gesicht. „Ich erinnere mich. Sie haben vor einiger Zeit bei uns gegessen. Waren Sie zufrieden?" „Ich habe ewig nicht mehr so gut vegetarisch gegessen. Der karamellisierte Fenchel mit Ziegenfrischkäse war ein Gedicht. Wo haben Sie so gut kochen gelernt?" Scolaire lachte und sprudelte los.

„Die Grundlagen hat mir meine Cousine Enza beigebracht. In der kalabrischen Küche geht man mit Fleisch sparsam um. Früher begnügte man sich mit Zitrusfrüchten, Auberginen, Zwiebeln und Peperoncini, weil das Land gar nichts anderes hergab. Schweinefleisch gab es selten. Aber das hat mir als Kind schon nicht geschmeckt." Er verzog das Gesicht. „Außerdem konnte ich Fausto und Cara schlecht essen, nachdem ich vorher mit ihnen um die Wette gerannt war." „Schweine haben Spaß am Rennen?", fragte Catherine erstaunt.

„Und ob", schmunzelte Scolaire. „Wenn ich von der Schule kam, haben sie am Zaun auf mich gelauert. Sie animierten mich regelrecht, neben ihnen herzulaufen. Später habe ich angefangen, mit Gemüse, Nudeln und Gnocchi zu experimentieren. Warum interessiert Sie das? Essen Sie immer vegetarisch?"

„Seit Ewigkeiten", nickte Catherine. „Warum sind Sie aus Kalabrien weggegangen? Ich habe mal einen Reisebericht über diese Provinz gesehen. Mir hat sie sehr gut gefallen."

Emile schaute auf die glitzernden Wellen des Étang.

„Sie wollen nicht darüber reden?" Catherine wartete, bevor sie weitersprach. „Der Alltag eines Kochs ist sicher sehr stressig, richtig?"

„Schon. Aber Sie treffen mich sicher nicht am frühen Morgen, um mit mir übers Kochen zu fachsimpeln."

„Mich interessiert, wie hektisch es in einer Restaurantküche zugeht. Alle Gerichte vorbereiten, Zutaten bereitlegen, Gemüse schneiden, die Öfen vorheizen und das Essen für verschiedene Gäste in angemessener Zeit servieren. Das muss anstrengend sein."

„Worauf wollen Sie hinaus?" Catherine antwortete nicht gleich. „Behalten Sie während der Arbeitszeit immer die Ruhe?" Scolaires Nervosität kehrte zurück. Er wappnete sich.

„Oscar sagte mir gleich zu Anfang, dass er von Hektik während der Essenzubereitung nichts halte. Ich zeige Ihnen etwas." Er kramte sein Handy aus der Jackentasche, wischte, wählte etwas aus, vergrößerte es und hielt ihr das Display hin. Catherine entdeckte ein Blechschild, das über der Küchentür der Domaine St. Croix hing. In altmodischen Lettern stand: ‚Good things come to those who wait.‘

„Sie meinen, gut Ding will Weile haben?“

„Genau“, bestätigte Emile. „Oscar hat mich gelehrt, dass sich der Stress des Kochs auf die Speisen überträgt. Auch, wenn die Gäste nichts davon mitbekommen, könnten sie mit Bauchschmerzen oder Völlegefühl nach Hause gehen.“

„Stimmt das mit der Praxis überein?“

„Naja“, gab Emile zu. „Während der Hauptsaison bleibt das ein frommer Wunsch.“

„Dann wirkt ein kleiner Joint zwischendurch bestimmt entspannend“, warf Catherine ein.

„Wusste ich doch.“ Emiles Anspannung kehrte zurück.

„André Caussel hat Ihnen regelmäßig Stoff besorgt?“

„Mmh.“ Er stieß einen leisen Zischlaut aus und drehte den Kopf zur Seite.

„Hören Sie, Marihuana oder Gras interessieren mich nicht. Hat er Ihnen härteres Zeug verkauft?“

„Ich habe nie harte Drogen genommen“, sagte er schnell. Seine Augen verrieten ihn.

„Haben Sie sich mit André gestritten?“

„Warum sollte ich mit ihm streiten? Ich hatte gar keine Zeit für einen Streit. Er gab mir den Stoff, ich gab ihm das Geld, das war‘s.“

„Wo fand die Übergabe statt?“

„Sie werden lachen. Genau auf dieser Bank.“

„Sie wissen, dass der Junge tot ist.“

„Ich habe es in der Zeitung gelesen.“

„Hat er Ihnen mal gestrecktes Zeug verkauft?“

„Sie wollen mich hereinlegen, nein, sein Zeug war okay.“

„Ich will niemanden hereinlegen. Meine Kollegen und ich suchen ein Motiv für die Tat und natürlich den Mörder. Verreisen Sie in absehbarer Zeit?“ Emile schüttelte den Kopf.

„Möglicherweise habe ich später noch ein paar Fragen. Sie dürfen gehen.“

Emile Scolaire stand sofort auf und entfernte sich in Richtung Stadt. Noch bevor er den Place Camille Vidal erreicht hatte, verschwand er in einem Hauseingang. Catherine folgte ihm mit einigem Abstand. Sie notierte die Adresse. Nummer achtzehn, Quai Augustin Descournut. Dass Emile durch den Hintereingang auswich, um dann in der Rue Obscure zu verschwinden, entging ihr. Sie lief auf dem schnellsten Weg nach Hause, duschte, streifte ihre Dienstuniform über und machte sich auf den Weg zur Gendarmerie.

Zum Glück hatte Gloria schon vor ihr gelüftet. Zu ihrem Entsetzen hatte sie im Radio vernommen, dass Forscher in den nächsten Jahren fünfzig Grad Hitze und mehr für möglich hielten.

Gloria hatte auf jedem Schreibtisch eine Oleanderblüte in einem zierlichen Väschen drapiert. Sie begrüßte Catherine lächelnd und reichte ihr eine Notiz. „Hier ist die Telefonnummer des Nationalspielers und hier die Durchwahl des Bankdirektors.“

„Danke für die Deko. Gute Arbeit“, lobte Catherine. „Ich bin gespannt, was die Herren uns zu sagen haben.“

Der Nationalspieler trainierte gerade in Clairefontaine für irgendeine Weltmeisterschaft. Sein Manager weigerte sich, Catherines Fragen nach seiner Rückkehr zu beantworten. „Sie wollen also Ihren Schützling vorführen lassen?“, drohte Catherine. Erst dann verriet er ihr, dass der Spieler am kommenden Wochenende für zwei Tage in Montpellier sein werde. „Er wird uns ein paar Fragen in einem Mordfall beantworten müssen. Bereiten Sie ihn darauf vor, dass er am Samstag zu uns in die Dienststelle kommt.“ Nachsichtig legte sie den Termin auf zehn Uhr morgens fest. Der Manager schluckte die Kröte.

Vor dem nächsten Telefonat stellte Gloria ihr einen Cappuccino auf den Schreibtisch und legte einen winzigen Keks dazu.

2

Es war nicht einfach, den Direktor der örtlichen Bank ans Telefon zu bekommen. Seine Sekretärin verteidigte ihren Ruf als Zerberus. Der Hinweis, dass es sich um eine Privatangelegenheit handele, zog nicht. „Das versuchen Menschen täglich", konterte die resolute Frau.

„Dann kommen wir persönlich zu Ihnen", kündigte Catherine an. Das wirkte. Die Sekretärin verband. Bis sich der Direktor meldete, lauschte Catherine einer blechernen Version der Mondscheinsonate.

„Beaume", meldete sich ein hörbar verärgerter Direktor. „Was ist so wichtig, dass Sie mich in einer Konferenz stören?" Nachdem Catherine ihm auf den Kopf zusagte, dass er im Comptoir verkehrte und sie dazu einige Fragen habe, wurde Monsieur freundlicher. Und leiser.

„Können wir das an einem anderen Ort besprechen?"

„Sehr gerne, Monsieur Beaume. Wann und wo passt es Ihnen?"

„Um halb eins auf dem Friedhof? In der Stadt kennt mich jeder. Ich komme zum Grab von Alphonse Dupuy. Es ist das imposanteste Denkmal kurz hinter dem Haupteingang." Und noch leiser fügte er hinzu: „Meine Antwort auf Ihre Fragen sollten fremde Ohren nicht hören."

Catherine sagte, dass sie ihn in einem Mordfall befragen müssten.

„Ich werde pünktlich da sein. Das Gespräch bleibt sicherlich unter uns?"

„Das kommt auf Ihre Antworten an, Monsieur Beaume."

Catherine zwinkerte Gloria zu. „Der Herr möchte sich persönlich mit uns treffen. „Bleibt der General der Luftwaffe. Bis wir den am Wickel haben, wird es dauern. Ich werde Neville um Amtshilfe bitten."

Jean-Pierre Beaume beeilte sich, die Konferenz zu beenden. Er verschob das dringend zu lösende Problem auf den nächsten Tag. Das Gespräch mit Lieutenant Rozier ließ keinen Platz für andere Gedanken. Seiner Sekretärin sagte er, dass er bis zum Nachmittag für niemanden zu sprechen sei.

„Und wenn Ihre Gattin anruft?"

„Der sage ich selbst Bescheid", antwortete er. Er hängte sein Jackett auf den Bügel, sank in den schweren Sessel und starrte Löcher in die Luft. In seinem Kopf schwirrte alles durcheinander. Wer hatte den Gendarmen seinen Namen genannt? Der Barkeeper? Der kannte ihn nur unter Bombou. Sollte er Suza zur Rede stellen? Dafür war es zu spät. Vielleicht waren ihre Fragen nur allgemeiner Natur.

Er dachte zurück an die überregionale Direktorenkonferenz vor einem Jahr. Mehrere Kollegen hatten ihn überredet, den Abschlussabend in einer Schwulenbar zu verbringen. Das Ambiente gefiel ihm, die Gäste auch. Zu Hause erkundigte er sich diskret nach einem vergleichbaren Club. In Sète wurde er fündig. Seiner Frau gegenüber erwähnte er ein regelmäßiges Treffen in einem Herrenclub. Stimmte ja zum Teil. Seine Frau Alice nutzte seine Abwesenheit, um sich mit kulturell interessierten Freundinnen zu treffen. An gemeinsamem Sex schien sie genauso wenig interessiert zu sein wie er. Trotzdem hatte er ein schlechtes Gewissen. Wenn bekannt würde, dass er regelmäßig einen Gay-Club besuchte, käme Gerede auf. Wie sollte Alice das ihren Freundinnen beibringen? Jean-Pierre Beaume schwitzte Blut und Wasser. Er wischte sich mit einem Stofftaschentuch über die Stirn. Nervös lief er in seinem Büro hin und her. Obwohl seine Angestellten das Thema Homosexualität offen diskutierten, und es auch in der Gesellschaft keine sonderliche Aufregung mehr verursachte, wollte er sich auf keinen Fall outen. Er schaute auf die Uhr. Er musste die nächsten neunzig Minuten bis zum Treffen mit Lieutenant Rozier überstehen. Er meldete sich im Büro ab und ging im Wald von Aumes spazieren.

3

Als Catherine den General bat, einen Kontakt zu General Cigogne von der Luftwaffe herzustellen, explodierte Neville.

„Sind Sie von allen guten Geistern verlassen?"
Catherine wäre enttäuscht gewesen, wenn der General sie nicht angeblafft hätte. „General Neville, wir brauchen Ihre Hilfe bei der aktuellen Mordermittlung. Wir haben trotz intensiver Suche noch keine heiße Spur und Sie wissen selbst, dass wir dem kleinsten Hinweis nachgehen müssen." Catherine verlieh ihrer Stimme einen honigsüßen Touch. Sie riskierte nicht, bei dem General zu forsch aufzutreten. Auch, wenn er es niemals zugeben würde, könnte er mauern und ihnen Steine in den Weg legen. Nach leise gemurmeltem Grollen erklärte sich Neville bereit, den Standort des Generals herauszufinden und persönlich mit ihm zu reden. „Ich informiere Sie." Mehr an Freundlichkeit war nicht zu erwarten. Den Ärger über ihre Unterwürfigkeit schluckte Catherine hinunter. Wann Neville mit General Cigogne sprechen würde, hatte er nicht gesagt.

4

Bis zum Mittag erledigte Catherine Routinearbeiten. Danach machte sie sich zusammen mit Gloria auf den Weg zum Friedhof. „Schatten", rief Catherine, als sie pünktlich um halb eins die Begräbnisstätte in der Rue des Adieux erreichten. „Auf diesem hier stehen wenigstens ein paar Bäume. Es gibt Friedhöfe, da würdest du um diese Uhrzeit in der Sonne rösten", sagte Gloria. Gloria steckte im Gegensatz zu ihr in einem luftigen Sommerkleid. Catherine beneidete sie darum.
Sie fanden die Grabstelle der Familie Dupuy sofort. Zwei schlanke Zypressen rahmten die Ruhestätte ein. Vier Treppenstufen an jeder Seite führten zu einer dunkelblauen Tür. Ein fein ziselierter Messingknopf in der Türmitte glänzte im Sonnenlicht. Der Putz am Sandstein der Säulen war an einigen Stellen abgeblättert.
Eine verwitterte Gedenktafel am Sockel der Grabstätte verkündete, dass Henry Dupuy mit dreiunddreißig Jahren im Ersten Weltkrieg gefallen war. Vom französischen Staat war er dafür mit einer Medaille ausgezeichnet worden.

„Was nützt ihm ein Orden, wenn sein Leben nach dreiunddreißig Jahren vorbei war? Kriege nützen doch nur der Rüstungsindustrie und machtgeilen Männern, die unbedingt in einem Geschichtsbuch erwähnt werden wollen", ereiferte sich Gloria. Der Anblick des herbei hastenden Bankdirektors hielt sie davon ab, ihre Meinung weiter auszuführen.

Der Mann schien einem Gemälde des achtzehnten Jahrhunderts entsprungen zu sein. Seinen beinahe viereckigen Kopf umgab ein Kranz von widerspenstigen, grauen Haaren. Schweißperlen tanzten auf seinem Haupt. Die kleinen, haselnussbraunen Augen flackerten unruhig, als er die beiden Frauen entdeckte. Beim Näherkommen schaute er sich mehrmals um. Trotz der brütenden Hitze trug er einen Anzug.

„Beaume. Was wollen Sie von mir wissen?", fragte er.

„Lieutenant Rozier, das ist Gloria Zhou, unsere Praktikantin. Wir untersuchen den Tod eines Jungen. Kennen Sie ihn?" Catherine zeigte ihm das Foto von André.

Nach einem flüchtigen Blick auf das Bild sagte Beaume: „Ich erinnere mich nicht an ihn."

„Okay. Waren Sie am zwölften oder dreizehnten August im Le Comptoir in Sète?"

Beaume nickte. „Der Dreizehnte war ein Samstag."

„Sind Sie sicher, dass Sie diesen Jungen dort nicht gesehen haben?"

„Sagte ich doch schon", murrte er.

„Und früher? War der junge Mann vorher schon einmal dort?"

„Schon möglich. Aber ich hatte mit ihm nichts zu tun."

„Verkehren dort regelmäßig Minderjährige?", fragte Catherine.

Beaumes Blick flackerte kurz. „Manchmal", gab er leise zu.

„Und Sie? Haben Sie, ehm, bevorzugen Sie…?" Catherine wusste nicht, wie sie weiter fragen sollte, ohne Beaume zu brüskieren.

Monsieur Beaume zögerte, sagte dann: „Vor vielen Jahren … aber es ist nicht meine Sache, ich habe es nicht wiederholt."

„Hat sich ein anderer der Gäste intensiver mit dem Jungen befasst?"

„Ich möchte niemanden belasten“, flüsterte Beaume. „Bitte, quälen Sie mich nicht weiter.“

Catherine zog ein anderes Foto aus ihrer schwarzen Polizeimappe. „Dieser Mann. Stand er am Samstagabend vor der Tür des Le Comptoir und hat die Besucher kontrolliert?“

Monsieur Beaume schaute sich das Foto an. „Ich merke mir nicht alle Gesichter der Angestellten. Was ist mit diesem Mann?“

„Wir möchten wissen, ob dieser Mann den ganzen Abend vor der Tür stand. Außerdem wollen wir ausschließen, dass der Junge jemanden aus den Kreisen der Gäste erpresst hat und zum Schweigen gebracht werden sollte.“

„Ob der Türsteher den ganzen Abend anwesend war, weiß ich nicht“, murmelte der Bankdirektor. „Mit einem Mord habe ich nichts zu tun. Erpresst worden bin ich auch nicht. Vielleicht habe ich den Jungen vor Wochen einmal gesehen. Mit wem er verschwunden ist, kann ich Ihnen nicht sagen. Außerdem verkehren wir dort niemals mit unseren Alltagsnamen, also würde es Ihnen gar nichts nützen, wenn ich Ihnen den Decknamen verraten würde.“

„Also wissen Sie doch, wer sich mit dem Jungen befasst hat. Versuchen Sie, uns den Mann zu beschreiben.“

Beaume schaute sie flehentlich an. „Ziemlich groß, schwarze Haare, nicht alt, mehr weiß ich nicht. Es ist, wie ich schon sagte, ein paar Wochen her.“

„Wenn Ihnen wieder einfällt, welches Pseudonym der Mann benutzt, sagen Sie uns Bescheid. Sie können gehen.“

Er drehte sich grußlos um und steuerte zielstrebig auf den Ausgang des Friedhofs zu.

Catherine und Gloria warteten, bis auch sie den Friedhof verließen.

„Welchen Eindruck hattest du von ihm?“, fragte Catherine.

„Ich glaube, er weiß, wen André im Club getroffen hat, will ihn aber nicht kompromittieren.“

„Vielleicht gibt er uns noch einen anonymen Hinweis. Etwas ganz anderes. Könntest du jetzt auch einen Happen vertragen?“

„Auf jeden Fall", antwortete Gloria prompt.

„Dann lade ich dich auf einen Snack am Hafen ein."

Auf ihrem Weg zum Eingangstor fiel ihnen ein Grabstein besonders ins Auge. Auf der Marmorplatte stand ein buntes Täfelchen mit einem Rennradfahrer. „Domi et Alain", las Gloria. „Und eine echte Nelke. Das muss Liebe sein."

Kurz, bevor sie in den Wagen stiegen, sagte Gloria: „Monsieur Beaume hat mich an den Kaktusliebhaber von Spitzweg erinnert."

„Sorry", entschuldigte sich Catherine. „Spitzweg kenne ich nicht."

„Ich bringe dir bei Gelegenheit ein Buch mit. Er hat ziemlich coole Sachen gemalt." Bis zur Stadt sprachen sie kaum.

Das Tabou war gut besucht. Verena sah sie schon von weitem und reservierte ihnen einen Tisch an der Wasserseite. Ein Katamaran spuckte einen Pulk von Menschen aus. „Die werden sich jetzt auf die frischen Austern stürzen", sagte Catherine und schaute sich auf der Speisekarte die vegetarischen Gerichte an. Sie entschieden sich beide für eine Zucchini-Quiche mit einem gemischten Salat.

Ein Gewirr von hohen, tiefen, englischen, deutschen und französischen Stimmen umgab sie. Männer in bunt geblümten Shorts und ärmellosen T-Shirts, Frauen in luftigen Blusen und kurzen Röcken flanierten an ihnen vorbei. Ein leichter Wind gaukelte ihnen vor, die Sonnenstrahlen seien harmlos.

„Wetten, dass hier bald lauter gekochte Krabben herumlaufen", kicherte Gloria. „Und Hummer", ergänzte Catherine lachend.

Verena hatte ihnen zur Überbrückung einen Gruß aus der Küche gebracht. „Excusez, heute dauert es ein bißchen. Ich hoffe, Sie haben es nicht eilig."

Während sie auf die Quiche warteten, fragte Catherine:

„Ich hoffe, du nimmst mir meine Frage nicht übel. Ist dein Onkel privat eigentlich genauso ruppig wie im Dienst?" Gloria lächelte.

„Mein Onkel Serge. Einmal General, immer General. Wenn du es nicht weitersagst. Ich glaube, er ist sein Leben lang schon unglücklich verliebt, aber das würde er niemals zugeben."

„General Neville verliebt? Das kann ich mir nicht vorstellen", gab Catherine zu. Gloria legte den Zeigefinger auf ihre Lippen.

„Ich bin verschwiegen wie ein Grab", wisperte Catherine.

„In meiner Familie munkelt man, dass er mit Ende Zwanzig unsterblich in eine Frau aus einem kleinen Kaff in den Pyrenäen verschossen war. Keiner weiß, was er falsch gemacht hat. Sie wollte plötzlich nichts mehr von ihm wissen und ist in ein Kloster eingetreten. Mein Onkel ist nie darüber hinweggekommen."

„Der Ärmste", bedauerte Catherine in dem Augenblick, als Verena ihre Quiches und je ein kleines Glas Weißwein brachte. Das erinnerte Gloria wieder an Kanada.

„Viele kleinere Restaurants haben keine Alkohollizenz. Du bringst deinen eigenen Wein zum Essen mit. Es wird meistens schon auf dem Eingangsschild erwähnt. Da steht BYOB, was soviel bedeutet wie ‚Bring your own bottle'."

„In Frankreich würden die Restaurantbetreiber Amok laufen. Das käme einer Revolution gleich", war sich Catherine sicher.

In der Gendarmerie schlug ihnen unerträgliche Hitze entgegen. Zu allem Unglück hatte auch noch die Klimaanlage den Geist aufgegeben. Handwerker waren nicht greifbar, erklärten, sie hätten erst im November einen Termin frei. Ventilatoren waren in sämtlichen Super- und Baumärkten ausverkauft. Gavin Rifaud versprach, einen Cousin zu fragen, der einen Freund hatte, der vielleicht nach Feierabend vorbeischauen könnte. Bis dahin hatten sie alle Fenster geöffnet und die Jalousien heruntergelassen.

Catherine fackelte nicht lange. „Hier können wir so nicht arbeiten. Draußen ist es zwar nicht gerade kühl, aber besser als zwischen diesen Betonwänden. Wir gehen unseren Außenterminen nach. Arnaud, begleitest du mich zu den Melroses? Wir klären die Lage vor Ort. Vielleicht ist die verschwundene Frau wieder aufgetaucht. Rifaud und Gloria, klappert bitte alle restlichen Drogenkunden ab. Uns fehlen noch die Aussagen der Zeugen aus Marseillan und aus Loupian. Achtet auf jede Einzelheit, auch, wie sie körperlich reagieren, wenn ihr sie nach André fragt."

„Wird gemacht, Madame le Commissaire", stand Rifaud stramm. Vor dem quer durch den Raum fliegenden Papierball duckte er sich rechtzeitig weg.

5

„Ob er bereit sei?", fragte Catherine Arnaud. Der salutierte ebenfalls spielerisch und grinste.

Catherine lachte. Sie erinnerte sich vage an den Weg zu dem Edelrestaurant. Als Beifahrerin achtete sie meistens nicht auf den Weg.

„Soll ich das Navy einschalten?", fragte Arnaud.

„Ja, mach' das." Sie waren eher am Ziel als gedacht. Bereits nach fünfzehn Minuten rumpelte ihr Wagen über die langgezogene Einfahrt der Domaine Saint Croix. Tagsüber wirkte der hell gestrichene Bau noch imposanter als in der Dunkelheit. Sie parkten unter einem mit Solarpaneelen überdachten Parkplatz.

Maggie Melrose kam ihnen mit zwei großen Einkaufstaschen entgegen. „Sie kommen wegen Odette? Sie ist immer noch verschwunden. Am besten fragen Sie Emile. Sie finden ihn in der Küche. Ich habe eine Verabredung in der Stadt und bin spät dran", entschuldigte sie sich.

„Wir werden auch mit Ihnen sprechen müssen", wandte Catherine ein.

„Kann das nicht warten? Wenn Sie von mir etwas Spezielles über Odette wissen wollen, komme ich gerne später zu Ihnen in die Gendarmerie."

„Wir kommen darauf zurück. Wo finden wir die Küche?"

„Nach der Eingangstür links, dann immer geradeaus. Hinter der großen Schwingtür finden Sie das Reich der Sinne", scherzte Maggie. Sie hatte nicht übertrieben.

Ein riesiger Küchenblock aus Edelstahl stand in der Mitte des Raumes. Die Arbeitsfläche machte einen blitzsauberen Eindruck. Von der Decke hingen Pfannen in allen Größen herab. Töpfe aus Edelstahl oder Kupfer, kleine Töpfe, große Töpfe, Dampftöpfe glänzten im Licht. An der gegenüberliegenden Wand reihten sich Pfannenheber, Schöpflöffel, Schaumlöffel, Rührbesen und Siebe aneinander. Mehrere Küchenmaschinen standen nebeneinander. Es waren dieselben Modelle, die auch in der Hotelküche des Ritz in Paris standen. Das wusste Catherine. Ausnahmsweise hatte sie sich gemeinsam mit Marc eine Kochsendung im Fernsehen angeschaut. In der Ecke prangte ein gewaltiger Gasherd. Auf mehreren Flammen simmerten Saucen und Fonds vor sich hin. Es duftete so himmlisch, dass Catherine das Wasser im Mund zusammenlief.

Emile Scolaire schaute kurz auf. „Haben Sie Odette gefunden?", fragte er. Er hackte weiter auf Zwiebeln, Knoblauch, Ingwer und einen Berg leuchtend grüner Petersilie ein. Nebenbei wischte er sich die feuchten Hände an seiner schwarzen Halbschürze ab.

„Madame Melrose deutete an, dass Sie Odette gut kennen würden. Wann haben Sie sie zuletzt gesehen?"

„Am Samstagabend. Sie hat bis zweiundzwanzig Uhr gearbeitet. Dann ist sie mit ihrem Auto weggefahren."

„Ist etwas Besonderes vorgefallen?", fragte Arnaud.

Emil Scolaire druckste herum, wischte noch einmal seine Finger ab, dann gab er zu: „Ich habe mich mit ihr gestritten."

„Worüber?", fragte Catherine.

Emile seufzte vernehmlich. „Ach, eigentlich nur wegen einer Lappalie. Lächerlich, es war echt lächerlich."

„Im Falle eines spurlosen Verschwindens ist nichts lächerlich. Also worum es bei dem Streit ging."

„Odette war vor ein paar Tagen eine halbe Stunde allein in meinem Appartement, während ich etwas in der Stadt erledigte. Währenddessen muss sie sich meine Kommode vorgenommen haben. Dabei ist ihr wohl ein Foto von meiner Ex-Freundin in die Hände gefallen. Mein Gott, das ist schon ewig her. Odette hat sich aufgeführt, als habe sie mich mit ihr in flagranti erwischt. Dabei war es meine Jugendliebe." Emile fuhr sich durch die Haare. „Sie hat geheult und mir nicht mehr zugehört. Ich habe ihr erklärt, dass Monica schon vor Jahren verunglückt ist, aber sie hat sich ihre Sachen geschnappt und ist nach draußen gerannt."

„Haben Sie sich hier oder in ihrer Wohnung mit Odette gestritten?"

„Hier, das war es ja. Ich wollte nicht, dass die Melroses etwas von unserem Streit mitbekamen. Ich bin ihr nachgerannt, aber da saß sie schon in ihrem Wagen. Ich habe nur noch die Rücklichter gesehen."

„Verstehe ich das richtig?", fragte Arnaud. „Sie hat das Foto gefunden und Ihnen erst ein paar Tage später eine Szene gemacht?"

Emile nickte. „Gehen wir vor die Tür? Ich muss unbedingt eine Zigarette rauchen." Draußen eröffnete sich ihnen ein phantastischer Ausblick auf einen angrenzenden, halb verwilderten Park. Eine graugetigerte Katze döste unter einem Strauch in der Sonne.

Catherine hakte nach. „Hatte Odette vielleicht doch einen Grund zur Eifersucht? Haben Sie vielleicht einen Satz zu viel mit einer schönen Frau gewechselt."

„Sie hatte überhaupt keinen Grund. Sie war nicht meine große Liebe, aber ich habe sie auch nicht betrogen. Wollen Sie mir das Verschwinden von Odette ankreiden?" Das klang trotzig. Emile trat die Kippe der Zigarette aus und machte Anstalten, in die Küche zurückzugehen.

„Entschuldigen Sie, ich wollte Sie nicht düpieren. Haben Sie in Odettes Wohnung nachgesehen?"

„Natürlich! Ich bin in der Nacht zu ihr gefahren. Odette hatte ihren Schlüssel von innen ins Schloss gesteckt. Sie reagierte nicht auf mein Klingeln, meine Anrufe auf dem Handy hat sie weggedrückt. Ich habe ihr bestimmt zehnmal auf die Mailbox gesprochen, keine Reaktion. Am Montag bin ich noch einmal zu ihr gefahren. Sie war nicht da."

„Sie haben sich in ihrer Wohnung umgesehen?"

„Ja, habe ich. Ihr Appartement sah aus wie immer. Nichts machte den Eindruck, als sei sie verreist. Alle Schuhe standen im Regal, und der Kühlschrank war gut gefüllt."

„Ist sie früher schon einmal verschwunden?", fragte Arnaud.

Emile schüttelte den Kopf, aber dann fiel ihm plötzlich etwas ein.

„Ja, vor ein paar Monaten. Da ist sie überraschend nach Saint-Malo zu einer Verwandten gefahren. Sie kam erst nach fünf Tagen zurück. Damals hat sie behauptet, ihr sei das Handy gestohlen worden. Sie redete sich damit heraus, dass sie niemanden informieren konnte, da sie keine Telefonnummern auswendig gewusst habe. Eigentlich komisch, man kann sich doch im Internet Telefonnummern heraussuchen."

„Stimmt. Wie haben die Melroses darauf reagiert."

„Das weiß ich nicht genau, ich glaube, sie haben sie verwarnt, ihr aber noch eine Chance gegeben", versicherte Emile.

„Den Namen der Verwandten wissen Sie nicht?"

„Leider nein, sonst hätte ich schon selbst versucht, dort anzurufen."

Catherine beschlich das Gefühl, dass Emile etwas verschwieg. Sie sagte nichts, schaute Scolaire nur an, der inzwischen an seinen Arbeitsplatz zurückgekehrt war und noch heftiger auf die lila und orangenen Möhren einhackte.

„Warum schauen Sie mich so an?", brauste er auf. „Sie war von Anfang an eifersüchtig. Dabei hatte sie überhaupt keinen Grund."

„Das haben Sie schon gesagt", wandte Arnaud ein.

„Sie reagierte sogar pampig, wenn ich mich mit alten Freunden traf."

„Alte Freunde?", wiederholte Arnaud.

„Ja, in Marseillan und Agde gibt es ein paar Kumpel aus Kalabrien. Sie verstehen das nicht. Ein paar Fetzen Italienisch hören, über die alte Heimat reden, manchmal ein paar Lieder singen."

„Emile Scolaire, das klingt eher Französisch als italienisch", warf Catherine an. Emile Scolaire unterbrach sein Gemüsegemetzel.

„Ich dachte, mit einem italienischen Namen würde ich in Frankreich allenfalls einen Job als Müllmann bekommen, deswegen habe ich mir einen französischen Namen zugelegt."

„Und wie heißen Sie wirklich?"

„Enrico Moretti", sagte Emile.

„Wir werden das checken." Arnaud ging in den Flur, nahm sein Telefon und bat Claude, Enrico Moretti zu überprüfen.

Catherine fragte weiter. „Könnte Odette zu einer Freundin gefahren sein?"

Emile verneinte. „Sie hatte nur eine einzige Freundin, die habe ich schon angerufen. Bei der ist sie nicht. Und mit ihrer Familie wollte sie nichts zu tun haben, mit mir über sie sprechen auch nicht. Ich weiß nicht einmal, ob ihre Eltern überhaupt noch leben."

„Einen Zettel oder einen Brief hat sie nicht hinterlassen?"

„Ich habe nichts gefunden."

„Gut, wir lassen Plakate drucken und bitten die Bevölkerung um Mithilfe. Vielleicht hat jemand sie gesehen oder weiß, wo sie sich aufhält. Vielleicht kommt sie ja morgen wieder zurück." Emile ließ die Schultern hängen.

„Vielleicht", sagte er.

Catherine und Arnaud verließen die Küche. Auf dem Gang kam ihnen Oscar Melrose in Gummistiefeln und grüner Latzhose entgegen.

„Sie haben Neuigkeiten von Odette?" Er hielt seine dreckverkrusteten Hände hoch und lächelte entschuldigend. „Ich komme aus dem Garten", sagte er.

„Wir wissen nichts Neues", stellte Catherine fest. „Aber vielleicht haben Sie die Telefonnummer von Odettes Cousine in Saint-Malo. Emile sagte, dass sie dort vor ein paar Monaten war und sich auch nicht bei Ihnen gemeldet hat."

Oscar Melrose schüttelte den Kopf. „Das Büro ist die Domaine meiner Frau. Sie hat solch ein Zettelchaos, da blicke ich nicht durch. Kann sein, dass sie eine Nummer hat, aber das müssen Sie sie selbst fragen."

„Wie ist Ihr Verhältnis zu Odette Bole?"

Oscar lächelte gewinnend. „Ich bin bestens mit ihr ausgekommen. Sie war zuverlässig, ehrlich und schnell. Das zählt bei einer Bediensteten."

„Hatten Sie mehr als beruflich mit ihr zu tun?"

Oscar Melrose schaute Catherine tief in die Augen, bevor er leise sagte: „Einmal. Es war an einem lauen Sommerabend. Wir haben nach Feierabend etwas zu viel getrunken und dann, naja. Wir haben uns geschworen, dass das nie wieder vorkommt." Er schaute Catherine wiederholt intensiv an. „Bitte, sprechen Sie meine Frau nicht darauf an. Sie muss nicht unbedingt an meinen Seitensprung erinnert werden."

„Und? Ist es noch einmal vorgekommen?" fragte Catherine.

„Nein, wirklich nicht. Ich bin für Dreiecksgeschichten zu alt. Sie hat sich kurz nach unserer Affäre mit Emile angefreundet."

„Weiß Emile von Ihrem Zwischenspiel?"

Oscar Melrose zuckte mit den Schultern.

„Trauen Sie ihm zu, dass er eifersüchtig auf Odette war und nicht umgedreht?" Oscar wirkte überrascht. „Sie verdächtigen ihn doch nicht, oder?"

„Menschen in Ausnahmesituationen handeln nicht rational", sagte Catherine. „Sie sind die Fachleute! Ich kann mir nicht vorstellen, dass Emile sich so verstellt. Kann ich mich jetzt wieder meinem wild wuchernden Efeu widmen? Rufen Sie mich bei Tag oder Nacht an, wenn Sie Odette gefunden haben", bat er sie. Catherine winkte Arnaud, ihr zum Parkplatz zu folgen.

Sie hatten die Griffe der Fahrzeugtüren schon in Händen, als sie Maggie Melrose bemerkten. „Nanu? Hat Ihr Termin Sie versetzt?"

„Die Tochter meiner Freundin kam mit einem aufgeschlagenen Knie nach Hause und musste getröstet werden. Brauchen Sie mich noch?"

„Ihr Mann meinte, Sie hätten möglicherweise die Telefonnummer von Odettes Cousine in Saint-Malo."

„Oh ja, sie steckt an meiner Pinnwand. Sie hat sich ja schon einmal dort verkrochen. Wenn Sie einen Augenblick warten? Ich hole sie gleich." Sie kam gleich darauf zurück und wedelte mit einem verknitterten Zettel in der Hand. „Hier bitte. Vielleicht ruht sie sich dort von ihrer anstrengenden Arbeit bei uns aus." „Höre ich einen verärgerten Unterton aus Ihrer Antwort?", fragte Catherine.

Maggie Melrose gab zu: „Ich war damals ziemlich sauer und habe das auch so gesagt. Odette hat hoch und heilig geschworen, dass so etwas nie wieder vorkommt. Sie zeigte sich reumütig und gab zu, dass sie eine große Dummheit begangen habe. Es ist bis heute auch nie wieder vorgekommen. Sie hat ihre Arbeit immer ordentlich gemacht."

„Zufriedenheit hört sich anders an." Catherine konnte sich diese Bemerkung nicht verkneifen.

Maggie Melrose zögerte. Dann sagte sie gedehnt: „Sie ist nicht gerade meine Busenfreundin. Odette war den Gästen gegenüber sehr zuvorkommend…" Sie ließ den Satz in der Luft hängen.

„Sehr zuvorkommend?", fragte Catherine.

Maggie nickte. „Einmal übernachtete ein Minister in unserem Haus. Odette brachte ihm das Frühstück aufs Zimmer. Es dauerte eine Weile, bis sie wiederkam. Später entdeckte ich einen Knutschfleck an ihrem Hals."

„Der Herr Minister? Ein Gefolgsmann unseres Präsidenten?" Catherine konnte sich ein süffisantes Schmunzeln nicht verkneifen.

Maggie nickte und hob einen Papierschnipsel vom Boden auf. „Sehen Sie sich das an. Wofür habe ich überall Mülleimer aufgestellt?"

Als sie sich verabschiedeten, hatte Catherine den Eindruck, dass Madame Melrose noch etwas hinter dem Berg hielt.

6

Kaum waren die beiden Gendarmen gegangen, überfiel Emile die Erinnerung an den heftigen Streit mit Odette. Sie hielt ihm das Foto von Monica wie eine Waffe unter die Nase. Er hatte seine Wut nicht unter Kontrolle. Bilder von seinem Onkel standen vor seinem Auge. Der hatte ihn kontrolliert, bespitzelt und gehänselt, wenn er das Foto seiner Eltern unter dem Kopfkissen hervorzog. „Bist ja 'ne Memme. Ein Mann ehrt seine Eltern auf dem Friedhof und nicht unterm Kopfkissen." Das Wort Memme war noch heute ein rotes Tuch für ihn.

„Du hast in meinen Sachen gewühlt."

Odette hatte die Überlegene gespielt. „Hast du Geheimnisse vor mir? Ich bin deine Liebste oder etwa nicht?" Sie hatte ihn aus kalten Augen angesehen. Sofort war er wieder der kleine Enrico.

„Mach' das nie wieder, hörst du? Nie wieder."
Sie hatte ihn angeschrien. „Ist das deine Geliebte? Deine Frau? Wartet sie auf dich, wenn du hier fertig bist?"
Er hatte ihr das Foto von Monica aus der Hand gerissen und verbissen die Arbeitsplatte geschrubbt.
Ein Teller zerschellte an der Wand, eine Schürze flog auf den Boden, eine Tür knallte. Odette stürmte nach draußen. Das Geräusch des aufheulenden Motors ihres Kleinwagens war das letzte, was er von ihr hörte.

7

Während sie zurückfuhren, berichtete Arnaud, was Claude über Enrico Moretti herausgefunden hatte.
Enrico Moretti war im November 1980 im kalabrischen Catanzaro geboren und aufgewachsen. Seine Eltern kamen bei einem Brand in ihrer Scheune ums Leben, als er fünf Jahre alt war. In der Brandnacht schlief er bei seinem Onkel und seinen Cousins. Dort blieb er auch und ging bis zu seinem vierzehnten Lebensjahr in die Dorfschule. Claude musste in die Tiefen des Internets abgetaucht sein.
Moretti war für einige Zeit bei seiner Cousine an der Küste untergetaucht und hatte dort kochen gelernt. Anfang 2000 war er über Rom und Marseille nach Frankreich eingereist. Er hatte nachweislich in kleineren Restaurants an der gesamten französischen Mittelmeerküste gejobbt. Wo er sich die exzellenten Zeugnisse beschafft hatte, war nicht herauszufinden.
Seit zwei Jahren arbeitete er bei den Melroses und hatte sich auf vegetarisches Essen spezialisiert. Ob und welchen Deal er mit dem Paten, Don Casuleisis, abgeschlossen hatte, war nicht herauszufinden. Mit Drogen handelte Moretti jedenfalls nicht.
„Vielleicht wäscht er Geld?", überlegte Catherine laut.
„Wie denn? Wenn er ein eigenes Restaurant hätte, wäre das möglich, aber so? Als Koch? Mmh."
„Vielleicht schmuggelt er?"

„Was denn?"

„Keine Ahnung."

Kurz vor ihrer Ankunft seufzte Catherine: „Am nächsten Montag kommt Joseph aus dem Urlaub. Ich hoffe, er ist von unseren mageren Ergebnissen nicht enttäuscht."

„Er hätte es auch nicht besser gemacht", meinte Arnaud.

8

„Ich brauche unbedingt einen Espresso, sonst falle ich gleich um", verkündete Catherine kaum, dass sie das Büro betreten hatten.

„Bin schon dabei", zwitscherte Gloria.

„Wieso bist du noch hier?", wunderte sich Catherine.

„Zu Hause wartet keiner auf mich", sagte die junge Frau und füllte gemahlene Espressobohnen in den Siebträger.

„Claude, haben wir schon das Foto von Odette Bole? Kannst du es bitte ausdrucken?"

„Schon fast fertig", gab Claude zurück.

Nach wenigen Minuten brachte er das Bild von Odette. Catherine pappte es in die Mitte einer zweiten Wand. Maggie und Oscar Melrose fanden als geschriebene Kreise ihren Platz rechts oberhalb von Odette. Emil Scolaire rückte direkt neben sie.

„Ob Oscar Melrose die Finger von seinen Angestellten lässt?", fragte Arnaud. „Seine Frau Maggie ist nicht gut auf Odette zu sprechen. Emile Scolaire hatte einen ernsthaften Streit mit Odette."

„Hat Odette sich vielleicht einfach nur der Situation entzogen?"

„Liegt im Bereich des Möglichen."

„Gibt es noch andere Aushilfskräfte auf dem Anwesen oder Saisonkräfte? Vielleicht hat ihr jemand nachgestellt."

„Samstags rückt eine Putzkolonne an. Die müssen wir auch unter die Lupe nehmen."

„Bestimmt gibt es auch einen Gärtner?", warf Gloria ein. „Der Mörder ist immer der Gärtner?"

„Sprecht nicht von Mord. Ich möchte nicht, dass sich solche Gedanken einschleichen", sagte Catherine.

„Jesses, bist du unter die Querdenker gegangen? Nur, weil man etwas denkt, wird es doch nicht wahr", frotzelte Arnaud.

„Ich glaube, für heute machen wir Schluss. Ohne konkrete Anhaltspunkte können wir nur spekulieren. Ausgeschlafen denkt es
sich besser", beschloss Catherine.

9

Joseph saß mit geschlossenen Augen auf der Terrasse. Hélène las
Leonie aus einem Buch vor. Er lauschte abwechselnd der sanften
Stimme seiner Frau und dem Düdelio des Pirols. Gleichmäßiges
Schwingen von drinnen, pointiertes Zwitschern draußen. Die Abwesenheit von Motorenlärm. Joseph erholte sich prächtig. Die
Sonne entlockte den Natursteinmauern des Ferienhauses einen trockenen, erdigen Duft. Der Pirol wiederholte seinen Lockruf hartnäckig, ließ sich aber nicht blicken. Joseph lauerte, hatte die Kamera griffbereit auf dem winzigen Mosaiktischchen liegen. Statt
des leuchtend gelben Vogels ließ sich ein schillernd glänzender Bienenfresser auf einem Ast nieder. Joseph bewegte sich nicht. Er
wusste, dass der Vogel bei der geringsten Bewegung flüchten würde.

„Papa! Papa!" Leonie kam laut kreischend aus der Tür, der bunte
Vogel flog davon.

„Ich gehe klettern", verkündete Leonie und rannte die Stufen hinunter in den angrenzenden Obstgarten. Hélène brachte ihm ein
Glas Zitronenwasser.

„Wie friedlich es hier ist", sagte sie und setzte sich neben ihn auf
den zweiten Gartenstuhl. Statt einer Antwort spazierten Josephs
Finger ihren Arm hinauf bis zu ihren dunklen Locken.

„Hat Catherine sich in den letzten Tagen überhaupt nicht gemeldet?", fragte sie und lächelte. Josephs Finger ignorierten ihre nüchterne Bemerkung und setzten ihren Weg zu Hélènes linker Ohrmuschel fort.

„Papa, schau mal, wo ich bin", kreischte Leonie. Sie saß auf der
niedrigen Gabelung eines knorrigen Aprikosenbaumes.

„Catherine hat mir täglich eine Kurznachricht geschickt. Es hat sich wohl nichts Weltbewegendes ereignet."

„Glaubst du das? Wie ich sie kenne, gönnt sie dir einfach eine stressfreie Zeit." „Eine Welt ohne messerstechende, drogendealende und korrupte Menschen muss schön sein", seufzte Joseph und trank das Wasser in einem Zug.

„Zum Glück funktioniert der Fernseher hier nicht, sonst würden uns die Nachrichten über üble Potentaten und Kriege in aller Welt früh genug einholen", sagte Hélène.

Ohrenbetäubendes Schreien unterbrach den Frieden. Krokodilstränen kullerten über Leonies Gesicht, ein schmales Blutbächlein rann an ihrem Knie hinunter. Sie lag unter dem Baum und heulte.

„Pflaster", schrie nun auch Joseph, der als erster bei ihr war. Hélène rannte in die Küche. Aus einem Notfallkoffer holte sie Verbandszeug und wickelte es um Leonies Knie. Leonie staunte über das Riesenpflaster, das ihre Mama über den Verband klebte, stand auf und kletterte wieder auf den Baum.

„Ich bin ein Pirat", rief sie. „Gleich entert uns das silberne Seepferdchen. Ich muss mein Schiff retten." Joseph und Hélène sahen einander an und zuckten mit den Schultern.

Sie kehrten auf die Terrasse zurück und freuten sich auf einen ruhigen Abend. Kaum erreichte Joseph seinen Platz, vibrierte sein Mobiltelefon.

„Zu früh gefreut", meinte Hélène.

„Doch ein Notfall?", fragte Joseph. Er verdrückte sich mit dem Handy in den Garten. Sein Blutdruck normalisierte sich wieder, als Catherine ihm lediglich einen schönen letzten Ferientag wünschte. „Gibt es nichts Aufregendes zu berichten?" Joseph war enttäuscht. „Alles in Ordnung. Ab Montag hast du das Heft wieder in der Hand", scherzte Catherine. Joseph argwöhnte, dass ihre Antwort eine Spur zu schnell kam.

Er ließ sich Zeit, bevor er zu Hélène zurückging. Der Anruf hatte ihn unvorbereitet aus der Urlaubswelt in die Realität katapultiert. Catherine hatte eigentlich das Gegenteil erreichen wollen. Er erinnerte sich daran, wie schwer es ihm gefallen war, ihr sein Ressort zu überlassen.

Hélène sah ihn besorgt an. „Schlechte Neuigkeiten?"

Joseph schüttelte den Kopf. „Nein, eigentlich nicht." Er ging in die Küche und holte den fruchtig, herben Rosé aus dem Kühlschrank. Joseph wusste, dass Hélène nicht eher Ruhe geben würde, bis er mit seinem Kummer herausrückte. „Mir ist so, als hätte ich mich pensionieren lassen", sagte er. „Ich muss mich damit abfinden, dass ein anderer meinen Job ebenso gut machen kann, wie ich selbst."

„Ach Joseph." Hélène strich ihm tröstend über den Arm. „Kein Mensch verkennt deine Qualitäten. Und Catherine wird sorgfältig arbeiten, davon kannst du ausgehen."

„Ja, ich weiß", sagte er.

Am Abend saß er mit Hélène auf der weinumrankten Terrasse und lauschte den tiefsinnigen Chansons von George Brassens. Sie sprachen eine Weile kein Wort, hingen nur ihren Gedanken nach. Bei dem Lied Gorilla schreckte Joseph hoch. Er war tatsächlich eingeschlafen. „Gorilla? Mit diesem Lied hat Brassens doch die Todesstrafe kritisiert." Seinen fragenden Blick beantwortete Hélène schmunzelnd.

„Hat er", sagte sie. „Aber er war trotzdem eher ein elitärer Dichter."

„Warum das denn?", ereiferte sich Joseph. „Mach mir meinen geliebten Brassens nicht madig. Er hat wunderbare Lieder für das einfache Volk und seine Kumpel geschrieben." Trotzig hob er sein halbvolles Glas und sang laut und schief: „Les Copains d'abord."

„Das musst du aber noch ein bisschen üben", neckte Hélène ihren leicht beschwipsten Gatten.

Der Alltag mit Gerome wurde ihr bereits nach kurzer Zeit langweilig. Sie wickelte ihn nach Belieben um den Finger, sie schnipste und er sprang. Anfangs gefiel ihr das, aber dann nahm sie ihn nicht mehr ernst.

Auf der Geburtstagsfeier einer Freundin traf sie den charismatischen, zwanzigjährigen Benoît, Sohn einer algerischen Familie. Sie fühlte sich auf Anhieb zu ihm hingezogen. Er sprühte vor Charme und unterhielt alle Anwesenden mit Anekdoten und Witzen. Mehrere Mädchen himmelten ihn unverhohlen an.

Sie blühte auf, stellte ihm intelligente Fragen und berührte ihn, wann immer er in ihre Nähe kam, wie zufällig am Arm. Sie umgarnte ihn, machte ihm Komplimente und ließ sich von keinem anderen Mädchen das Gespräch abnehmen. Am Ende flirtete er nur noch mit ihr. Nach der Party blieb sie bei ihm. Sie verschwendete keinen Gedanken an Gerome, der in der Nacht garantiert nicht schlafen konnte. Am nächsten Tag holte sie einen Großteil ihrer Kleider und richtete sich bei Benoît ein. Sie glaubte in dem Augenblick, es sei für immer.

Aber nach sechs Wochen kehrte Benoît zu seiner ehemaligen Freundin zurück. Als Emma von einem Einkauf zurückkkam, fand sie ihren Koffer vor der verschlossenen Wohnungstür. Den Schlüssel hatte Benoît vorher diskret an sich genommen. Auf ihr Wutgeheul im Flur ging er nicht ein, drehte die Musikanlage laut und ließ sie toben.

Nachdem sie sich die Finger an seiner Tür blutig geschlagen hatte, kehrte Emma reumütig zu ihren Eltern zurück. Olivia verzieh ihr und nahm sie auf. Henri, mittlerweile alt und grau geworden, machte ihr heftige Vorwürfe. Drei Monate später bestätigte ihr die Frauenärztin, dass sie ein Kind erwarte. Daraufhin ging sie in die Stadt zurück und machte Benoît die Hölle heiß. Sie rief ihn auf seinem Handy an, lauerte vor seiner Tür und konfrontierte ihn mit ihrer Schwangerschaft. Benoît setzte sich ab. Nicht einmal seine Freundin wusste, wohin er entschwunden war. Wieder einmal stand Emma vor Olivias Tür.

Kurz vor ihrem sechzehnten Geburtstag wurde sie von einem winzigen Mädchen entbunden. Als sie aus der Narkose aufwachte, legte die Krankenschwester ihr das zerknautschte Bündel Mensch auf den Bauch. Sie empfand Unmut, Widerwillen, Fremdheit. Sie bat die Krankenschwester, das Baby wieder mitzunehmen. Auf die Idee, das kreischende Wesen zu stillen, kam sie nicht.

Nach fünf Tagen stand sie mit dem Neugeborenen vor Olivias Tür. Olivia sorgte sich rührend um das kleine Mädchen, sie selbst lag die meiste Zeit lethargisch auf dem Bett, starrte die Decke an und fühlte sich gefangen.

Knapp drei Monate später hinterließ sie an einem Sonntagmorgen einen kleinen, viereckigen Zettel auf dem Küchentisch. „Danke. Ich muss los.“

Zusammen mit ihrer Tochter kroch sie in einem Vorort von Marseille bei einer Freundin unter. In Bougainville lebte sie einige Zeit von dem Geld, das sie Olivia gestohlen hatte.

Der Name Bougainville verspricht Schönheit, Anmut, Freude. Die Realität sieht anders aus. In diesem Stadtteil von Marseille versammeln sich Einwanderer und ihre Nachkommen: Algerier, Senegalesen und Marokkaner. Sie alle haben eins gemeinsam. Sie sind jung, muslimisch und arm.

Emmas Geld schrumpfte. Sie begann, sich nachts in Bars aufzuhalten. Nach kurzer Zeit wandte sie sich ausgewählten Freiern zu. Mit dem verdienten Geld konnte sie ihren Teil zum Haushalt ihrer Freundin beisteuern.

Selten fragte jemand nach ihrem Kind. Sie antwortete dann, ihre Tochter sei pflegeleicht und habe einen ausgezeichneten Schlaf. Mit der Freundin wurde es nach einiger Zeit schwieriger, sie pochte darauf, den vorhandenen Wohnraum für sich allein zu nutzen.

Als Gerome ihr eines Abends zufällig wieder über den Weg lief, äußerte sie vage, dass er durchaus der Vater ihrer Tochter sein könne. Gerome war entzückt. Er bot ihr an, bei ihm zu wohnen. Sie willigte ein. Gerome überredete seine Eltern, ihn finanziell zu unterstützen und mietete eine größere Wohnung in Mèze an. Er kümmerte sich rührend um das Kind, brachte es abends zu Bett und schob den Kinderwagen an der Corniche entlang, wenn es doch nicht schlafen konnte.

Am Wochenende kümmerte sich Olivia um die Kleine. Sie präsentierte sich als stolze Oma, steckte das Mädchen in hübsche, weiße Kleidchen und führte es den Nachbarn vor. Als Emma das herausfand, entzog sie Olivia die Kleine und brachte sie lieber zu Geromes Eltern. Die waren betagter als Olivia und auch nicht mehr so beweglich, freuten sich aber trotzdem über ihre Enkeltochter.

Als das Kind etwas älter war und tagsüber schrie, weil ihm die Zähne oder der Bauch schmerzten, hielt sich Emma die Ohren zu oder schob den Kinderwagen in die Besenkammer. Spuckte ihre Tochter den Möhrenbrei aus, brachte sie die Kleine ohne Essen ins Bett.

Zum Einkaufen oder Flanieren am kleinen Strand von Mèze zog sie dem Mädchen hübsche Kleidchen nach der neuesten Mode an, drapierte ihr eine Schleife ins lockige Haar und achtete auf blitzblanke Schühchen. Die Nachbarn waren entzückt von dem niedlichen Mädchen. Sie lobten die Mutter, die trotz ihres jugendlichen Alters so hingebungsvoll mit dem Kleinkind umging. Über die Blässe und die tiefen Schatten unter den Augen des Kindes machte sich niemand Gedanken.

Mit der Zeit ödete Emma das Familienleben zunehmend an. Sie hatte keine finanziellen Sorgen, aber das füllte sie nicht aus. Sie suchte sich einen Job als Kellnerin, so konnte sie abends arbeiten. Zu den Gästen war sie freundlich und zuvorkommend. Sie bekam mehr Trinkgeld als andere Servicekräfte, das spornte sie an. Gerome wagte nicht, etwas gegen ihre allabendliche Abwesenheit einzuwenden.

Mit siebzehn Jahren wurde sie erneut schwanger.

Freitag, 26. August

1

Seit Catherine bei der Gendarmerie arbeitete, las sie abends keine Kriminalromane mehr. Ihr reichte es, tagsüber brave Bürger zu schützen und kriminellen Zeitgenossen das Handwerk zu legen. Selten schaute sie sich Thriller im Fernsehen an. Claude und Gloria hatten ihr unabhängig voneinander eine Serie empfohlen. Also lümmelte sie sich am Freitagabend gemeinsam mit Marc auf die Couch und schaute sich zwei Folgen von ‚L'Art du Crime‘ an. Davon war sie so aufgekratzt, dass sie zunächst keinen Schlaf fand. Sie verfiel in einen unruhigen Traum.

Florence Chassagne, die Hauptdarstellerin der TV-Serie, klingelte nachts an ihrer Wohnungstür. Sie sagte, sie habe bei einem Spaziergang mit ihrem Berger Picard im Wald von Aumes eine tote Frau gefunden. Kurz darauf stand auch der männliche Hauptdarsteller, Antoine Verlay, neben seiner Kollegin und zeigte mit dem Finger auf Catherine. Laut sagte er, eine vermummte Frau habe das Mordopfer aus einem Wagen gezerrt und hinter einem Busch versteckt.

Catherine wusste, von welchem Teil des Waldes die Rede war. Sie sprang auf den Beifahrersitz des Dienstwagens und Joseph drückte das Gaspedal durch. Sie wussten, wer die Tote war.

Der Forêt Communale d' Aumes war kein besonders großer Wald. Eine riesige Hundemeute begleitete sie auf der Suche nach Odette. Unter einem Wacholderstrauch erschnüffelte Schäferhund Jaques eine bleiche Frauenhand. Der blaue Nagellack war abgeblättert. Feingliederige Finger ragten aus der Erde, den rechten Zeigefinger verunzierte eine verkrustete Schnittwunde. Wenig später fanden sie den Körper der Frau, notdürftig mit einem groben Sack verhüllt und mit Spuren von Erde bedeckt. Catherine erkannte die Würgemale am Hals der Frau und die blutroten Kratzer auf dem Rücken. Jaques bellte und bellte, obwohl seine Arbeit beendet war. Catherine wollte dem Hund das Bellen verbieten, bekam aber trotz größter Anstrengung keinen Ton heraus. Joseph rüttelte sie an der Schulter.

„Liebes, du solltest abends keinen Krimi schauen", flüsterte Marc ihr sanft ins Ohr.

Später erzählte sie ihm ihren Traum, der sie noch verfolgte, während sie ihren Tee trank. Sie schüttelte sich.

„Du vermisst Joseph sehr, wenn du schon von ihm träumst. Muss ich mir Gedanken machen?" Marc lächelte, als er an seinem heißen Kaffee nippte.

„Marc Majory, das meinst du nicht wirklich." Catherine seufzte. Mal wieder. „Ich hoffe, dass ich keine prophetischen Vorahnungen habe. Und ja, ich vermisse Josephs Klarheit."

2

Im Fall Odette gab es keine Entwarnung. Keiner hatte sie gesehen, kein Zeuge meldete sich.

Was war mit dem Koch Emile Scolaire? War es wirklich nur das Foto seiner ersten Liebe gewesen, das den Streit mit Odette ausgelöst hatte? Maggie Melrose war nicht sehr gut auf Odette zu sprechen? Und Oscar Melrose? Er hatte André entdeckt.

Colette Caumel kam auf einen freundschaftlichen Besuch vorbei. Sie bot Catherine ihre Unterstützung an, falls sie im Fall André Caussel nicht weiterkomme. „Aber du hast noch etwas anderes auf dem Herzen", mutmaßte Catherine.

„Ja, das stimmt", gab Colette zu. Ihre Stimme wurde leiser. „Können wir hier…?" Bevor sie weiterreden konnte, kündigte ein Klopfen an der Tür weiteren Besuch an: Doktor Toulouse.

„Störe ich?", fragte sie. „Ich bin zufällig in der Gegend und wollte mich nach dem Stand der Ermittlungen erkundigen. Haben Sie schon Ergebnisse im Fall des toten Jungen?"

„Leider nein", bedauerte Catherine.

„Ja, man sagte mir bereits, dass es hier im Süden gemütlicher zugeht", bemerkte Elsa Toulouse.

Catherine und Colette schauten sich erstaunt an. Sollte das der Auftakt zu einem Zickenkrieg sein? Danach stand Catherine nicht der Sinn.

„Ich glaube, wir sollten uns nach Feierabend einmal auf ein Glas Wein treffen. Was meinen Sie?", fragte sie ruhig.

Elsa Toulouse lächelte. „Das können wir bei Gelegenheit gerne machen." Es hörte sich allerdings nicht so an, als würde sie den Vorschlag bald in die Tat umsetzen wollen.

„Ich melde mich", schob Doktor Toulouse hinterher, hob die Hand flüchtig zum Gruß und trippelte mit flinken Schritten hinaus.

‚Wer nicht will, der hat schon', dachte Catherine. Sie wusste, dass sich manche Pariser allen anderen überlegen fühlten.

Colette Caumel, tröstete sie. „Warte es ab, irgendwann kommt die Zeit, in der selbst Madame Freunde braucht." „Wegen der anderen Sache", hub Colette an. „Hättest du am Samstag spätnachmittags Zeit für ein Gespräch? Wir könnten ein Stück am Strand laufen?"

„So ernst?" Colette nickte.

Gloria kam leise herein und legte Catherine eine Notiz auf den Schreibtisch. Neville habe angerufen, er melde sich später noch einmal.

3

„Arnaud, begleitest du mich zu den Melroses? Ich will ein genaueres Bild von ihnen machen. Wir erwischen Oscar Melrose bis kurz vor zehn, dann hat er einen Termin in der Stadt." Arnaud folgte ihr nach draußen.

Während der kurzen Fahrt überlegte Catherine, an welchem Faden sie ziehen musste, um die beiden Fälle zu lösen. Gedankenverloren trat sie aufs Gaspedal. Und fuhr geradewegs in eine allgemeine Verkehrskontrolle.

„Lieutenant, das muss doch nicht sein", tadelte sie ein aalglatter Kollege von der Police Municipale. Es war der Kollege, der sie bei der letzten Betriebsfeier in arg betrunkenem Zustand anbaggern wollte und dem sie eine Abfuhr erteilt hatte. „Neunzehn Kilometer über der Höchstgeschwindigkeit. Sie sollten der rasenden Bevölkerung doch ein Vorbild sein." Die Begründung, sie sei auf dem Weg zu einer wichtigen Befragung, ließ der Kollege nicht gelten. Er hielt süffisant lächelnd die Hand auf und bat um achtundsechzig Euro für die Staatskasse.

„Du musst mir nicht sagen, was du gerade denkst." Arnaud warf nur einen kurzen Seitenblick auf Catherine.

„Kleines Karo", schimpfte Catherine.

„Worauf läuft unsere Befragung von Oscar Melrose hinaus?", lenkte Arnaud sie ab.

„Vielleicht war sein Techtelmechtel mit Odette nicht so einmalig, wie er uns glauben machen wollte. Ich vermute, dass sie uns alle etwas verheimlichen, ich weiß nur nicht, was es ist. Vielleicht geht es um Erpressung, vielleicht hat sich Odette mehr vom Chef versprochen? Menschliche Beweggründe sind vielfältig.

Arnaud war beeindruckt von der baumbestandenen Einfahrt zu der Domaine St. Croix. „Daran bin ich bisher immer vorbeigefahren", gab er zu.

Oscar Melrose stand an seinem Mehari, als Catherine und Arnaud parkten. Er schlug sich mit der flachen Hand vor die Stirn. „Jetzt hätte ich Sie fast versetzt. Ich war in Gedanken woanders. Hat sich jemand wegen Odette gemeldet?"

Sein safrangelber Leinenanzug saß tadellos. Das weiße Hemd trug er aufgeknöpft.

„Wir sind doch nicht zu spät?" Catherine schaute auf ihre Uhr.

„Nein, wegen Odette Bole hat sich niemand gemeldet. Könnte es sein, dass sie entführt wurde?"

Oscar Melrose schüttelte den Kopf. „Warum glauben Sie das? Kommen Sie. Wir finden einen kühleren Platz, wo wir uns ungestört unterhalten können."

Der Kies knirschte unter seinen Füßen. Während er vorausging, informierte er seinen Anwalt, dass er ein paar Minuten später komme. Er betrat das Hotel und wies nach rechts, wo er Catherine und Arnaud in sein klimatisiertes Büro bat. Er holte Wasser, Gläser und stellte alles auf einen quadratischen Mahagonitisch, der unterhalb eines großen Sprossenfensters stand. Catherine und Arnaud versanken in weichen, englischen Ledersesseln.

Als sich auch Oscar gesetzt hatte, fragte Catherine: „Können wir offen reden?" „Natürlich. Ich bin Engländer, aber ich schätze trotzdem klare Worte."

„Hatten Sie vielleicht doch ein längeres Verhältnis mit Odette Bole?"

„Hat Ihnen das meine Frau erzählt?" Er zog die Augenbrauen hoch. „Ich habe zugegeben, dass ich einmal mit ihr geschlafen habe. Sie ist eine reizende Person, erfrischend, ehrlich und sehr sexy. Es ist schmeichelhaft für einen Mann in meinem Alter, wenn eine solch junge Frau einen umgarnt. Aber es ist bei dem einen Mal geblieben."

„Wirklich?"

„Ehrenwort."

„Später sollen Sie oft mit ihr hinter dem Restaurant geraucht haben. Entspricht das der Wahrheit?"

„Das ist korrekt. Leider gelingt es mir nicht, dieses Laster an den Nagel zu hängen. Andererseits ist es kommunikativ. Mit einer Zigarette in der Hand kommt man leichter ins Gespräch. Nicht tiefschürfend, nicht ausgiebig, aber es signalisiert Verbundenheit. Und außerdem hat ein gutes Verhältnis zu seinen Angestellten noch nie geschadet."

„Haben Sie noch mehr gute Verhältnisse zu Ihren Bediensteten?"

Oscar Melrose lächelte. „Gehören solche Fragen auch zu Ihrer Untersuchung oder wie darf ich das verstehen?"

„Eifersüchtige Frauen, gehörnte Ehemänner, wir suchen Motive."

Oscar schwieg eine Sekunde, dann lächelte er vielsagend. „Warum sollte ich mir angebotene Früchte ausschlagen?"

„Als da wäre?"

„Ich hätte es fast schon wieder vergessen. Im Vorjahr gab es einen Ausrutscher. Eine flotte Fee aus dem Reinigungsteam hat mir in einem der Zimmer aufgelauert. Da habe ich nicht Nein gesagt. Aber auch das war eine einmalige Angelegenheit.“

„Den Namen bitte.“

„Ich glaube, sie hieß Emma.“

„Sie glauben.“ Catherine runzelte die Stirn. „Wenn wir einen Zusammenhang finden, bitten wir Sie zu uns ins Büro.“

Oscar Melrose sah sie aus kornblumenblauen Augen an. Er wirkte ein bisschen wie ein ertappter Junge. Catherine verstand die Frauen, die seinem Charme verfielen.

„Monsieur Melrose, kennen Sie irgendjemanden, der es auf Odette Bole abgesehen haben könnte? Trauen Sie Emile Scolaire zu, dass er seinen Streit mit Odette gewalttätig fortgeführt hat?“

„Emile? Nein. Er ist impulsiv, aufbrausend, verträgt Kritik nur sehr schlecht. Aber sonst? Nein, das kann ich mir nicht vorstellen.“

Plötzlich lächelte Oscar. „Ich sage Ihnen etwas im Vertrauen. Emile glaubt, ich weiß nicht, dass er Enrico Moretti heißt und aus Kalabrien geflohen ist, um der Mafia zu entkommen. Ich habe gehört, dass er einen Deal mit seinem Mafia-Boss geschlossen hat. Als er vierzehn Jahre alt war, weigerte er sich, Menschen umzubringen. Diese Weigerung wird normalerweise nicht geduldet. Er bekam einen Aufschub und hat bei einer Cousine in der Provinz kochen gelernt. Danach stellte man ihn vor die Wahl. Er solle die ’Ndrangheta im Ausland entweder mit Drogen oder Geldwäsche vertreten. Er schlug eine dritte Möglichkeit vor. Seitdem vertreibt er den Büffel-Mozzarella seiner Landsleute im Languedoc.“ „Das erste wissen wir bereits. Aber Emile weiß nicht, dass Sie alles wissen?“

Catherine und Arnaud schauten sich an.

„Wenn er es wüsste, würde er sich anders verhalten. Bisher tischt er mir jedes Mal Märchen auf, wenn er zu seinem Abnehmer fährt.“ Melrose zuckte mit den Schultern. „Es belastet mich nicht weiter. Er organisiert das in seiner Freizeit. Seine Arbeit leidet nicht darunter.“

Catherine lehnte sich zurück. Arnaud warf ein: „Wir werden ihn noch einmal befragen müssen.“

„Eine Zeugin gab zu Protokoll, dass sie Odette bei einem Streit beobachtet haben will.“

„Davon weiß ich nichts und ich habe auch keine Ahnung, wer das sein könnte.“ „Ihre Frau war es nicht?“

„Das müssen Sie sie selbst fragen.“

„Ist sie in der Nähe?“

„Ich rufe sie an.“

Oscar Melrose ging zu seinem Schreibtisch, drehte die altmodische Wählscheibe seines Telefons und bat Maggie, in sein Büro zu kommen.

Maggie Melrose erschien ein paar Minuten später in einer Gartenschürze. Eine Rosenschere und eine kleine Schaufel nebst Gartenhandschuhen lugten aus der Tasche heraus. „Gibt es etwas Neues?“, fragte sie.

„Wir klären ab, was in ihrer Umgebung vorgefallen sein könnte. Haben Sie sich in der Öffentlichkeit mit Odette gestritten?“

„Wie kommen Sie darauf?“ Maggie schaute sie verärgert an.

„Sie waren bei unserer letzten Befragung nicht gut auf sie zu sprechen.“

Das ist richtig. Odette ist nicht meine beste Freundin. Aber ich tendiere weder dazu, meinen Ärger in der Öffentlichkeit auszutragen noch dazu, mir unangenehme Menschen zu entführen, zu beseitigen oder sonst etwas anzustellen.“ Als Catherine und Arnaud nichts sagten, sprach sie weiter.

„Sie glauben, weil sich mein Mann hin und wieder in fremden Gewässern tummelt, würde ich durchdrehen?“ Sie lachte gekünstelt und warf Oscar einen bösen Blick zu. „Deswegen setze ich meine Freiheit nicht aufs Spiel.“

„Wüssten Sie jemanden, der Odette etwas antun würde?“, schaltete sich Arnaud ein.

Maggie verneinte. „Mit dieser Frage bin ich überfordert. Sie ist jung, hübsch, sexy. Vielleicht hat ein Sexualtäter sie verschleppt. Im Ernst, ich habe keine Ahnung.“

„Gut, dann wenden wir uns jetzt Emile Scolaire zu. Er ist in der Küche?“

„Hundertprozentig. Um diese Zeit kümmert er sich um den letzten Schliff für die heutige Speisekarte. Sie wissen, wo Sie ihn finden.“

„Ja, das wissen wir“, sagten Catherine und Arnaud gleichzeitig.

Doch die Küche war verwaist. Emile Scolaire verfeinerte gerade gar nichts. Er war nicht da. Arnaud ging zurück zum Büro der Melroses, riss die Tür auf und fragte: „Wo steckt Emile, wenn er nicht in der Küche ist.“

Maggie erwiderte: „Das kann nicht sein. Ich komme mit.“ Eilig schritt sie durch den Flur in die Küche. „Er wird draußen sein und rauchen.“ Sie öffnete die Hintertür und ging um die Ecke. Aber auch dort stand er nicht. Emile hatte sich noch weiter ins Gelände verzogen, saß hinter einem üppig blühenden Oleanderbusch auf einer Bank. Als er sie kommen sah, versteckte er den Joint in seiner Hand hinter dem Rücken.

„Das interessiert uns im Augenblick nicht“, sagte Catherine und gestattete Maggie, sich zu entfernen. „Schildern Sie uns bitte noch einmal genau, was Sie nach dem Streit mit Odette gemacht haben.“

„Sie glauben doch nicht etwa“, stotterte er. „Nach dem Streit habe ich versucht, sie zu erreichen. Das habe ich doch schon alles gesagt. Als sie mir nicht geöffnet hat, bin ich in meine Wohnung gefahren und habe mir die Kante gegeben.“

„Hat Odette nur das Foto oder auch etwas anderes gefunden?“, bohrte Catherine nach.

Scolaire druckste herum. „Sie hat in meinen Unterlagen gewühlt. Was sie außer dem Foto noch entdeckt hat, weiß ich nicht.“

„Kokain vielleicht?“

„Nein, ich hasse das Zeug. Ich habe bei einem Cousin gesehen, wie es ihn in den körperlichen und finanziellen Ruin getrieben hat. Ich habe keine Lust, mit einem Loch in der Zunge herumzulaufen.“

„Unterlagen über ihre Mozzarella-Connection vielleicht?“

Seine Augen weiteten sich. „Was wissen Sie darüber?“

„Andere Frage, was ist an diesem Geschäft so lukrativ, dass ihr kalabrischer Boss es als Äquivalent für einen Mord oder den Handel

mit Drogen ansieht?" Arnauds scharfer Ton schien ihm Angst ein-
zujagen. Er überlegte wohl, wieviel er preisgeben konnte, ohne
dass seine Auftraggeber auffliegen würden. Mit welcher Information würden sich die Gendarmen zufriedengeben und ihn in Ruhe
lassen? Er brauchte eine Weile, bevor er ihre Frage beantwortete.
„Echter Büffel-Mozzarella ist begehrt. Auch hier in Frankreich.
Sein Umsatz hat mittlerweile den des Camemberts überholt. Der
echte Mozzarella wird nur in einer Region Italiens hergestellt."
Catherine sah ihm an, dass es hinter seiner Stirn arbeitete. „Wenn
die Mafia ihre Finger in dem Mozzarella-Geschäft hat, ist daran irgendetwas faul. Was ist es?"
Sämtliche Farbe wich aus dem Gesicht des Kochs. „Bitte nicht.
Wenn die herausbekommen, dass ich plaudere … Neulich stand
ein Alfa Romeo den ganzen Tag vor meinem Haus. Ich bin sicher,
dass sie jeden meiner Schritte beobachten."
„Odette hat Ihre Verbindung herausgefunden und Sie damit er-
presst?"
„Ach nein, hat sie nicht", rief Emile Scolaire entrüstet. „Mag sein,
dass sie meine Abrechnungen entdeckt hat, aber das Bild von mei-
ner ehemaligen Freundin war das einzige, das sie interessiert hat.
Ich weiß nicht, warum sie auf meine Vergangenheit so eifersüchtig
ist. Sie hat überhaupt nicht mehr zugehört."
„Übertreiben Sie nicht? Musste Monica Ihretwegen sterben?"
Scolaire senkte den Kopf. „Bitte, darf ich an meinem Joint ziehen?
Ich halte den Stress sonst nicht aus und ich muss heute Abend
funktionieren."
„Ich habe nichts gesehen", sagte Catherine und schaute demons-
trativ weg.
Wie ein Ertrinkender sog Emile Scolaire an seinem Joint. „Man
hat mir damals einen Zettel an die Windschutzscheibe meines Wagens gehängt. Darauf stand: Wenn du nicht wie Monica enden
willst, kooperiere. Ich habe nächtelang überlegt, wie ich denen ent-
rinnen könnte. Sie haben die Scheune meiner Eltern in Brand gesteckt, weil die sich weigerten, die Büffelmilch beim Mozzarella
teilweise durch Kuhmilch zu ersetzen."

„Warum?", fragte Catherine.

„Normale Milch kostet weniger als die Hälfte", klärte Emile sie auf. „Aber sorgen Sie bitte dafür, dass das nicht bekannt wird. Ich kenne kein Land der Erde, wo ich mich verstecken könnte. Sie sind unerbittlich, das können Sie sich nicht vorstellen."

„Wir kümmern uns nicht um Wirtschaftskriminalität", beruhigte ihn Catherine. Sie würde trotzdem mit Marc darüber reden, soviel stand fest.

„Was haben Sie am Tag nach dem Streit gemacht? Da hatten Sie frei, richtig?" Emile nickte. „Montags besuche ich die Abnehmer des Büffel-Mozzarellas. In Sète beziehen acht italienische Restaurants meinen Mozzarella, in Montpellier auch. Montags bin ich von früh bis spät unterwegs, da habe ich keine Zeit für anderes. Das war ein weiterer Streitpunkt mit Odette. Sie unterstellte mir, dass ich montags eine Geliebte habe."

„Kann jemand bezeugen, dass Sie montags in Sète und Montpellier waren?" „Natürlich könnten sie das. Aber wenn sie Verdacht schöpfen, dass meine Verbindungen nicht sauber sind, kaufen sie nicht mehr bei mir."

„Wir handeln professionell", versicherte Arnaud.

„Warum fragen Sie nicht Maggie Melrose, was die an dem Tag gemacht hat?", fragte Emile provokativ. „Sie ist meine Chefin, aber sie war ganz schön sauer auf Odette." Er hatte leise gesprochen.

„Weil sie mit Oscar im Bett war?" Emile nickte. „Sie hätten sie sehen sollen. Sie war kurz davor…" Er sprach nicht weiter, schlug sich mit der Hand vor den Kopf.

„Wann war das?"

„Ist schon ein paar Monate her."

„Ist sie danach noch einmal ausgerastet?"

„Ich habe nichts mehr davon mitbekommen."

„Gut zu wissen", murmelte Catherine. „Wir brauchen noch Ihre Adresse."

„Ich wohne in Mèze an der Straße, die von dem Place de Tonneliers Richtung Stadt führt. Im roten Haus, oberste Klingel. Ich hoffe, dass dieser Alptraum bald vorbei ist und Odette wieder auftauscht. Jetzt muss ich zurück in die Küche." Catherine und Arnaud begleiteten ihn, Emile gab ihnen je eine winzige Teigtasche zum Probieren. Catherine biss sofort hinein. „Köstlich", rief sie. Emile winkte müde und holte eine gusseiserne Pfanne vom Haken.

Catherine und Arnaud schlenderten zum Wagen und ließen sich auf der Fahrt den heißen Wind um die Köpfe wehen.

„Hast du alles auf dem Diktiergerät mitprotokolliert?", fragte Catherine.

„Was glaubst du?", fragte Arnaud. „Auf ein Gedächtnisprotokoll verlasse ich mich nicht, auch wenn wir mit zwei Ohren und Augen und dem siebten Sinn ausgestattet sind."

„Dann ist es ja gut."

Kurz vor dem Erreichen ihrer Dienststelle sagte Catherine: „Ich glaube, das Wochenende schreit nach einem kleinen Gartenfest mit Grill und eisgekühltem Rosè. Joseph und Hélène kommen zurück. Sie werden froh sein, wenn sie nach dem Auspacken nicht kochen müssen." „Lädst du Brigadier Rifaud und Gloria auch ein?" „Natürlich. Claude auch, das wird ein Familienfest."

Der Feierabend musste noch warten. Eine Notiz forderte Catherine auf, General Neville unverzüglich nach ihrer Rückkehr anzurufen. Catherine wappnete sich. Schon, als er seinen Namen in den Hörer bellte, wusste sie, dass er nicht bei bester Laune war.

„Lieutenant Beziers …"

„Rozier", korrigierte Catherine.

„Unterbrechen Sie mich nicht", schnauzte Neville. „Ich habe mit General Cigogne unter vier Augen gesprochen. Er kann sich nicht daran erinnern, in den vergangenen vier Wochen in Sète in diesem Gay-Club gewesen zu sein. Sehen Sie also von weiteren Verdächtigungen des Mannes ab. Gruß an Capitaine Leroux. Wann ist er wieder im Dienst?"

„Am Montag."

„Gut so." Es gab ein knallendes Geräusch. Der General hatte das Gespräch beendet. Wäre sie allein im Büro gewesen, hätte sie jetzt geschrien.

Sie hackte einen Antrag in die Tasten. Bitte um Genehmigung eines Boxsacks. Begründung: Für die seelische Gesundheit der Gendarmen müsse der Dienstherr sorgen. Nach dem letzten Satz klickte sie mit der Maus auf das Symbol für den Papierkorb. Gab es weibliche Generäle in der Gendarmerie? Catherine schaltete den Computer aus. Sie hoffte auf einen entspannten Feierabend.

Ihr Smartphone vibrierte. Marc schrieb, er ersticke in Arbeit. Warte nicht auf mich, lautete seine Botschaft.

Catherine seufzte, ging zurück an ihren Schreibtisch und schaltete den Computer wieder ein. Die Entspannung musste warten. Die Generäle Neville und Cigogne lagen ihr noch im Magen. Sollte sie auf eigene Faust Nachforschungen anstellen? Wozu hatte sie ein Team? Aus dem Nachbarbüro drang unterdrücktes Kichern. Gloria? Claude? Sie betrat den Flur und lauschte.

„Für Kanadier gibt es nichts Schlimmeres, als mit US-Amerikanern in einen Topf geworfen zu werden", sagte Gloria gerade zu Claude. „Außerdem identifizieren sie sich mehr mit der Region, in der sie leben, als mit Kanada im Ganzen."

Catherine klopfte laut an den Türrahmen. Die beiden hockten vor dem Bildschirm, auf dem die Silhouette von Vancouver zu erkennen war, und wandten ihre Köpfe.

„Gloria hat mir ein paar Seiten im Darknet gezeigt", erklärte Claude. Catherine hob den Daumen. „Ihr ergänzt euch ja super", sagte sie.

„Ich habe etwas Kniffeliges für Euch."

Glorias dunkle Knopfaugen glänzten. „Um was geht es? Schieß' los."

„General Cigogne. Findet ihr heraus, wo er sich zurzeit befindet? Bekommen wir seine Einsatzpläne zu Gesicht?"

Claude schaute sie entgeistert an. „Du verlangst von uns, militärische Geheimnisse zu lüften?" Er schnalzte mit der Zunge und warf Gloria einen fragenden Blick zu.

„Harte Nüsse zu knacken ist mein Hobby", sagte Gloria.

Catherine schaute Gloria an und machte eine Geste, die absolute Verschwiegenheit bedeutete.

Gloria schaute verschwörerisch zurück.

„Braucht ihr Aufputschmittel?"

„Ein doppelter Espresso wäre himmlisch", seufzte Gloria mit gespieltem Augenaufschlag.

„Für mich auch", nickte Claude.

Claude und Gloria wussten nach einer halben Stunde, dass General Cigogne bis Mai 2020 einer Luftwaffendivision der Base aérienne Orange-Caritat als Kommandeur vorgestanden hatte. Am 15.5. war ein Hubschrauber während eines Übungsfluges abgestürzt. Zwei Insassen starben. General Cigogne übernahm die Verantwortung für das Unglück im Département Haute-Pyréneés. Danach bat er um seine vorzeitige Pensionierung. Die Unglücksursache wurde der Öffentlichkeit nicht mitgeteilt.

Catherine trug den aromatisch duftenden Espresso auf einem Tablett in den winzigen Raum. Ein Stückchen dunkle Schokolade ergänzte den Kaffee.

„Habt ihr auch den jetzigen Aufenthalt des Generals herausgefunden?", fragte sie.

„Noch nicht", sagte Claude und schlurfte genüsslich den heißen Espresso. Seine rechte Hand führte die Maus und ihr Zeiger wanderte über den Bildschirm. Ein Klick auf diesen Link, ein Druck auf die rechte Maustaste, in Windeseile surfte er durch die Tiefen des Internets.

„Hier." Er vergrößerte den Bildausschnitt. Catherine beugte den Kopf über seine Schulter und las: „Das französische Institut für Strahlenschutz IRSN untersucht die Strahlenbelastung von Flugpiloten. Einer der führenden Berater ist General Cigogne."

„Ihm ist es als Zivilist wohl zu langweilig geworden", frotzelte Claude.

„Wo hat dieses Institut seinen Sitz?", fragte Catherine.

„Moment." Gloria kaperte die Tastatur und gab die gewünschte Frage ein. „Ich hab's", rief sie. „In Fontenay-aux-Roses, ungefähr neun Kilometer südwestlich von Paris."

„Fontenay-aux-Roses? Das habe ich in einem anderen Zusammenhang schon einmal gehört", überlegte Claude. Und dann sagte er: „Yves Klein ist am siebenundzwanzigsten November 1960 in Fontenay-aux-Roses in die Leere gesprungen. Harry Shunk und John Kender haben das mit ihren Fotoapparaten für die Ewigkeit festgehalten. Dadurch erlangte der kleine Ort eine gewisse Berühmtheit."

„Und wer ist Yves Klein?" Ein Gähnen unterdrückend schaute Catherine Gloria fragend an.

„Yves Klein war Maler, Bildhauer und Performancekünstler. Er hat im Musiktheater Gelsenkirchen einige Wände mit monochromen Schwammreliefs in Blau gestaltet. Das Theater erlangte dadurch internationale Beachtung."

„Gelsenkirchen? Wo soll das sein?"

„Irgendwo in Deutschland."

„Findet ihr mir als letzte gute Tat für heute noch die Telefonnummer des Generals Cigogne heraus? Dann solltet auch ihr nach Hause gehen." „Aye, aye, Madame le Commissaire." Catherine war zu erschöpft, um darauf etwas zu erwidern.

Auch Emmas zweite Tochter kam per Kaiserschnitt auf die Welt. Sie schaute in die blinden Augen der Neugeborenen und empfand nichts, gar nichts. Dankbar genoss sie den Schlaf, als die Schwestern ihr das Kind wegnahmen und auf die Station brachten.

Das Kind kränkelte von Anfang an. Es hustete, atmete schwach und war am ganzen Körper übersät von kleinen Pusteln. Gerôme freute sich. Er war davon überzeugt, das kleine Mädchen würde auf Dauer ihr Herz erreichen und sie zum Bleiben bewegen. Als er sie mit dem Taxi abholte, drückte sie ihm die Tasche mit dem Baby wie einen zu schwer gewordenen Einkaufskorb in die Hand.

Ihre Ältere freute sich über die kleine Schwester, nahm sie auf den Arm, wiegte sie und sang ihr Schlaflieder vor. Wenn die Mutter das Baby schreien ließ, schlich sie sich in das Zimmer und nahm den kleinen Wurm hoch. Nachts wärmte sie den Winzling in ihrem Bett. Wenn die Mutter sich ins Café geflüchtet hatte, erhitzte sie vorsichtig Milch in einer kleinen Flasche und schob sie behutsam in das gierige Mündchen der Kleinen. Sie fühlte sich als Beschützerin. Ihre Mutter lobte sie, nannte sie ‚ihre Große‘.

Einmal in der Woche besuchte sie mit ihrer Familie ihre Adoptivmutter. Olivia war glücklich und freute sich darüber, dass sie ihren Nachbarn nun schon zwei Enkelkinder präsentieren konnte. Als das zweite Kind drei Monate alt war, erlitt Olivia einen Schlaganfall. Zeitgleich zog sich das kleine Mädchen eine Lungenentzündung zu und blieb drei Wochen auf der Intensivstation des Krankenhauses von Sète. Ihre ältere Schwester Sylvie blieb bei den greisen Eltern von Gerôme.

1

Der Fußballer kam in Begleitung. Eskortiert von zwei Gorillas betrat er die Gendarmerie. Catherine staunte über die schmale Statur des Sportlers. Sie hatte eine Kante von einem Mann erwartet.

„Ihre Männer müssen leider vor der Tür warten." Arnaud deutete mit einer Handbewegung an, dass sie den Raum verlassen sollten.

„Muss das sein?", fragte Ruben Kaprisky.

„Das muss." Catherine lächelte verbindlich.

Achselzuckend drehten sich die Beschützer um und gingen nach draußen. Catherine schloss das Fenster zur Straßenseite. Der Zigarettenqualm der Begleiter blieb draußen, ihre nachfolgenden Worte verweilten drinnen. Ohne seine Bodyguards wirkte der Fußballer noch jünger.

Arnaud Pinel schaltete das Aufnahmegerät ein und stellte die ersten Fragen. „Sie sind Stammgast im Le Comptoir?"

„Gelegentlich", gab Ruben Kaprisky zu. „Sie wissen doch, dass ich mich nicht outen kann. Noch nicht."

Catherine legte ihm das Foto von André vor. „Kennen Sie den jungen Mann?" Der Fußballer warf einen flüchtigen Blick auf das Bild. „Kann sein", murmelte er. „Was ist mit ihm?"

„Er ist tot", sagte Catherine. Der Fußballer schaute sich das Foto noch einmal an. „Verunglückt?"

„Er wurde ermordet", antwortete Arnaud.

„Im Ernst? Wie schrecklich. Ermordet? Warum befragen Sie mich in diesem Zusammenhang?" Der Fußballer wurde unruhig.

„Also kennen Sie ihn oder nicht?", wiederholte Catherine.

„Flüchtig", gab Kaprisky zu.

„Wo waren Sie am dreizehnten August zwischen dreiundzwanzig und ein Uhr?" Er lachte nervös. „Ich war Trauzeuge bei der Hochzeit meiner Cousine in Marokko. Die Zeremonie mit dem Adoul fand am Samstag um fünfzehn Uhr statt. Ich wollte rechtzeitig dort sein und bin am Freitagabend gegen neunzehn Uhr nach Marrakesch geflogen."

„Was oder wer ist ein Adoul?", fragte Catherine nach.

Kaprisky grinste unverschämt. „Ein Adoul ist eine Art Standesbeamter, ein religiöser Mensch, dem die Regierung genehmigt hat, eine Ehe zu besiegeln."

„Gut, das wäre geklärt. Von welchem Flughafen sind Sie geflogen?"

„Von Marseille. Zum Glück gibt es einen Direktflug nach Marrakesch. In dieser Jahreszeit fliege ich nicht gerne. Man bekommt einen Schock, wenn man aus dem klimatisierten Flugzeug steigt."

Arnaud erhob sich. Wenig später kam er zurück. „Am Freitagabend gibt es keinen Direktflug von Marseille nach Marrakesch. Von Montpellier und Nizza auch nicht. Wann sind Sie tatsächlich ins Flugzeug gestiegen?"

„Ich möchte meinen Anwalt sprechen."

„Sicher", sagte Catherine. Arnaud und sie verließen den Raum. ‚Den packen wir bei seinen Eiern', sagte ihr Blick. Hinter dem Fenster beobachteten sie, wie der Fußballer hektisch sein Handy anschrie. Er hielt es flach vor den Mund. Als er das Gespräch beendete, hatten sich rote Flecken auf seinem Gesicht verteilt.

Als sie den Raum betraten, knetete Kaprisky seine Hände. Er schaute abwechselnd zu Catherine und Arnaud. Dann redete er.

„Mein Anwalt meint, ich solle reden. Ich möchte Sie aber um absolute Diskretion bitten."

„Straftaten werden wir nicht verschweigen", kommentierte Catherine.

Der Mann vor ihr zeigte keine Spur mehr von dem großspurigen Fußballer, der sich der Presse gerne in Siegerpose präsentierte.

„Es stimmt, ich bin erst am nächsten Morgen um halb elf Uhr nach Marrakesch geflogen. Am Abend zuvor war ich noch im Le Comptoir."

„Und der Junge? War er auch dort?"

Kaprisky sagte, er habe ihn an dem Abend nicht gesehen. Auf die Frage, welche Verbindung er zu André habe, antwortete er schleppend, die Geschichte sei kompliziert. Er habe einen guten Freund, der ihn vor ein paar Jahren vor einem Selbstmordversuch gerettet habe. Er habe sich von den Klippen stürzen wollen. Der Mann habe ihn in letzter Sekunde davor bewahrt.

„Ein Psychologe?"

„Nein. Ein Geistlicher. Ein ehemaliger Geistlicher. Er kam zufällig vorbei, hat dann so lange auf mich eingeredet, bis ich mein Vorhaben aufgab." Nach einer Pause berichtete er, dass er danach so hart wie noch nie zuvor trainiert habe und sogar in die Nationalmannschaft aufgenommen worden sei.

„Das verdanke ich ihm", sagte er schlicht.

„Was hat das Ganze mit André zu tun?"

Er biss sich auf die Lippen. „Der Mann, der Kaplan, also, der ehemalige, er hat ein großes Herz, es sind immer viele Menschen um ihn herum."

„Was?"

„Nachdem man ihn aus der Kirche herausgeschmissen hatte, hat er alles nachgeholt."

„Alles?"

„Er hatte ein reges Liebesleben?"

„Liebt er junge Männer?" Er nickte. André sei manchmal samstags spät noch auf einen Drink vorbeigekommen. Ob er homosexuell veranlagt gewesen sei, könne er nicht sagen. Er vermute, dass er ausprobieren wolle, in welche Richtung er sich entwickeln wolle. Er glaube nicht, dass André nur mit Männern… „Was hatten Sie mit ihm zu tun?"

Er habe ihn zu seinem Freund in die Berge gefahren. Was dann passiert sei, wisse er nicht. Als er den Namen des Freundes nennen sollte, druckste er eine Weile herum.

„Sagen Sie ihm um Himmels willen nicht, dass ich ihn verraten habe", flehte Kaprisky. Catherine und Arnaud schauten den Fußballer abwartend an. Der rang mit sich. Schließlich stammelte er: „Pierre Becker."

„Ein Mann mit deutschen Vorfahren?", fragte Catherine.

Der Fußballer schüttelte den Kopf. „Er ist immer noch Deutscher. Er war der Kirche zu anarchistisch, deswegen musste er gehen."

Arnaud schob ihm einen Zettel hin. „Seine Adresse?" Kaprisky schrieb den Ort und die Straße gut lesbar aufs Papier.

„Wir wollen auch von Ihnen wissen, ob Tomer Cairot am zwölften August den ganzen Abend vor dem le Comptoir stand?"

Das könne er nicht bezeugen. Als er gegen dreiundzwanzig Uhr an der Tür klopfte, habe er ihn hereingelassen. Er sei maximal eine Stunde im Club geblieben. Beim Hinauskommen habe er sich von ihm verabschiedet.

„Hatten Sie selbst mit André sexuellen Kontakt?"

Kaprisky winkte ab. „Nicht meine Hausnummer. Ich stehe auf Erwachsene. Ich habe gleich Training. Kann ich jetzt gehen?"

„Selbstverständlich, aber nur, wenn ich für meinen Cousin ein Autogramm bekomme", sagte Arnaud. Der Fußballer bat um ein Blatt Papier und krickelte seinen Namen darauf. Er hatte es plötzlich sehr eilig, hinauszukommen.

Vor der Tür der Gendarmerie flammten zwanzig Blitzlichter auf. Erschrocken prallte Kaprisky zurück. „Sie wollten die Presse heraushalten", brüllte er in den Flur.

„Wir haben niemandem Bescheid gegeben", versicherten Catherine und Arnaud, die ihm gefolgt waren. Draußen stand ein Pulk von Pressefotografen.

„Verlassen Sie sofort das Gelände", rief Catherine ihnen zu.

„Hat Kaprisky etwas mit dem aktuellen Mordfall zu tun?"

„Hat er mit Drogen gedealt?"

„Verlassen Sie das Gelände." Arnaud drohte den Fotografen mit der Faust. Murrend zogen die Pressevertreter ab.

Vor der Gendarmerie parkte der goldene Hummer von Kaprisky. „Auffälliger ging es nicht", meinte Catherine.

2

„Hast du vor, Monsieur Becker heute noch zu befragen?" Arnauds Blick sprach Bände.

„Ein Rendezvous?", fragte Catherine.

„Nein, leider nicht. Ich habe mein Haus inseriert und muss ausmisten.“

„Du willst dich verändern?“

„Für mich allein ist es zu groß. Außerdem erinnert mich jede dämliche Ecke an…“ Er sprach nicht weiter.

„Du musst nicht darüber reden“, versicherte Catherine.

Lebhaft fuchtelte Arnaud mit seinen Händen. „Mich reizt die Vorstellung in einem Tiny House zu leben schon lange. Deswegen sortiere ich Sachen aus. Ich werde heute Nachmittag damit beginnen.“

„Hast du dir so ein Tiny House schon einmal angeschaut?“

Arnaud strahlte. „In Montpellier gab es im letzten Sommer eine Messe für Tiny Houses. Mich reizt neben dem Wohnen auch die Idee, dass ich damit sogar verreisen oder den Standort wechseln könnte.“ Er schloss die Augen und schwärmte: „Mitten in der Natur vom Zwitschern der Vögel wach werden oder an einem Bach stehen und morgens Fisch fangen.“

„Den du grillst und uns zum Frühstück mitbringst“, sagte Catherine. „Ich glaube, das ist nur etwas fürs Wochenende.“

„Mach mir meine Träume nicht kaputt“, brummte Arnaud.

„Räume du dein Haus leer. Ich habe einen Termin beim Frisör. Monsieur Becker besuchen wir am Montag.“

Erleichtert nahm Arnaud seine Sommerjacke vom Haken und wollte gehen. „Warte“, rief ihm Catherine hinterher. „Marc und ich wollen am Sonntag grillen. Du bist herzlich eingeladen.“

„Wann?“

„Am späten Nachmittag. Joseph und Hélène werden wegen Leonie früh am Abend gehen.“

„Ich komme sehr gerne“, sagte Arnaud.

3

Catherine freute sich. Nach einer gefühlten Ewigkeit saß sie wieder einmal in dem gepolsterten Stuhl eines Frisörsalons. Sie sog das typische Duftgemisch diverser Shampoos, Haarkuren, Haarspray und die ätzende Chemie von Farben ein. Dieser Geruch katapultierte sie in ihre Jugend, wo Monique sich regelmäßig an ihren Haaren ausprobiert hatte. Sie hatte Monique angebetet.

Sue riss sie aus ihren Träumen. „Strähnchen?" Catherine nickte. „Alle gleich hell oder ein paar dunklere?" Sie überlegte ein paar Sekunden. „Auch ein paar dunklere." „Pony?" „Nein, immer noch nicht."

Sue holte den Wagen, schnitt Aluminiumstreifen, rührte die Farben an, teilte Catherines Haare mit einem Kamm in einzelne Partien. Catherine schaute in den Spiegel, eine Außerirdische blickte zurück. Sie nahm sich eine Klatschzeitung vom Stapel und blätterte darin herum. Claudia Schiffer, Herzogin Kate, Meghan, alle perfekt, alle schön. „Neulich hat sich die Gattin des Bürgermeisters die Haare machen lassen, die hat auch kein Wort mit mir geredet", beschwerte sich Sue. „Ich hatte eine anstrengende Woche", entschuldigte sich Catherine und ärgerte sich zeitgleich darüber, dass sie sich entschuldigte.

Die Kundin neben ihr redete umso mehr. Sie berichtete in aller Ausführlichkeit, welche Mahlzeiten ihre Schwägerin, ihre Schwiegermutter, ihre Cousine und ihre Tochter in der letzten Woche gekocht hatten. Catherine hatte ihre Mutter im Ohr. Kutteln in Cidre und Calvados, Kalbsbries, Lammkoteletts, Hummer, Makrelen, Seezungen, Pfannkuchen mit Käse, Pfannkuchen mit Honig. Am Ostersamstag des Jahres zweitausend hatte sie ihrer Mutter offenbart, dass sie das alles mit Ausnahme der Pfannkuchen nicht mehr essen würde. Ihre Mutter wollte nicht begreifen, dass ihre Tochter keine toten Tiere auf ihrem Teller sehen wollte.

Catherine zuckte unter der Wärmehaube zusammen. Offensichtlich war sie eingeschlafen. Die Stimme von nebenan tuschelte plötzlich, aber noch laut genug, dass Catherine es verstehen konnte.

„Sie kümmert sich rührend um ihre Mädchen. Sie sind immer adrett und vor allem sauber gekleidet. Der Junge auch. Wie sie das nur macht, so ganz allein." Die Stimme senkte sich einen Ton tiefer. „Mein Sohn hat sie mit dem Freund ihrer Tochter in Marseillan-Plage gesehen. Sie soll eng umschlungen mit ihm getanzt haben.“

„Doch nicht auf der Wasserrutsche.“ Eine Welle gespielter Empörung durchsetzte das Haarspray.

„Die ist doch mindestens zwanzig Jahre älter als er.“

„Pssschhttt!“

„Und wenn schon. Bei Männern ist das egal, da schauen die Kollegen höchstens neidisch.“

„Sie soll ihre Kinder ja von verschiedenen Kerlen haben.“ Die Stimme steigerte sich zu einem hysterischen Flüstern. „Bevor sie nach Mèze kam, hat sie in Marseille in verschiedenen Bars gearbeitet.“

Sue verteidigte sie. „Sie ist in Montagnac geboren, das weiß ich genau.“

Ein mitleidiger Ton verhedderte sich im Flüsterbrei. „Geboren? Ihre leibliche Mutter hat sie vor der Kirche abgelegt. Olivia hat sie aufgelesen und später adoptiert.“

Catherine spürte die Gehässigkeit körperlich.

„Sie konnte ja selbst keine Kinder bekommen.“

Catherines war es unmöglich, sich auf das Partygeflüster in den bunten Blättern zu konzentrieren. Catherine Deneuve zog sich aus dem Filmgeschäft zurück, ja und? Ein Name biss sich in ihrem Gehörgang fest.

„Der Mann soll anfangs nicht so begeistert gewesen sein.“

„Der olle Saumade? Der konnte seine Hände auch nicht bei sich halten.“

„Aus ihr ist trotzdem etwas geworden“, sagte Sue trotzig.

Catherine kämpfte mit sich. Sollte sie zugeben, dass sie gelauscht hatte?

„Entschuldigen Sie“, sagte sie laut. „Haben Sie von Madame Saumade gesprochen?“

Die beiden Frauen rümpften die Nase. „Warum interessieren Sie sich für die Madame?“, wollte eine Lockengewickelte wissen.

„Ich habe beruflich mit der Sache zu tun. Der Freund von Sylvie Saumade ist tot.“ Beide Frauen rissen entsetzt die Augen auf.

„Woher wissen Sie das?", fragte die fast fertig Frisierte. Catherine holte ihre Dienstmarke aus der Tasche und zeigte sie ihnen.

„Oh", sie hielten sich unisono die Hand vor den Mund. „Wir wussten ja gar nicht…" „Wie entsetzlich … sind wir jetzt Zeuginnen?"

Eine Frau betrat den Salon. Sie ging direkt auf die Lockengewickelte zu, begrüßte diese mit drei Küsschen und beschwerte sich über den Olivenhändler, der ihr wieder zu viele Oliven aufgeschwatzt hatte. „Warum schaut ihr so, als sei der Bürgermeister vom Pferd gefallen?", zwitscherte sie

„Der Freund von Sylvie Saumade ist umgebracht worden", sagte die geküsste Dame.

Die Neue kreischte: „Wie schrecklich. Und eine junge Frau ist auch verschwunden."

Catherine war alarmiert. „Wer hat Ihnen das erzählt?"

„Das habe ich im Restaurant von Verena gehört."

„Geht das schon wieder los?", stöhnte Sue. Sie prüfte, ob Catherines Strähnchen blond genug waren.

„Schon wieder was?", fragte Catherine.

„Vor ein paar Jahren hat ein Serienkiller hier sein Unwesen getrieben. Er war an der gesamten Küste, von der Côte Bleu bis runter zur spanischen Grenze unterwegs. Eine junge Frau nach der anderen hat er abgemurkst, dann haben sie ihn in Perpignan geschnappt und eingebuchtet."

„Vielleicht ist er aus dem Knast ausgebrochen", sagte eine.

„Aus französischen Gefängnissen bricht nur die Mafia aus", sagte die Neue. „Aber jetzt können sie doch die DNA abgleichen", sagte die erste. „Im letzten Jahr haben sie einen Mord nach siebenundzwanzig Jahren aufgeklärt. Ein vierundfünfzigjähriger Franzose. Sie haben ihn in Rennes verhaftet. Er hat gestanden. Anfang zweitausend hat er eine Siebzehnjährige ermordet. Bis dahin verdächtigten sie einen Serienmörder, aber der war es nicht. Wisst ihr auch, warum sie ihn gepackt haben? Weil er seine Frau verprügelt hat. Seine Schuppen waren auf ihrem Arm. Die Ehefrau musste ärztlich behandelt werden. Die Ärztin hat etwas gemerkt und die Gendarmen gerufen. Nach einer DNA-Probe hatten sie ihn."

„Geschieht ihm Recht." Zustimmendes Gemurmel begleitete das Summen des Föhns, der den Haaren von Catherines Sitznachbarin den letzten Schliff gab. Für eine Weile verstummte das Geplapper. Catherine lehnte sich zurück und betrachtete sich im Spiegel. Plötzlich fasste sie einen Entschluss. „Haben Sie Zeit, um mir einen Bob zu schneiden?", fragte sie Sue. „Sie haben Glück. Eben hat eine Kundin abgesagt. Ich soll wirklich Ihre schönen, langen Haare abschneiden?"

„Ja", sagte Catherine. Der Bob stand ihr ausgezeichnet. Sie fühlte sich gleich dynamischer, elektrisiert, kraftvoller. Marc pfiff leise durch die Zähne, als er sie eine halbe Stunde später abholte.

4

Emile steckte sich am Mittag den Zweitschlüssel von Odettes Wohnung ein. Nach Feierabend fuhr er nicht nach Hause. Er scheute sich vor seinem leeren Zimmer. Odette fehlte ihm. Lieutenant Rozier hatte ihn auf eine Idee gebracht.

Odette wohnte in einem winzigen Studio in einer Seitenstraße von Montagnac. Kochzeile, Empore, Minibalkon und Bad, mehr war es nicht. Aber es war groß genug.

Das Studio hatte vormals die Tochter der Wirtin bewohnt. „Sie studiert in Amerika", erklärte Madame Lunel mit glänzenden Augen, als Odette sich vorstellte. „Vielleicht ist sie schon im nächsten Jahr fertig, dann kommt sie zurück." Glück für Odette, Pech für Madame Lunel. Die Tochter hatte in Seattle einen netten Mann kennengelernt und blieb in Amerika. Madame drückte beide Augen zu, wenn die neue Mieterin Herrenbesuch bekam. Emile sorgte dafür, dass das so blieb. Er stellte der Madame oft eine italienisch zubereitete Spezialität vor die Tür.

Im Studio dominierte die Farbe Weiß. Dadurch wirkte es größer. Als er die Tür öffnete, nahm er neben der stehenden Hitze einen schwachen Lavendelduft wahr. Sonst hatte sich nichts verändert.

Er öffnete das Fenster und setzte sich auf das helle Sofa. Auf der gegenüberliegenden Wand zog ihn ein Bild in seinen Bann. Intensive Rottöne, ein reliefartiger Untergrund, sparsam gesetzte, blaue Tupfen. Im Hintergrund schaute ein zartes Wesen durch einen Schleier in die Welt. Und in sein Herz. Wann hatte Odette das gemalt? Er stand auf, ging sehr nah an das Bild heran. Sehr klein unten rechts fand er die Signatur. O.B. 16-02-22. Da kannten sie sich schon. Gesehen hatte er es trotzdem noch nie.

Er stieg die schmale Treppe hoch. Auf der Empore stand ein breites Bett. Von dort aus blickte er auf die umliegenden Dächer. Er legte sich auf die blau-weiß-gestreifte Leinendecke und schloss die Augen. Er spürte wachsende Verzweiflung. Odette war fast schon eine Woche verschwunden. Er dachte intensiv an sie. Sie müsste es merken, vielleicht ein Kribbeln im Nacken spüren und wissen, dass er sie vermisste. Wenn er die Augen wieder öffnete, würde sie vor ihm stehen. Alles wäre gut. Es war ihr Kopfkissen, das diesen Wohlgeruch verströmte. Draußen donnerte eine Aprilia durch die enge Gasse. Eine Mutter rief nach ihrer Tochter.

Emile fand keine Ruhe, stand auf, zog die oberste Schublade der Holzkommode neben Odettes Bett auf. Neben einer Pillendose, Taschentüchern und Ketten lag dort ein rotes Notizbuch. Er schlug es auf, kam sich aber vor wie ein Voyeur, ein Schnüffler. „Vielleicht finde ich einen lebenswichtigen Hinweis", beruhigte er sich.

Ihre Handschrift hatte etwas kindliches, rundes, Kippeliges. Das rührte ihn. Das, was sie aufgeschrieben hatte, noch mehr. Seine Neugier siegte. Behutsam tastete er sich vor.

Sein Blick blieb bei dem vierten Juni hängen. Oscar. Nach dem ersten Satz las er weiter.

‚Gestern hat mich Oscar in seinem neuen Sportwagen mitgenommen. Geiles Gefährt! Seine Frau sei kurzfristig nach England geflogen, um dort Ma Made für ihre Orangenmarmelade zu kaufen. Sie fliegt wegen einer Marmelade nach England? Als ich Oscar deswegen fragte, verzog er das Gesicht und sagte, sie werde wahrschein-

lich noch das eine oder andere Sammlerstück mitbringen. Sie hat eine Vorliebe für alten Plunder, hat sie mir selbst schon einmal gesagt. Oscar fährt rasant. Über die Autobahn bis Marseille, eine Runde um den Vieux Port, dann zurück an der Côte Bleu entlang, durch die Camargue und wieder zurück. Die weißen und pinkfarbenen Salzgärten von Aigues-Mortes waren beeindruckend. Herrlich. Mit dem Fahrtwind, meinem Seidentuch und der Sonnenbrille fühlte ich mich wie Grace Kelly. Und dann hat Oscar mir seinen rechten Arm um die Schulter gelegt. Wie Cary Grant! Nur, dass Kelly am Steuer saß. Hoffentlich liest Emile nicht heimlich mein Tagebuch, er würde aus der Jacke hüpfen. Oscar hat sich erstaunlich gut gehalten, schlank, noch alle Haare, weiße Zähne. Ob er sie gebleicht hat? Ich kenne nur Männer über fünfzig, deren Zähne vom Rauchen oder Teetrinken gelb geworden sind.
Als wir zurückkamen, ging Emile gerade in den Kräutergarten. Er sah ein bisschen wütend aus. Später tat er so, als sei nichts gewesen. Nach einer Flasche Rotwein und zwei Episoden Downton Abbey benahm sich Emile seltsam im Bett. So brutal ist er sonst nicht.'

Emile spürte einen Stich. Odette hatte ihm hoch und heilig versichert, dass Oscar sie nicht angefasst habe. Aber wenn sie doch einen Abstecher in den Wald von Aumes gemacht hatten? In seinem Kopf drehte sich alles.

Sein Handy vibrierte. Es war das spezielle. Ricco fragte, wann er mit einer neuen Lieferung Mozza rechnen könne. ‚Wieviel brauchst du?‘, textete Emile zurück. Die Antwort kam prompt. ‚Fünfzig.‘ ‚Vierzig Morgen um sechs, nächste Lieferung in einer Woche, Eingang Mourre Blanc.‘ ‚Va bene.‘

Emile schloss Odettes Tür. Zu Hause beeilte er sich, den Inhalt seines Kühlschranks zu kontrollieren. Vierzig weiße Kugeln Büffelmozzarella mit dem DOP Caserta lagerten noch im Kühlfach. Das Siegel ‚Denominazione d'Origine Protetta‘ war nur mit der Lupe als Fälschung zu erkennen. Geübte Augen entdeckten das etwas dunklere Gelb.

Sie drehte durch, wandelte zwischen den Welten. Ihr linker Arm war übersät mit Schnittwunden. Feine, helle Narben auf dunkler Haut.

Sie war ausgebrochen, hatte Gerome die Mädchen überlassen, sich um nichts gekümmert. Um nichts anderes als um ihre Liebe zu Alain. Sie war in seinen liebenden Augen ertrunken, fühlte sich zum ersten Mal in ihrem Leben aufgehoben, angenommen, gesehen. Alain konnte sagen, was er wollte, tun, was er wollte und sich verhalten, wie er wollte. Sie liebte ihn.

An einem Freitagabend sagte er ihr, er wolle am nächsten Morgen zu seinem kleinen Sohn nach Sifnos. Sie brach zusammen. Gelähmt sah sie ihn seine Koffer packen. Sie aß und trank drei Tage nichts, starrte die Wände an und ritzte sich den Arm auf, immer weiter, bis sie oben angekommen war. Sie empfand keinen Schmerz, nur dumpfes Klopfen in ihrem Kopf.

Gerome fand sie. Dehydriert halluzinierte sie, sang von weißen Rosen und biss ihm in die Hand. Er brachte sie ins Krankenhaus. Nach drei Tagen holte Gerome sie ab. Ihre Mädchen wichen ihr nicht mehr von der Seite.

Ihre dritte Schwangerschaft erlebte sie wie unter einer Glocke. Gerome sagte nichts. Er wusste, dass er nicht der Vater des heranwachsenden Babys war. Seine Sanftheit reizte sie bis aufs Blut. Manchmal schlug sie ihn deswegen. Am nächsten Tag entschuldigte sie sich bei ihm.

Vier Wochen nach der Geburt ihres Sohnes zog sie bei Gerome aus und mietete sich eine eigene Wohnung. Sie schaffte es, eine Freundin als Babysitterin zu engagieren und hielt sich mit mehreren Putzstellen über Wasser. Mehrere Jahre.

Dann lernte sie eine Frau mit Beziehungen kennen. Die verschaffte ihr eine Stelle als Kassiererin in einem Supermarkt. Zusammen mit ihren Putzstellen reichte das Geld für sie und ihre Kinder.

Als sie sich in Oscar Melrose verliebte, glaubte sie, den Durchbruch geschafft zu haben. Er war wohlhabend, intelligent, sah blendend aus, aber er war verheiratet. Sie bildete sich ein, er werde sich über kurz oder lang scheiden lassen. Sie hielt ihm die Treue, obwohl er sie immer wieder vertröstete.

Er und seine Frau konnten keine eigenen Kinder bekommen. Wenn er erst einmal mit ihr verheiratet wäre, würde er ihre Kinder adoptieren. Sie wären eine perfekte Familie.

Das gute Verhältnis, das Oscar zu seiner Frau pflegte, blendete sie aus. Bis sie Oscar eines Tages mit der Freundin des Kochs sah. Die beiden standen draußen vor der Küche, rauchten und kicherten. Ob sie sich küssten, konnte sie aus der Ferne nicht sehen.

Sonntag, 28. August

1

Nach dem Frühstück verwies Hélène Joseph und Leonie des Hauses. Sie wollte ein Projekt für den Geschichts- und Literaturkurs vorbereiten. Die Schüler und Schülerinnen sollten die Rolle der deutschen und österreichischen Schriftsteller untersuchen, die sich während des Nationalsozialismus in Sanary-sur-Mer versteckten. Hélène würde beim Ministerium Mittel für einen mehrtägigen Aufenthalt beantragen. Dafür brauchte sie Zeit und Ruhe.

Joseph nahm den Rauswurf gerne an. Er fuhr mit Leonie zu den dolomitartigen Granitfelsen des Cirque de Mourèze. Bei ihrem letzten Besuch hatte Leonie noch im Tragegestell auf Josephs Rücken gethront und von dort aus Kommandos erteilt. Der Ausflug lenkte ihn von seiner inneren Unruhe ab.

Kaum tunkte die Sonne den Himmel in lichtes Hellblau, spazierten die ersten Gedanken an Catherine durch seinen Kopf. Hatte sie sich durchsetzen können? Welchen Fall verschwieg sie ihm? Es nützte nichts, dass er sich schalt. Hätte er sich ein Bein gebrochen, wäre er im Krankenhaus gelandet, könnte er …

Der Parkplatz war rappelvoll, nur mit Mühe quetschte er seinen Wagen in eine Lücke. Ein mächtiger SUV beanspruchte eineinhalb Plätze. Mit Leonie an der Hand schlug er den einfachen Wanderweg ein. Zum Glück hatten sie beide leichte Wanderschuhe angezogen. Spitze Steine, zwischen den heideartigen Pflanzen im Boden vergraben, bohrten sich in die Sohlen. Joseph zeigte Leonie die verschiedenen Grüntöne der Bäume und Sträucher. Leonie entdeckte in den Felsblöcken Drachen, Elefanten oder Zwerge. „Guck mal Papa, der sieht aus wie das Monster in meinem Buch", frohlockte sie. Einen Augenblick später wollte sie einen harmlosen Felsen hochklettern.

„Das ist zu gefährlich", erklärte Joseph. Ein Mann bog um die Ecke.

Überrascht begrüßte er Doktor Letailleur.

„Seit meiner Pensionierung habe ich Zeit. Die Flora und Fauna des Cirque de Mourèze mag ich besonders gerne. Sie sehen erholt aus. Waren Sie im Urlaub?" „Wir waren bis gestern an der Ardèche."

„Und nun packt Ihre Frau die Koffer aus und wäscht?"

Joseph lachte. „Die Koffer packen wir gemeinsam aus. Meine Frau bereitet ihr nächstes Projekt vor. Sie hat sich die Exilanten von Sanary-sur-Mer vorgeknöpft."

„Ich weiß, da gab es einige. Brecht zum Beispiel. Nina regte sich über den immer auf", sagte Doktor Letailleur.

„Wie kommt Ihre Frau damit klar, dass Sie jetzt jeden Tag zu Hause hocken?" „Nina ist im letzten Jahr gestorben. Bauchspeicheldrüsenkrebs, es ging rasend schnell. Wenigstens hat sie sich nicht endlos lange gequält."

„Das tut mir sehr leid." Joseph hatte die quirlige Frau des Doktors nur einmal zufällig auf dem Deutsch-Französischen Kulturfestival in Montpellier getroffen. Er hatte sie gleich gemocht.

Doktor Letailleur schien seine Gedanken zu erahnen. „Nina hat mir auf dem Sterbebett verboten, Trübsal zu blasen", verriet er. „Trotzdem hatte ich andere Pläne. Ich wäre gerne mit Nina in den Norden Europas gereist. Der Hitze im August entfliehen und die Fjorde Norwegens erkunden."

Leonie zog an der Hand ihres Vaters. Aber Joseph spürte, dass der Doktor ihm noch etwas Wichtiges sagen wollte. „Leonie, hast du schon eine Kröte entdeckt?", fragte er. Die Kleine hockte sich auf den Boden und untersuchte diesen akribisch.

Doktor Letailleur lächelte, dann wurde er für einen Augenblick wieder ernst. „Es ist ein merkwürdiges Gefühl, plötzlich von keinem gebraucht zu werden. Keiner fragt mich nach der Todesursache von irgendwem. Es interessiert auch keinen, ob ich morgens bis um zehn oder elf im Bett liege." Erschrocken schaute er auf Leonie. „Pardon, entschuldigen Sie meinen Ausbruch. Aber wenn mich einer fragen würde, man sollte die Leute zwischen vierzig bis fünfzig in die Rente schicken. Dann hatte jeder genügend Zeit, um etwas von der Welt zu sehen und wäre motiviert, danach weiterzuarbeiten.“

„Papa, wann gehen wir endlich weiter“, drängelte Leonie.

„Hast ja Recht, junge Dame. Ich halte deinen Papa nicht länger mit meinem Altmännergeschwätz auf. Habt ihr genügend Wasser dabei? Bis zur nächsten Quelle dauert es.“

„Kennen Sie Ihren Nachfolger?“

Letailleur lachte. „Sie meinen Elsa Toulouse? Sie kommt aus einem vornehmen Haus. Ihre Mutter arbeitet als Ärztin in der Neurologie im Saint-Joseph Hospital in Paris, der Vater ist ein pensionierter Zahnarzt. Ihr Vater hat an der gleichen Universität studiert wie ich. Eine Zeitlang haben wir sogar zusammen Tennis gespielt, später schlief das ein, aber ich habe die Verhältnisse seiner Familie über die Entfernung hin verfolgt.“

„Werden wir mit ihr auskommen?“

Doktor Letailleur wiegte nachdenklich den Kopf. „Sie gibt sich kühler als sie ist. Aber sie hasst Männer, die sich Frauen gegenüber nicht benehmen können. Ihrem Chef in Lyon hat sie eine Ohrfeige verpasst, als er seine Hände nicht bei sich behalten konnte. Der hat sich prompt beim Minister beschwert. Kurz darauf wurde sie nach Montpellier versetzt. Ich glaube nicht, dass ihr das gefallen hat, aber ich glaube, ihr kommt mit ihr klar. Bindet sie in eure Arbeit ein, wann immer es geht. Eines Tages wird sie bestimmt lockerer.“

„Papaaa“, nörgelte Leonie. „Hier sind überhaupt keine Eidechsen und Kröten, nicht mal Würmer. Können wir jetzt endlich weitergehen?“

„Darf ich Ihre Kleine mit einem Bonbon gnädig stimmen?“, fragte Doktor Letailleur.

„Ausnahmsweise.“ Joseph zwinkerte ihm ein Auge zu.

2

Der späte Sonntagnachmittag zeigte sich von seiner besten Seite. Kein Wölkchen verirrte sich am Himmel, die Luft war nicht so heiß wie noch ein paar Tage zuvor. Catherine hätte es begrüßt, wenn der Präsident der Grande Nation einen autofreien Sonntag angeordnet hätte. Keine aufheulenden Motoren und keine knatternden Motorräder, die den sonntäglichen Frieden störten. Leider blieb das Wunschdenken. Zuletzt hatte die Pariser Bürgermeisterin Anne Hidalgo 2016 der Hauptstadt einen autofreien Tag geschenkt.

Joseph und Hélène mit Leonie waren die ersten. „Hey! Du hast eine neue Frisur", rief Hélène. „Drehe dich einmal. Wow, das steht dir gut. Richtig chic." Sie begrüßten sich mit den üblichen drei Küsschen. Hélène drückte Catherine ein Glas Honig von der Ardèche und ein sechsreihiges, bordeauxrotes Armbändchen mit silbernen Perlen in die Hand. „Das habe ich auf einem Flohmarkt gefunden. Es ist von ganz allein in meine Tasche gewandert", sagte Hélène und zwinkerte Catherine ein Auge zu.

„Du musst mir helfen, es anzulegen", bat Catherine.

Während Hélène sich mit dem Verschluss abmühte, wandte sich Joseph nach ihr um. Er schaute Catherine prüfend an, aber die legte einen Zeigefinger auf den Mund, um ihm zu bedeuten, dass das Dienstliche warten müsse.

Arnaud kam auf seinem Rennrad. Claude und Gloria erreichten den verwilderten Garten von Catherine und Marc Händchen haltend. Gavin Rifaud hatte sich entschuldigt. Er war schon seit Wochen für eine Segelregatta verabredet.

Leonie stürzte sich sofort auf Gloria. „Sind das echte Haare?", staunte sie. „Willst du mal daran ziehen?", lachte Gloria und beugte ihren Kopf mit den ebenholzschwarzen Haaren zu ihr hinunter. Vorsichtig rupfte Leonie daran, gleich darauf hüpfte sie auf Glorias Schoß.

Claude strahlte übers ganze Gesicht. Catherine konnte sich nicht erinnern, ihn jemals so entspannt erlebt zu haben. Ihren Chef übrigens auch nicht. Joseph wirkte heiter, heller und jünger. „Der Dreitagebart verschwindet morgen früh wieder", verkündete er, nachdem er Catherines Blick gespürt hatte.

„Er steht dir ganz gut", sagte sie.

„Wie war es an der Ardèche?" „Berichtet." „Sollen wir dort auch Urlaub machen?" Alle redeten durcheinander.

Joseph erzählte von dem alten Bauern, der die Früchte seines Feldes in seinem Wohnzimmer verkaufte. Großvater, Großmutter nebst alter Tante hätten auf einer Holzbank daneben gesessen und ihre Kommentare abgegeben.

„Solche aromatischen Tomaten habe ich noch nie gegessen."

„Habt ihr auch etwas anderes gemacht, als einzukaufen und zu essen?", fragte Marc. Hélène packte daraufhin ein Beutelchen mit Thymian und Bohnenkraut aus.

„Im Schweiße unseres Angesichts gesammelt", versicherte sie. „Ich bin morgens schon um sechs Uhr los. Joseph und Leonie lagen so früh noch im Tiefschlaf. Aber wenn wir erst nach eihem gemütlichen Frühstück losgegangen wären, das wäre nicht gut gegangen. Im bewaldeten Teil der Berge war es noch ganz angenehm, aber an freien Stellen wäre man spätestens um neun gegrillt worden." Catherine schnupperte an dem Thymian und sog den würzigen Duft tief ein. „Die Mühe hat sich gelohnt", sagte sie.

Dann berichtete Joseph die Geschichte mit dem Fluss. „Der Vermieter hatte uns einen Geheimplatz verraten. Der war herrlich. Wir kamen uns vor wie in den Weiten Kanadas. Himmlische Ruhe. Nur ab und zu paddelten ein paar versprengte Wildwasserfahrer vorbei." Er machte eine Pause. „Leonie hat sich mit einem ziemlich wilden Hund angefreundet. Zum Glück."

Mit Herzklopfen erinnerte er sich an den dramatischen Teil des Urlaubs. Leonie hatte sich am vierten Tag mit Schwimmflügeln ausgerüstet weiter in den Fluss vorgewagt. Plötzlich war sie von einem Strudel erfasst worden. Sie war mehrere Meter abgetrieben und fand das anfangs lustig. Dann aber merkte sie, dass sie unfreiwillig von der Strömung immer weiter von ihren Eltern fortgerissen wurde. Sie kreischte und schrie um Hilfe. Joseph war sofort ins Wasser gesprungen, hatte aber gegen den Fluss keine Chance gehabt. Plötzlich war wie aus dem Nichts der schwarze Hund aufgetaucht. Er stürzte sich mit großen Sprüngen in den Fluss, schwamm bis zur Mitte und packte Leonie an ihrem T-Shirt.

Dann kehrte er um, kämpfte verbissen gegen die Strömung und zerrte Leonie ans Ufer. Leonie weinte, klammerte sich an ihre Eltern und kraulte mit einer Hand das Fell des Hundes, alles gleichzeitig. Sie vergaß den Schrecken schnell, aber Hélène und er brauchten Stunden, um sich wieder zu beruhigen.

„Ich glaube, diesen Tag werde ich bis an das Ende meines Lebens nicht vergessen", sagte er.

„Habt ihr dem Hund einen Riesenknochen spendiert?", fragte Catherine.

„Wir haben beim Metzger eine große Scheibe Pâté de campagne gekauft und sie ihm gegeben. Die Besitzer haben das ausdrücklich genehmigt. Was soll ich sagen, nach diesem Erlebnis wurden Leonie und er beste Freunde."

„Das kann ich mir denken", warf Marc ein.

Er hatte sich eine schwarze Schürze umgebunden und bewachte Doraden auf dem einen, Gemüse, Grenailles[2] und Vitelotte[3] auf dem anderen Grill. Catherine brachte verschiedene Kräuterdips nach draußen.

Als sie sich anschickte, neuen Wein aus der Küche zu holen, schlich Joseph hinter ihr her. Er zupfte sie an dem Ärmel ihrer Leinenjacke. Sie drehte sich um, lachte ihn an und sagte:

„Ich berichte dir morgen früh und keine Sekunde eher. Du hast noch genau zehn Stunden Urlaub. Der Alltag kommt früh genug."

Meine Tochter verhält sich unterwürfig, das macht mich wütend. Sie sollte stark sein, sich durchsetzen, sich nichts gefallen lassen. Sie sollte ein strahlender Stern sein. Die Kinder sind mir hinderlich, ständig wollen sie etwas, was ich nicht leisten kann, nicht leisten will.

Die Melrose geht mir auf die Nerven. Immerzu fragt sie, ob meine Kinder ohne mich klar kommen, fehlt nur noch, dass sie mir Almosen andrehen will. Zum Glück hilft Sylvie mir, so kann ich mich frei bewegen.

Sylvie sollte sich hübscher machen, ich will nicht, dass sie sich so vernachlässigt. Ihre löchrigen Jeans machen nichts her, die langen, mausgrauen Haare könnten einen Schnitt vertragen. Aber, wenn ihr die Jungs die Bude einrennen würden, würde sie nichts mehr im Haus machen.

Sie glaubt, ich wisse nichts von ihrem Kerl. Ist noch ein Junge. Ich war auch mal jung, so alt bin ich noch nicht. Er kann charmant sein, dieser Junge. Zu mir war er immer charmant. Neulich habe ich ihn abgefangen. Er wollte zu ihr. Sie hatte ihm noch nicht gesagt, dass sie samstags arbeitet. Ich bat ihn, mich mit nach Marseillan-Plage zu nehmen. Er wollte sowieso dorthin. Ich überredete ihn, mich im Parc d'Attractions zu begleiten. Ich hatte am Nachmittag meinen Lohn bekommen. Die alten Geizhälse haben mich mit acht Euro Stundenlohn abgespeist, aber es ist steuerfrei. Zuerst wollte er nicht, aber ich habe ihn überzeugt.

Es war sehr lustig, er wurde immer vergnügter. Ich auch. Ich war wieder siebzehn. Er ließ mich an seinem Joint ziehen, das war gut. Die Fahrt im Riesenrad war aufregend. Der Ausblick auf den Strand und die Stadt atemberaubend. Er roch so gut. Danach haben wir getanzt. Er hat mich mit dem Wagen seiner Mutter nach Hause gebracht. Vor der Haustür gab er mir einen Kuss. Ich sei die beste Mutter, die er sich vorstellen könne. Dabei hat er hämisch gelacht. Das war zu viel für mich.

Nach diesem Abend ging er mir aus dem Weg. Er weiß, wann ich nicht da bin. Wenn ich nicht ihre Mutter wäre? Die Cousine einer Ar-

beitskollegin heiratete einen fünfzehn Jahre jüngeren Mann. Warum denn nicht. Der Junge ist wirklich süß.

Ich habe die beiden belauscht. Sie hatten das Fenster des Minis heruntergekurbelt. Ich lag auf dem Liegestuhl hinter der Hecke. Er sagte gemeine Dinge über mich. Dabei lachte er anzüglich. Ich sei, nein, das schreibe ich nicht. So etwas Fieses spreche ich nicht aus, das habe ich selbst in Marseille nicht gemacht. Ich hätte ihn belogen und dazu gebracht, Dinge zu tun, die er niemals gewollt habe. „Stell dir vor, sie wollte mit mir …“ Sie schien ihm die Hand auf den Mund gelegt zu haben, denn den Rest konnte ich nicht verstehen.

Ich wurde wütend, so wütend, dass ich ihm eine Falle gestellt habe.

1

Joseph konnte es nicht erwarten. Um halb sieben Uhr morgens ließ er alle Jalousien in der Gendarmerie herunter. Dass er mit sechsundvierzig Jahren so neugierig auf eingegangene Mails war, hätte er sich nicht träumen lassen. Bevor er die erste Nachricht öffnete, begrüßte ihn Catherine.

„Du hast gestern gar nicht gesagt, wie euer Quartier war. Würdest du es weiterempfehlen?"

„Auf jeden Fall. Es war außerordentlich schön. Mitten in der Natur und wie gemacht für uns. Auf der Terrasse haben wir manches Glas Wein getrunken, Musik gehört und Bücher gelesen. Ein Bienenfresser ist direkt vor mir auf einem Ast gelandet. Und ein Pirol hat mir ein Ständchen gesungen. Leider habe ich ihn nicht zu Gesicht bekommen. Wir haben das Haus bereits für nächstes Jahr gebucht. Aber jetzt will ich endlich wissen, was los ist."

„Ich werde dir eins nach dem anderen erzählen. Aber zuerst hole ich mir ein Wasser."

Sie begann mit dem Fund von André. Als sie von dem Gespräch bei der Frisörin berichtete, unterbrach Joseph sie.

„Welche Madame Saumade war gemeint? Olivia? Sylvia? Emma?"

„Das ist verwirrend, nicht wahr? Olivia ist die Adoptivmutter von Emma Saumade. Sylvia ist die Tochter von Emma. Und nein. Wir haben Emma noch nicht befragt. Bisher sahen wir uns dazu nicht veranlasst", erklärte Catherine. „Das holen wir nach."

Sie erreichten den Anrufbeantworter.

„Sylvia erledigt die Hausarbeit. Vielleicht ist sie gerade im Garten", vermutete Catherine. Gloria bekam von Catherine die Erlaubnis, mit ihrem Roller zu den Saumades zu fahren. Keine fünfzehn Minuten später kam sie zurück.

„Madame Saumade hat heute Frühschicht. Sie kassiert bis um 13.00 Uhr im Supermarkt. Sylvie kümmert sich um die Wäsche.

Sie wird ihrer Mutter sagen, dass sie sich sofort nach Dienstschluss bei uns melden soll."

„Dann werden Arnaud und ich zu Pierre Becker fahren und ihn auseinandernehmen. Du kannst dann ja in aller Ruhe deine hundertdreißig Mails checken", sagte Catherine zu Joseph.

„Oh danke, dass du mir das erlaubst", spottete Joseph und lachte.

Catherine schlug ihm freundschaftlich auf die Schulter. „Du weißt, wie ich das meine. Bis später."

Catherine wollte mit Arnaud das Büro verlassen, als sie einen Anruf aus Montpellier erhielt. Sie wurde blass, legte auf und sagte leise zu Joseph: „Planänderung. General Neville will mich auf der Stelle persönlich sprechen."

„Vielleicht möchte er dich befördern?"

„So klang er aber nicht."

Joseph sprach ihr Mut zu. „Du denkst gleich das Schlimmste, vielleicht handelt es sich wirklich um ein harmloses Gespräch."

„Glaubst du wirklich, Neville bestellt mich für ein harmloses Gespräch nach Montpellier?" Catherine zweifelte das an. Aber sie hatte keine Wahl.

Sie nahm den Schleichweg, den Marc ihr einmal gezeigt hatte. Nach einer Dreiviertelstunde war sie am Justizpalast in Montpellier.

Die Sekretärin des Generals machte dem Klischee einer Beamtin alle Ehre. Klein, streng, dünn, eine randlose Brille auf der Nase, Bleistiftrock in marineblau, weiße Bluse, schmaler Mund. „Sie sind? Sie wünschen? Haben Sie einen Termin?" Hatte die Dame keinen Kalender? Oder sollte sie diese Art von Behandlung auf das Gebaren des Vorgesetzten vorbereiten? Der ließ sich Zeit.

Catherine kochte innerlich. In ihrem Büro stapelte sich die Arbeit. Das Vorzimmer im Justizpalast war angenehm kühl, aber Däumchen zu drehen und die Zeit totzuschlagen, das ärgerte sie. Als General Neville endlich die Tür öffnete, zuckte Catherine zusammen. Er war nicht viel größer als sie. Vielleicht zwei Zentimeter. Catherine trug wie immer flache Schuhe. Kleine Männer hassten es, wenn Untergebene sie körperlich überragten. Kalte Augen stießen auf sie herab. Die leicht gebogene, dünne Nase erinnerte sie an ihre geliebten Greifvögel, die sie in den vergangenen Monaten sträflich vernachlässigt hatte. Das kahle Haupt des Generals schimmerte bläulich. Catherine befürchtete, dass er ernsthaft krank sei. Er kam jedoch strammen Schrittes auf sie zu. Sein fester Händedruck schmerzte.

„Kommen Sie", befahl er, schloss die Tür geräuschvoll und wies ihr einen schmalen Stuhl vor seinem Schreibtisch zu. Was dann kam, verschlug ihr die Sprache.

„Ich wollte mich bei Ihnen persönlich entschuldigen. General Cigogne steckt in Schwierigkeiten. Diese Art von Untersuchung kann er momentan nicht brauchen. Ich war ein wenig zu harsch zu Ihnen. Lieutenant Rozier, nicht wahr?" Catherine wusste nicht, was sie sagen sollte. Er sprach ihren Namen richtig aus. Meinte Neville es ernst? Als sie zögerte, erklärte er, dass dieses Gespräch vertraulich sei, deshalb habe er sie persönlich nach Montpellier beordert. Ihre Verwunderung über sein Verhalten steigerte sich, als er sagte, seine Nichte sei so begeistert von ihrem Praktikum, dass sie nun Jura studieren wolle.

Nach zwanzig Minuten saß sie wieder im Auto und fuhr zurück nach Mèze. Sie lächelte, als sie sich Josephs Gesicht vorstellte, wenn sie ihm von dem Gespräch mit dem General berichten würde.

Das musste sie auf später verschieben. Joseph war nach Marseillan gefahren, um sich mit dem Chef von Gavin Rifaud zu besprechen. Sie machte sich mit Arnaud auf den Weg nach Bedarieux, um Pierre Becker zu befragen.

2

Catherine und Arnaud lauschten andächtig der Musik von Benny Andersson, während sie vierundfünfzig Kilometer in Richtung Bedarieux fuhren. Die Landstraße, die an der Außenseite von Pézenas entlang führte, Roujan streifte und den Abstecher nach Lamalou-Les-Bains ermöglichte, sahen sie nicht. Sie besichtigten weder den farbenprächtigen Brunnen von Bedarieux noch die vorromanische Kapelle Saint Raphael. Sie lenkten den Wagen direkt zu dem alten Bauernhof am Chemin du Figaret. Pierre Becker lag unter einem Trecker. Ein Dutzend Hühner krakeelte auf einer eingezäunten Wiese, eine schwarze Katze strich ihnen um die Beine und ein struppiger Terrier baute sich kläffend vor ihnen auf. „Alphonse, arrête!" Die scharfe Ansage kam von unterhalb des Treckers. Das rostige Fahrgestell lehnte auf drei Rädern an einen windschiefen Steinschuppen. Die Beine unter dem Trecker steckten in einer schmutzigen, mit Lehm behafteten, Jeans. Rote Schnürsenkel baumelten aus den löchrigen Turnschuhen. Pierre Becker kam auf dem Rollbrett zum Vorschein, stand auf, wischte sich die ölverschmierten Hände an einem Lappen sauber und schaute sie neugierig an. Die himmelblauen Augen standen im Kontrast zu seinen pechschwarzen, welligen Haaren, die von einzelnen silbergrauen Strähnen durchzogen waren. „Wollen Sie zu mir?" Sein intensiver Blick bohrte sich in Catherines Augen. Ein unangenehmes Gefühl sagte ihr, dass besser Arnaud die Fragen stellte. Becker verströmte schon beim ersten Anblick etwas Lüsternes. Sie würde ihn von sich fernhalten.

„Sie sind Pierre Becker?", fragte Arnaud, der Catherines Zurückweichen bemerkt hatte.

„Ja, der bin ich."

„Arnaud Pinel, Catherine Rozier, Gendarmerie Mèze", stellte er sie vor.

„Mèze?" Pierre Becker schnalzte mit der Zunge. „Sie fahren fünfzig Kilometer, um mit mir über die sommerliche Hitze zu plaudern? Hinter dem Haus befindet sich eine schattige Terrasse, dort können wir uns unterhalten und etwas Kaffee trinken." Sein Französisch war perfekt, aber der deutsche Akzent war deutlich hörbar.

„Wir haben ein paar Fragen an Sie," sagte Arnaud.

Eine junge Frau in buntem Schlabberkleid kam barfuß auf sie zu. „Wir haben Besuch", rief sie fröhlich und musterte die Gäste neugierig. „Haben wir etwas angestellt?" Sie strich sich eine Strähne ihres langen, rotblonden Haares aus dem Gesicht.

„Wir möchten uns mit Monsieur Becker unterhalten", erklärte Arnaud.

„Ja, Cherie, lass uns einen Augenblick allein", sagte Pierre. Er warf ihr einen Luftkuss zu.

Hinter dem Haus breitete eine riesige Kastanie ihre üppigen Zweige zu einem Schattendach aus. Ein langer Tisch aus unbehandeltem Holz stand direkt darunter, umrahmt von zwei breiten, einfachen Bänken. Hier herrschte angenehme Kühle. Dahinter entfaltete sich eine Wiese mit hohem Gras. Zwischen zwei groben Pfählen war eine Wäscheleine gespannt. Mehrere weiße Betttücher flatterten im leichten Wind und verströmten einen Hauch von Lavendel. Die schwarze Katze sprang auf die vordere Bank und rieb sich an Catherines Arm. Ihr praller Bauch kündigte Nachwuchs an. Der Terrier hielt sich an Arnaud und schmachtete ihn aus dunkelbraun glänzenden Augen an. „Ich habe nichts für dich", sagte Arnaud.

Pierre Beckers Augen klebten an ihr. „Lassen Sie das", herrschte Catherine ihn an. Mit nach außen gekehrten Handflächen beteuerte Becker seine Unschuld.

„Was möchten Sie von mir wissen?" Er grinste selbstbewusst.

Arnaud zog das Foto von André aus der Tasche und legte es auf die Mitte des Tisches.

Becker zuckte nicht einmal mit den Wimpern. Er nahm das Foto in die Hand. „Perfekte Aufnahme. Wer hat sie gemacht?"

Die Frage Arnauds, ob er den Jungen kenne, beantwortete er unbefangen. Solch ein Sahneschnittchen laufe einem nicht alle Tage über den Weg.

„Sahneschnittchen?" Catherine zog die Augenbrauen hoch.

„Sagt man das bei Ihnen nicht?"

Arnaud fragte, ob man ihn wegen seiner homosexuellen Neigungen exkommuniziert habe.

Pierre Becker lachte. „Nein, nein. Den Würdenträgern der katholischen Kirche war ich zu kommunistisch eingestellt. Wer hat Ihnen das erzählt?"

„Ich habe mich schlau gemacht. Wer hat Ihnen André Caussel vermittelt?" „Was ist mit André? Hat er etwas ausgefressen?"

„Wann haben Sie ihn zum letzten Mal gesehen?"

„Ende Juli, warum? Er war nur eine Nacht hier. Sagen Sie mir doch einfach, worum es geht. Haben Sie ein Problem damit, dass ich bisexuell veranlagt bin?" „Er wurde ermordet."

„Ermordet? Wie schrecklich. Verdächtigen Sie mich?" Er schüttelte ungläubig den Kopf.

Die junge Frau trat aus der hinteren Tür und brachte das gewünschte Wasser. Sie stellte es auf den Tisch. Dabei fiel ihr Blick auf das Foto von dem toten Jungen. „Warum fragen Sie nach André? Ist ihm etwas passiert?"

„Ma petite, man hat ihn ermordet, stell' dir das mal vor."

„Das ist ja grauenhaft." Sofort füllten sich ihre Augen mit Tränen.

„Darf ich fragen, was Sie mit dem Jungen verbindet?", fragte Arnaud.

„Er war mal hier." Sie zögerte weiter zu sprechen, warf einen Seitenblick auf Becker. Der verdrehte die Augen. „Wir hatten einen gemütlichen Abend zusammen."

„Wann war der Junge zum letzten Mal hier?", fragte Catherine die Frau, bevor Pierre Becker dazwischen gehen konnte.

„Ich glaube, das war vor zwei Wochen."

„War das an einem Wochenende?"

„Nein, es war an einem Donnerstag. Wir haben Scharade gespielt. Er hatte pantomimisch einiges zu bieten."

„Waren Sie zu dritt?"

„Zu viert, meine Freundin Charlene war zu Besuch."

„Ist er die ganze Nacht geblieben?"

„André fühlte sich ziemlich einsam. Seine Eltern hatten ihn in ein Internat gesteckt, damit sie reisen konnten, wann immer ihnen der Sinn danach stand. Sie warfen ihm Geld hinterher, das war aber auch alles. Bei uns fühlte er sich verstanden."

„Sie sind unserer Frage ausgewichen. Wie lange war André an dem Donnerstag hier?"

„Er ist ganz früh morgens aufgestanden, weil er nicht schlafen konnte“, sagte Becker. „Als ich ihm morgens einen Kaffee kochen wollte, war er schon weg. Er hat nur einen Zettel geschrieben. ‚Es ist beruhigend zu wissen, wo Freunde wohnen.‘ Der Zettel hängt noch am Kühlschrank.“

„Monsieur Becker. Sie haben eben behauptet, André sei vor ein paar Monaten ein einziges Mal hier gewesen.“

Kein bisschen verlegen, erklärte Becker, dass er vergessen habe, dass André sie ein zweites Mal besucht habe.

„Wo waren Sie am Samstag zwischen dreiundzwanzig und zwei Uhr morgens?“, fragte Catherine.

Becker grinste und feixte: „Hier natürlich. Wir haben gefeiert.“

„Gibt es dafür Zeugen?“

Becker richtete erneut seinen hypnotisierenden Blick auf sie und sagte: „Lieutenant Rozier. Ich bringe meine Geliebten nicht um. Das ergibt keinen Sinn. Welches Motiv sollte ich haben, können Sie mir das erklären?“

„Vielleicht hat er Sie erpresst.“

Becker lachte aus vollem Hals. „Womit? Jeder in meiner Umgebung weiß, dass ich meine Liebe auf alle verteile, die mir in die Quere kommen. Sie könnten dazu gehören, wenn Sie nicht so verklemmt wären.“

Catherine ballte im Geist ihre Faust in der Tasche. „Im Dorf ist man bestimmt nicht begeistert von Ihrem Lebenswandel.“

Wieder lachte Becker. „Die Einwohner des Dorfes kümmern sich um ihre Kastanien, um den Weinbau und ihre Schafe. Freiheit, Gleichheit und Brüderlichkeit wird hier gelebt, anders als in der Großstadt.“ Er schüttelte den Kopf. „Den Mörder von André müssen Sie woanders suchen.“ Er war laut geworden bei seinem letzten Satz, zornig. Seine Augen hatten sich verdunkelt. Catherine schwenkte um.

„Wussten Sie, dass er dem Internat für seine letzten Tage einen Krankenschein vorgelegt hat?“

„Ja, er erwähnte es." „Hat er darüber gesprochen, was er am Freitag vorhatte oder wen er treffen wollte?" Sowohl die junge Frau als auch Pierre schüttelten den Kopf.

„Dann verlassen wir Sie jetzt wieder. Falls wir noch etwas wissen müssen, sagen wir Ihnen Bescheid. Notfalls müssten Sie nach Mèze kommen."

„Das werde ich dann einrichten", versicherte Becker.

Sein Blick erinnerte Catherine nun an den müden Panther von Rilke.

Der Hund rannte ihnen hinterher und versuchte, in den Wagen zu klettern. „Ich habe für dich leider keinen Platz in meinem Tiny House", bedauerte Arnaud und scheuchte ihn weg.

„Meine Güte", machte Catherine ihrem Ärger Luft, als sie ein Stück des Feldweges zurück zur Straße gefahren waren. „Dieser Mann scheint sein Testosteron nicht im Griff zu haben."

„Er musste es jahrelang unter Kontrolle halten", sagte er.

„Hast du seine widerlichen Blicke gesehen?"

Arnaud nickte und konzentrierte sich auf die enge Spur.

„Ich fand es unerträglich."

„Ich weiß", sagte Arnaud.

Kurz bevor sie die Hauptstraße erreichten, versperrte ihnen ein Schaf den Weg und starrte sie an. Die Hupe beeindruckte das Tier nicht. Als Arnaud ausstieg, um es zur Seite zu schubsen, bockte es. Arnaud musste das Schaf ein Stück nach hinten ziehen, blitzschnell in den Wagen steigen und sofort losfahren.

„Pierre Becker war ein echter Rebell", sagte Arnaud. „Er hat von der Kanzel aus gegen Mietwucher gewettert und einen Kindergottesdienst mit Spielzeug gestaltet. Das gefiel den Oberen nicht. Dann soll er Thesen aufgestellt haben, die nicht mehr mit dem herkömmlichen Christentum übereinstimmten. Er wurde zum Bischof zitiert. Becker verteidigte sich und erklärte, dass er lediglich Sätze formuliert habe, die er mit anderen Priestern diskutieren wolle."

„Um welche Sätze ging es?", fragte Catherine.

„Christus sei nur ein Mensch gewesen, der eine besondere Ausstrahlung gehabt habe und so etwas Ähnliches.“

„Das fanden seine Vorgesetzten bestimmt nicht lustig“, warf Catherine ein. „Und man hat ihn dann vom Dienst suspendiert, richtig? Ist er sang- und klanglos gegangen?“

„Eher nicht. Er hat sich vehement gewehrt. Er wolle den Konflikt klären, aber das ist ihm nicht gelungen. Seine Oberen wollten ihn einfach verschwinden lassen.“

„Die übliche Vorgehensweise“, kommentierte Catherine.

„Er predigte den Gläubigen ja auch, sie sollten eine kritische Distanz gegenüber der Obrigkeit einnehmen.“

„Logisch, dass sie ihn nicht in ihren Reihen duldeten. Wann hast du dich so intensiv mit seinem Leben beschäftigt?“, fragte Catherine.

„Gestern Abend. Ich fand es spannend“, sagte Arnaud schlicht.

Plötzlich schreckte Catherine auf. „Hast du das Schild gesehen?“, fragte sie schrill. „Wir haben uns verfahren.“

„Merde. Wir sind auf dem Weg nach Lodève! Merde“, fluchte Arnaud.

„So ist das, wenn man dem Navy ein Schnippchen schlagen will“, streute Catherine noch Salz in seine Wunde. „Polynesischen Seefahrer haben lange vor der Erfindung des Kompasses und des Sextanten ihre Boote über Tausende Seemeilen durch den Pazifik gesteuert.“

„Ich bin aber kein polynesischer Seefahrer“, schimpfte Arnaud.

Bevor sie ihre Kabbelei fortsetzen konnten, vibrierte Catherines Smartphone.

„Capitaine, was gibt es?“, meldete sie sich. Obwohl ihr Chef grundsätzlich auf einen Videoanruf verzichtete, sah sie sein freundliches Gesicht.

„Die Mutter dieses Mädchens hat sich für fünfzehn Uhr angemeldet. Seid ihr schon auf dem Rückweg?“

„Sind wir. Leider haben wir uns ein wenig verfranst. Wir sind in Lodève gelandet. Aber fünfzehn Uhr schaffen wir.“ „Habt ihr etwas aus dem Zeugen herausbekommen?“ „Unterhaltsam, aber nicht zielführend." „Verstehe. Verfahrt euch nicht wieder." „Versuchen wir." Catherine legte auf.

3

Um Punkt drei Uhr nachmittags klopfte eine kleine Frau mit langen, dunklen Haaren an ihre Tür. Kühl und sachlich erkundigte sie sich, warum sie zur Gendarmerie kommen solle.

Catherine nannte ihren Namen und Dienstgrad. „Sie sind die Mutter von Sylvie?"

„Ja, das bin ich, hat sie etwas angestellt?"

„Laut Zeugenaussagen sind Sie mit dem Freund Ihrer Tochter im Vergnügungsviertel von Marseillan-Plage gesehen worden. Trifft das zu?"

„Sie meinen André?" Sie schmunzelte. „Ja, ich habe ihn einmal ausgeführt. Er erzählte mir, dass seine Mutter nie Zeit für ihn habe. Warum? Ist es verboten, einem einsamen Jungen eine Freude zu bereiten?"

„Ein Zeuge schilderte uns, dass Sie eng umschlungen mit ihm getanzt hätten." „Habe ich das?" Sie kicherte plötzlich. „Dann habe ich an dem Abend wohl zu viel getrunken?"

„Gab es über diesen Abend hinaus weitere Treffen mit André?"

„Nein, wirklich nicht. Er war ja nur lose mit meiner Tochter befreundet. Sie ist viel zu jung, um eine feste Beziehung einzugehen."

„Haben sich die beiden gestritten?"

Emma Saumade schüttelte den Kopf.

„Sie arbeiten als Kassiererin in dem kleinen Supermarkt?"

„Das wissen Sie doch schon. Ich bekomme keinen Unterhalt von den Vätern meiner Kinder, also sorge ich selbst für mein Leben."

„Reicht das für Sie und Ihre Kinder?"

„Worauf wollen Sie hinaus?"

„André hat nebenbei gedealt. Wussten Sie das?"

„Ich habe es geahnt, gewusst habe ich es nicht."

„Wir brauchen trotzdem Ihre Fingerabdrücke und eine Kopie Ihres Personalausweises."

„Verdächtigen Sie mich?" Sie blies die Luft aus und schüttelte ungläubig den Kopf.

„Wir prüfen jede Möglichkeit", sagte Catherine lächelnd. Einer Eingebung folgend fragte sie: „Kennen Sie Odette Bole?" Bildete sie es sich ein oder zuckte Emma zusammen? Dann hatte sie sich wieder gefangen.

„Wer soll das sein?", fragte Emma.

„Nun, es gibt Zufälle", sagte Catherine.

Emma Saumade zögerte keine Sekunde, ihre Fingerabdrücke zu hinterlassen. Auch gegen eine Speichelprobe hatte sie nichts einzuwenden. Fünfzehn Minuten, nachdem sie die Gendarmerie betreten hatte, verabschiedete sie sich und wünschte ihnen Erfolg bei der Suche nach dem Mörder von André.

„Was hältst du von ihr Joseph?", fragte Catherine, nachdem Emma Saumade gegangen war.

„Hast du ihre Augen gesehen?" Joseph lehnte sich in seinem Stuhl zurück. „In ihren Augen war kein Leben. Sie waren stumpf, reglos, ein bisschen wie, fast würde ich sagen bedrohlich."

„Beurteilen wir Täter nach ihren Augen?", fragte Catherine skeptisch. „Dann müssten wir eine Collage mit den Augen von Emma Saumade, Tomer Cairot, Renè Susa, Monsieur Beaume machen."

Joseph unterbrach sie. „War nur ein Gedanke. Haben alle bisher Befragten ein wasserdichtes Alibi?"

„Das ist es. Wir können keinem der möglichen Verdächtigen etwas nachweisen. Gloria und Arnaud haben seine Studienkollegen am Lycée noch einmal in die Mangel genommen. Wenn einer von ihnen in die Sache verwickelt wäre, mauern sie. Als Drogendealer hatte André keine Bedeutung. Tomer Cairot hat ein perfektes Alibi für die Tatzeit. Pierre Becker kommt auch nicht infrage. Der Bankdirektor bestreitet, etwas mit André zu tun zu haben. Ob General Cigogne ein Alibi hat? Den hat General Neville befragt. Aber das weißt du."

„Fingerabdrücke und Speichelproben habt ihr von allen Verdächtigen genommen?"

Catherine nickte. „Keine Übereinstimmungen. Colette hat sie alle geprüft.“

Catherines Nerven waren gespannt.

„Wenige Zeugen, die etwas Erhellendes zum Fall beigetragen haben, sonst hättest du etwas gesagt. Stimmt, das ist frustrierend“, gab Joseph zu.

„Wenn dann noch die Eltern täglich fragen, ob wir den Täter gefasst haben und obendrein eine junge Frau verschwunden ist.“ Catherine ließ ihre Arme auf den Schreibtisch sinken. Bevor sie sich wieder der Recherche an ihrem PC zuwandte, fragte sie Joseph.

„Hast du beobachtet, dass sie bei meiner Frage nach Odette Bole leicht zusammengezuckt ist?“ Joseph verneinte. „Vielleicht habe ich genau in dem Augenblick aus dem Fenster geschaut“, bedauerte er. „Aber wer könnte ein Motiv gehabt haben? Hat sich jemand an ihm gerächt? Wofür? Ich habe mir die Liste angeschaut. Ist Sylvia so unschuldig, wie sie euch glauben gemacht hat?“

Catherine schaute ihn ratlos an. „Ich weiß es nicht. Ich bin noch in Gedanken bei Emma.“

Sie war ihr unsympathisch gewesen. Waren es tatsächlich nur ihre Augen? Ihre fahrigen Bewegungen? Aber welches Motiv hätte sie?

Sie rief eine Suchmaschine am Computer auf und gab ‚Emma Saumade‘ ein. Sie fand einen Telefoneintrag, sonst nichts. Im Frisörsalon sagten sie, dass Emma von einem kinderlosen Paar aus Montagnac adoptiert worden sei. Weiß sie mehr, als sie gesagt hat. Vielleicht schützt sie tatsächlich ihre Tochter?

Gemeinsam prüften sie noch einmal sämtliche Vorgänge sowohl im Zusammenhang mit dem Mord an André als auch mit dem Verschwinden von Odette. Sie riefen alle Dienststellen im Umkreis von fünfzig Kilometern an und fragten, ob bei ihnen sachdienliche Hinweise eingegangen seien.

„Ist die Speichelprobe von Emma schon auf dem Weg ins Labor?“, fragte Joseph.

„Sie wurde direkt abgeholt. Sie wollen sich beeilen.“

Ihnen blieb momentan nichts anderes übrig, als zu warten.

Catherine suchte auch in Montagnac nach Telefoneinträgen der Saumades. „Wenn sie ihren Mädchennamen abgelegt hat, findest du nichts", erinnerte Joseph sie.

„Werden Adoptionen nicht offiziell registriert?", dachte Catherine laut.

„Natürlich. Ein vollständiges Adoptionsverfahren wird bei Gericht durchgeführt. Vielleicht kommst du über Marc schneller an die Daten."

Claude war in diesem Fall noch hilfreicher.

Emma Antoinette war von Olivia und Henri Saumade adoptiert worden. Claude hatte auch eine Telefonnummer von Henri Saumade, von einer Marie Saumade ebenfalls.

Unter Henris Nummer meldete sich eine brüchige Frauenstimme. Sie verstand nicht, was Catherine von ihr wollte, rief nur zweimal ein krächzendes Hallo in den Hörer und legte dann auf. Catherine versuchte ihr Glück bei Marie Saumade. „Oh, meine Schwägerin. Sie hatte einen Schlaganfall. Mich wundert, dass sie überhaupt den Telefonhörer abgenommen hat. Womit kann ich Ihnen helfen?" Catherine fragte nach Emma. Marie Saumade sagte eine Weile nichts.

„Sind Sie noch in der Leitung?", fragte Catherine.

„Ach ja, getauft wurde sie auf den Namen Antoinette, aber irgendwann wollte sie ja nur noch Emma heißen. Dieses Mädchen hat Olivia nur Unglück gebracht, hat sie ausgenutzt und ihr das Herz gebrochen. Sie kommt, wann sie will, geht, wann sie will. Monatelang, was sage ich, jahrelang ist sie einfach verschwunden, lässt sich ein Kind nach dem anderen andrehen. Aber wenn sie an Olivias Tür steht … Olivia hat ein viel zu großes Herz. Hat Emma etwas angestellt?"

„Dazu kann ich Ihnen momentan keine Auskunft geben. Vielen Dank, Sie haben uns geholfen."

Dienstag, 30. August

1

Ausnahmsweise war Nathalie schon am Dienstagnachmittag zu den Leroux' gekommen. Während des Urlaubs war ein Wäscheberg gewachsen, der gewaschen und gebügelt werden wollte. Normalerweise erledigte Hélène das selbst, aber das Sanary-Sur-Mer-Projekt verselbständigte sich und nahm ungeahnte Ausmaße an. Deswegen hatte sie Nathalie angefleht, ihr zu helfen.

Gerade hatte Nathalie das letzte Leinenkleid geplättet und aufgehängt, als Hélène abgehetzt vom Collège zurückkehrte. Sie holte sich ein Glas Wasser und trank es in einem Zug leer. Erst dann fragte sie, ob Nathalie Lust auf einen Café Crème habe. „Gerne", antwortete diese und setzte sich zu ihr. „Ich habe Ihnen Honig mitgebracht", sagte Hélène und reichte Nathalie ein großes Glas Miel de Châtaigne de l'Ardèche. „Was haben Sie nur mit der Katze angestellt? Sie rennt gar nicht mehr weg, wenn sie mich sieht?"

Nathalie lächelte. „Mit einem Teelöffel Leberpastete oder einem Stückchen Fisch lässt sich fast jede Katze überreden."

Hélène tätschelte die Katze, stellte einen kleinen Teller mit Madeleines auf den Esstisch und einen großen Becher Café Crème daneben. Nathalie tunkte die köstlichen Madeleines in den heißen Kaffee und ließ sich von Hélène die besten Urlaubsimpressionen auf dem Smartphone zeigen. Dass Leonie auf dreißig von fünfzig Fotos zu sehen war, fand sie normal. Sie mochte den quirligen Wirbelwind und gönnte den Leroux' das Urlaubsglück. Für sie war Neid eine üble Krankheit des Herzens, die zu Feindseligkeit und schlechtem Denken führte. Als Muslimin verbat sie sich, auch nur einen Gedanken daran zu verschwenden.

Nathalie wandte sich schon zum Gehen, als sie sich noch einmal umdrehte und Hélène etwas fragte.

„Ich habe gehört, dass Ihr Mann und sein Team den Mörder eines jungen Mannes suchen. Haben Sie schon jemanden festgenommen?"

„Bedauerlicherweise nicht."

Nathalies Gesicht drückte sich widerstreitende Gefühle aus. „Ich möchte niemanden anschwärzen oder anschuldigen, der es dann hinterher nicht gewesen ist." Dann zögerte. „Ich habe den ermordeten Jungen mit der Tochter unserer Nachbarin gesehen. Sie kamen aus dem Haus, gingen brav nebeneinander, aber sobald sie um die Ecke bogen, gingen sie eng umschlungen Richtung Hafen." „Das kann ja sein, aber was ist daran außergewöhnlich? Ist das Mädchen gewalttätig?"

„Nein, nein", sagte Nathalie schnell. In ihr tobte es. Sollte sie weiterreden oder besser den Mund halten. War es ein Gerücht, das sie streute oder war es Wahrheit? Aber sie hatte sich ja schon vorgewagt. Sie wusste selbst, wie schmerzlich es sich anfühlte, zu Unrecht verdächtigt zu werden. Außerdem war das Verbreiten von Gerüchten mit ihrem islamischen Glauben nicht vereinbar. Sie lebte zwar nicht streng nach dem Koran, aber die Lehren des Propheten hatte sie von klein auf verinnerlicht.

Hélène sah ihr an der Nasenspitze an, dass Nathalie sich quälte.

„Sie wissen, dass ich einen Sohn habe?" Hélène nickte. „Er spielt manchmal mit Victor, dem Bruder des Mädchens. Jungen untereinander raufen gerne, das ist ja klar. Aber neulich hat er meinen Lino gefesselt und geknebelt. Lino hatte blaue Flecken an den Armen."

„Hast du mit der Mutter des Jungen gesprochen?" Nathalie senkte den Kopf. „Ja. Sie war sehr verständnisvoll und sagte, sie werde ihrem Sohn ins Gewissen reden. Sie entschuldigte sich und hat mich ein paar Tage später gefragt, ob es noch einmal vorgekommen sei." Nach einer Pause fragte sie: „Wie ist der Junge gestorben? Ach, das darfst du mir wahrscheinlich gar nicht sagen, aber …" Sie lächelte entschuldigend.

Hélène machte ein Zeichen, dass der Junge erwürgt worden war.

„Wie schrecklich", entfuhr es Nathalie. Ihre Zweifel wurden stärker. Wäre ein Neunjähriger imstande, dem Freund seiner Schwester so zuzusetzen? Sie verabschiedete sich und beeilte sich, nach Hause zu kommen.

2

‚Ich bin in einem Alptraum gefangen. Ständig bin ich müde. Ich rutsche fast von dem Stuhl, auf dem ich festgebunden bin. Gestern ist der Stuhl umgekippt. Der Fußboden ist so kalt. Ich habe den Stuhl mühselig wieder aufgerichtet. Draußen ist es wahrscheinlich heiß. Hier drinnen gibt es kaum Licht. Ich nehme es an, denn meine Augen sind mit einem Tuch verbunden. Es riecht nach fauligen Früchten, es könnten Brombeeren sein. Wachsen in dieser Gegend Brombeeren? Auch sonst umgibt mich modrige Luft, es riecht nach ungewaschenen, alten Kleidern, Farbresten und Schimmel. Hoffentlich kommen keine Ratten, das wäre das Schlimmste. Meine Oma erzählte von Ratten im Zweiten Weltkrieg, die den auf Dachböden abgeschobenen Babys die Füße anknabberten. Es ist gespenstisch still, nur manchmal höre ich das Starten eines Motors, morgens sind es mehr. Ich zähle sie, es sind sieben oder acht, manchmal auch mehr.

Was habe ich getan? Warum bin ich hier? Wenn ich wieder denken kann, weiß ich es.

Wie dumm von mir, dass ich mich mit Emile wegen des alten Fotos gestritten habe und ausgerastet bin. Er erzählt mir wenig. Was verbirgt er vor mir? Ich will nicht wieder verletzt oder betrogen werden. Alle Freunde wissen Bescheid, nur ich nicht. Ich brauche keine Panzerspuren auf meinem Herzen. Ob er mich sucht? Würde er weinen, wenn ich das hier nicht überlebe?

Ich habe Durst. Sie flößt mir ein paar Tropfen Wasser ein. Was redet sie da? Ich habe mit ihm geflirtet, mehr nicht. Oscar will sie heiraten? Ist das real oder träume ich? Sie würde dafür sorgen, dass ich ihr das nicht versaue. Spinnt die? Sie mixt mir etwas in den Kaffee. K.-o.-Tropfen können es nicht sein, ich bin immer müde, fühle mich wie unter einer Glocke. Schlaftabletten? Der Brei, den sie mir löffelweise in den Mund schiebt, schmeckt widerlich. Ein Wunder, dass ich den bei mir behalte. Gleich fallen mir die Augen zu. Auch nicht schlimm, dann fällt das Warten nicht so schwer. Das Warten auf was?

Emile läuft neben mir im heißen Sand. Das tiefblaue Wasser ist durchsichtig, ich sehe kleine, silbrige Fische auf dem Grund herumflitzen. Emile hebt mich auf ein Brett, ich surfe auf den Wellen, wie schön. Emile schiebt mir ein Stück Baguette in den Mund, aber es schmeckt nach Metall. Ich würge, muss husten. Warum macht er das? Eine Frau schnauzt mich an. Ich versinke im Meer. Immer tiefer zieht es mich unter Wasser. Meine Augen kleben zusammen. Ich blinzele, es ist finster um mich herum. Stimmen kommen von weit her. Ich möchte schreien, brüllen, kreischen. Etwas versperrt meinen Mund.'

Mittwoch, 31. August

1

Um neun Uhr meldete sich eine Frau. „Ich bin mir nicht sicher", begann sie. „Es ist ja auch schon ein paar Tage her. Ich habe meine Schwiegermutter in Nizza besucht, deswegen melde ich mich erst jetzt."

„Ich höre", sagte Catherine.

„Es war am Sonntag vergangener Woche. Wir waren mit ein paar Freunden im Sun-Beach am Hafen. Mein Mann hatte nämlich Geburtstag."

Catherine malte Kreise auf einen Block.

„Hören Sie mir überhaupt zu?", fragte die Frau. Sie klang gereizt.

„Natürlich. Sie waren im Sun-Beach."

„Es muss nach zehn gewesen sein, als dort eine junge Frau hereinkam. Sie war recht wütend. Die Art, wie sie zur Theke ging, wie sie den Drink hinunterstürzte. Dann kam eine weitere Frau. Sie ging zielstrebig auf die andere zu und sprach sie an."

„Kannten sich die beiden?"

„Küsschen haben sie sich nicht gegeben. Aber später sind sie zusammen weggegangen. Beim Hinausgehen sah ich das Gesicht der jungen Frau. Ich glaube, dass es die ist, die Sie suchen. In der Zeitung war ja ein Foto von ihr abgebildet."

„Können Sie mir auch die Frau beschreiben, die sie begleitet hat?"

„Nicht genau. Ich habe ja mehr auf die junge Frau geachtet. Ich muss nachdenken. Normal groß, dunkle Haare, normale Figur."

„Älter oder jünger?"

„Nicht jung, also kein Teenager."

„Würden Sie sie wiedererkennen?"

„Eher nicht."

Catherine notierte Namen und Telefonnummer und dankte für die Aussage. Enttäuscht legte sie das Telefon weg.

1

Sylvie geriet in Panik. Ein gurgelndes Geräusch und bestialischer Gestank drangen aus dem engen Badezimmer. Hektisch wählte sie die Handynummer ihrer Mutter. „Der Teilnehmer ist zurzeit nicht erreichbar." Wen sollte sie fragen? Ihre Mutter würde in den nächsten drei Stunden nicht nach Hause kommen. Zu den Nachbarn hatte sie wenig Kontakt. Außerdem arbeiteten die meisten tagsüber. André hätte sie fragen können, aber der war tot. Ihren Opa in Montagnac konnte sie auch nicht mehr fragen. Er war vor einem halben Jahr an Corona verstorben. Oma Olivia konnte sich seit ihrem Schlaganfall kaum verständlich machen.

In der Garage müsste ein altmodischer Pömpel stehen. Sie rannte durch die hintere Terrassentür zur Garage. Sie war abgeschlossen. Sie rüttelte heftig an der Tür, aber sie bewegte sich keinen Zentimeter. Könnte der Pömpel woanders sein? Auf dem Dachboden? Sie rannte die schmale Treppe nach oben, wühlte hektisch in den alten Sachen, die ihre Mutter nicht wegwerfen wollte. Einen Pömpel fand sie nicht. Sie könnte zu ihrer Mutter rennen, es war nicht allzu weit. Andererseits war sie völlig ausgerastet, als sie vor ein paar Wochen zu ihr gekommen und von der durchgeknallten Sicherung berichtete. Im Geschäft selbst war ihre Mutter freundlich und höflich mit ihr umgegangen, aber zu Hause hatte sie ihr die Hölle heiß gemacht. Jetzt traute sich Sylvie nicht, sie noch einmal im Supermarkt aufzusuchen.

Wenn sich der Unrat weiter nach oben drückte, würde er dann ins Badezimmer quellen? Sylvie wollte sich das nicht vorstellen. Sie suchte mit zitternden Fingern im Telefonbuch nach der Nummer eines Klempners, fand eine und wählte sie. Im letzten Augenblick fragte sie nach dem Preis. „Hat sich erledigt", murmelte sie und legte auf. Es musste irgendwo noch einen Ersatzschlüssel für die Garage geben. Früher hatte immer einer am Garderobenbrett gehangen. Sie nahm sich alle dort hängenden Schlüssel vor, der passende für die Garage fehlte. Eine Möglichkeit gab es noch. In einer Metalldose, in der einmal bretonische Kekse gewesen waren, bewahrten sie allerlei alte Exemplare auf, von denen keiner mehr wusste, zu welchem Schloss sie gehörten. Sie nahm die ganze Dose mit zu dem Garagentor, probierte einen Schlüssel nach dem anderen aus. Als sie schon fast aufgeben wollte, fand sie den richtigen. Sie hätte heulen können vor Erleichterung. Jetzt brauchte sie nur noch den Pömpel.

Sie suchte im Regal rechts, sie suchte im Regal links, sie öffnete den Schrank, der fast am Ende des Raumes stand. Die Schranktür quietschte beim Öffnen. Sie öffnete eine weitere Tür. Auch sie knarzte, aber da war noch ein anderes Geräusch. Hoffentlich keine Ratte, die sie aufgeschreckt hatte. Wieder hörte sie etwas. Es klang wie menschliches Stöhnen. Vor Schreck hielt Sylvie die Luft an. Sie hoffte, sie habe sich verhört. Fast wäre sie panisch nach draußen gerannt. Sie hatte Angst vor dem, was sie hinter dem Schrank erwartete. Der Klagelaut hörte sich an, als würde er durch ein Stück Stoff gepresst. Sylvies Herz klopfte. Dann dachte sie an André. Er würde sofort nachschauen. Sie wagte einen Schritt, lugte um die Ecke. Sie hielt sich die Hand vor den Mund, um nicht laut aufzuschreien.

2

Vor Sylvie saß ein Häuflein Elend. Die Frau war mit Händen und Füßen an einen Stuhl gebunden, der Mund mit einem breiten Klebestreifen verschlossen. Ein schwarzer Schal um die Augen hinderte sie am Sehen. Die Frau gab unverständliche Laute von sich. Sylvies Knie zitterten. Sie atmete hektisch, um sich von ihrem Schock zu erholen. „Warte", flüsterte sie. „Keine Angst." Sie löste behutsam den Schal. Dann wich sie vor den schreckgeweiteten Augen zurück. Jetzt zitterten auch ihre Hände. „Soll ich Ihnen das Pflaster abnehmen? Das tut vielleicht weh", sagte Sylvie.

Die Frau nickte schwach. Sylvie hatte schon oft Pflaster bei ihren jüngeren Geschwistern abgezogen. Sie musste es mit einem einzigen, kurzen Ruck schaffen. Ihr Herz klopfte. Es klappte nicht. Die Frau schrie. Sylvies Finger zitterten unkontrolliert. „Es geht nicht anders", entschuldigte sie sich. Sie probierte es noch einmal. Diesmal gelang es. „Danke", hauchte die Frau. Tränen liefen ihr übers schmutzstarrende Gesicht. Die Stricke waren fest verknüpft. Sylvie bekam noch mehr Angst. „Ich hole ein Messer."

Sie rannte in die Küche. Fast wäre sie gestolpert. In Windeseile kehrte sie mit dem großen Brotmesser zurück. Die Stricke sperrten sich. Sylvie säbelte fieberhaft. Sie hatte die Frau noch nie gesehen. Endlich, der Hanf gab nach, teilte sich in der Mitte. Die Misshandelte wollte aufstehen, fiel aber sofort zurück auf den Stuhl.

„Ich hole Wasser", krächzte Sylvie. Sie sprang in die Küche, rannte mit einem Glas zurück in die Garage. Die Frau trank in kleinen Schlucken, hustete, trank noch ein bisschen. „Wie heißen Sie?", fragte Sylvie.

„Odette."

Odette kämpfte sich hoch, schwankte, biss die Zähne zusammen. Sylvie erkannte, dass sie wegwollte, fliehen, raus aus dem Gefängnis, raus aus der Garage, raus aus dem Muff. Sie strengte sich an, schleppte sich im Kreis herum.

„Soll ich Sie stützen?", fragte Sylvie.

„Nach draußen?"

Sylvie bedeutete ihr, ihr zu folgen. Sie geleitete sie durch den schmalen Gang, der von der Garage zur Küche und zum Flur nach draußen führte. „Brauchen Sie wirklich keine Hilfe?", fragte Sylvie. Sie fühlte sich schuldig. Man hatte die arme Frau in ihrem Haus gefangen gehalten, sie hungern und dürsten lassen. Sie wollte Odette eine Hand geben, um sie sicher durch den Vorgarten bis zur Eingangstür zu bringen. Odette wies die Hand von sich. Draußen auf der Rue Beau Rivage flüsterte sie leise „Danke" und brach zusammen.

Sylvie rannte ins Haus, in ihr Zimmer, stürzte sich aufs Bett und weinte. Was hatte ihre Mutter getan? Den Gestank aus dem Badezimmer hatte sie vergessen.

Als es an der Tür klingelte, stopfte sie sich ein Kissen über den Kopf und ignorierte das Schellen.

3

Der Anruf von Colette Caumel elektrisierte Catherine. Aufgeregt sagte sie: „Wir haben sie schon einmal vernommen. Da wirkte sie heiter und völlig normal. Ich glaube, sie versuchte sogar, mit uns zu scherzen." Joseph wartete, bis sie aufgelegt hatte. „Wir haben sie."

„Wen?"

„Emma Saumade. Ihre DNA stimmt mit der überein, die wir an dem Teddybären gefunden haben."

„An welchem Teddybären?"

„Habe ich das nicht berichtet?" Catherine wurde rot. „Habe ich wahrscheinlich verdrängt", entschuldigte sie sich. „Bei dem Jungen wurde ein kleiner Teddy gefunden. Nirgends sonst gab es DNA-Spuren und die wenigen Fusseln stimmten mit keiner gespeicherten DNA überein. Aber jetzt."

„Worauf warten wir noch?" Das war keine Frage. Joseph und Catherine rannten zu ihrem Einsatzwagen.

4

Die Helligkeit, die Hitze, die Erleichterung, dem dunklen Verlies entkommen zu sein, all das war zu viel für Odette. Schluchzend lag sie auf dem Gehsteig. Es war ihr gleichgültig, was um sie herum passierte. Ein schmaler Mann fragte, ob ihr etwas fehle. Sie hörte es nicht. Sie wollte frei sein, frische Luft einsaugen, schlafen. In der Ferne jaulten Sirenen, jemand legte sie auf etwas Weiches, zwei Hände wickelten sie in eine Decke, sie wurde hochgehoben, in einen Wagen geschoben. Es rüttelte, es rollte, es tropfte, es roch nach Desinfektionsmitteln. Sie wurde ausgeladen, gerollt. Jemand hielt ihre Hand, flüsterte ihr etwas ins Ohr. Es rollte, es ruckelte, es rollte, dann stand es still. Sie blinzelte, schaute Emile an. Emile ganz in Weiß? Es war so hell. Emile trug nie weiße Schürzen. „Ich bin doch keine Krankenschwester", hatte er gespottet. „Wie geht es Ihnen?" Das war nicht Emile. „Wer sind Sie?", lallte sie. „Da ist jemand von der Gendarmerie. Könnten Sie Lieutenant Pinel ein paar Fragen beantworten?" „Vielleicht", murmelte Odette.

Ein großer Mann mit Locken kam herein, lächelte sie an. „Guten Tag. Können Sie mir ein paar Fragen beantworten?" Odette nickte. „Gut, ich möchte nur wissen, wer Sie eingesperrt hat. Die Leute, die Sie auf der Straße aufgelesen haben, sagten, Sie seien aus einer Toreinfahrt gekommen und sofort zusammengebrochen."

„Putzfrau … Melrose. Streit …", nuschelte Odette.

„Danke, das wissen wir schon. Sie hatten einen Streit mit Ihrem Freund Emile. Was ist danach passiert? Erinnern Sie sich?" Der Mann beobachtete ihre Lippen. „Ich … vergessen. … in einer Bar … hat mich eingeladen …"

Odette war erschöpft. Immer wieder fielen ihr die Augen zu. Sie weinte. „Weiß nicht, …Garage."

„Wie heißt die Putzfrau?"

„Emma", flüsterte Odette und schloss die Augen.

„Danke, Sie haben uns sehr geholfen. Werden Sie gesund. Ruhen Sie sich aus." Lieutenant Pinel zog leise die Tür des Krankenzimmers zu. Er konnte nicht verhindern, dass ihm Tränen übers Gesicht liefen.

5

Draußen auf dem Flur rief er seine Kollegen an. Sie waren bereits in der Rue Beau Rivage. Emma Saumade war nicht zu Hause.

Danach informierte er Colette Caumel über die Garage. Colette wusste, was zu tun sei. Er rief Marc an, der würde den Untersuchungsrichter um eine Eilgenehmigung bitten. Als alles erledigt war, atmete er auf.

6

Joseph und Catherine riefen in der Gendarmerie an. Gloria wusste, wo sie Emma Saumade antreffen würden. Sie fuhren hin. Bis zum Supermarkt waren es weniger als zweihundert Meter. Catherine und Joseph gingen direkt zum Personaleingang des Supermarktes an der Route de Montpellier.

Die Frau ließ Emma Saumade ausrufen. Sie erschien nach wenigen Minuten und begrüßte sie freundlich. „Ist Ihnen in der Uniform nicht viel zu heiß?", scherzte sie. „Tragen Sie in diesen Tagen Kühl- statt Schutzwesten?", schob sie hinterher.

Keiner der Gendarmen lachte. Sie baten Emma höflich, mit ihnen zu kommen. „Das ist aber ein enormer Personalaufwand für eine Zeugenbefragung", sagte Emma. Im Verhörraum der Gendarmerie beteuerte sie, es müsse sich um eine Verwechselung handeln. „Bitte, benachrichtigen Sie meine Tochter, dass ich später komme. Sie macht sich sonst Sorgen wegen des Mittagessens für ihre Geschwister."

Catherine erklärte ihr, dass ihre Kollegen auf dem Weg zu Sylvie seien und die Kinder betreuen würden.

Joseph bereitete das Verhör mit Emma Saumade vor.

Arnaud, Rifaud und Gloria fuhren zur Rue Beau Rivage.

7

Als es Sturm schellte, schlich Sylvie die Treppe herunter. Sie öffnete Colette Caumel die Tür. Die sah Sylvies hängende Schultern und ihren leeren Blick und wusste, was das bedeutete. Sie forderte das Mädchen auf sich zu setzen und auf der Stelle ein Glas Wasser zu trinken. Dann rief sie das Krankenhaus in Sète an. „Irène, schicke mir bitte sofort einen Krankenwagen in die Rue Beau Rivage in Mèze? … Ja, es ist dringend."

Sie blieb bei dem Mädchen sitzen, bis sie diese in die Obhut eines Pflegers geben konnte. An der Tür klammerte sich Sylvie plötzlich an Colette. „Meine Geschwister", stammelte sie. „Sie sind noch in der Schule und kommen um vier Uhr nach Hause." Sylvie trocknete ihre Tränen an dem Taschentuch, das Colette ihr gegeben hatte. „Victor ist an der Ecole Maternelle Jules Vernes, das ist direkt neben dem Bürgermeisteramt, Lisa kommt mit dem Bus nach Hause." In diesem Augenblick erreichte Arnaud die Außentür. Colette bat Arnaud, Victor von der Schule abzuholen.

„Und was mache ich dann mit ihm? Ich bin doch kein Kindermädchen", beschwerte er sich. „Wir schalten das Jugendamt ein. Arnaud, findest du bitte die Nummer heraus und rufst dort an? Sag' ihnen, dass es ein Notfall ist. Mache es dringend."

Arnaud ging ein paar Schritte in den Garten, rief wiederholt beim Amt an und wurde schließlich verbunden. Er schilderte das Problem und schaffte es sogar, soviel Druck zu machen, dass sich die Frau nicht mit Arbeitsüberlastung herausreden konnte. Gloria schnappte auf, wie Arnaud die Frau schließlich anschrie: „Sollen wir sie vielleicht in unserer Zelle einsperren?" Sich empört Luft machend kam er zu Colette und Gloria zurück. „Was kann ich dafür, wenn sie überall am Personal sparen."

Colette Caumel war froh, dass dieser Teil geregelt war. Ihre Mitarbeiter stellten die Garage routiniert auf den Kopf. Modriger Geruch, aufwirbelnder Staub, Spuren von Motorenöl und Pinselreiniger drangen in ihre Nasen. Dass Emma Saumade zwischen verbeulten Fahrrädern, Farbresten, Kübeln und Eimern noch einen Platz gefunden hatte, um einen Menschen zu verstecken, erstaunte sie. „Hier", rief ihre Assistentin. Zwischen einem ausgemusterten Schrank, einem schmalen, blinden Fenster unterhalb der Decke und einer fleckigen Mauer befand sich ein winziger Gang, an dessen Ende ein farbbekleckster Holzstuhl stand. Auf ihm klebte verkrustetes Blut. Durch das Fenster drang fahles Licht. Die Garage war von außen nicht einsehbar.

Stricke, hastig entknotet, lagen verstreut auf dem Boden. Ein vollgesabberter Knebel und abgerissenes Klebeband verteilten sich daneben, getrockneter Urin bedeckte die Fläche unter dem Stuhl. Colettes Gehirn drehte einen Film, den sie nicht stoppen konnte. Emma Saumade band Odette fest, schlug sie, zog ihr eine Peitsche über den Rücken. Sie lachte böse, ergötzte sich an dem Leid der anderen. Aus welcher Quelle nährte sie ihre bösartige Energie?

Gab es eine Verbindung zu dem Tod von André Caussel? Elsa Toulouse hatte sie informiert. Eine horizontale Strangfurche wies darauf hin, dass André nicht nur erdrosselt, sondern im Nachhinein aufgehängt worden war. Wusste die Täterin, der Täter nicht, was sie oder er wollte? Wie er oder sie den Mord ausführen könnte? Sollte durch das Erhängen die Tat verschleiert, als Suizid dargestellt werden? Sollte es Emma sein, musste sie ihren Plan mehrmals geändert haben, sonst hätte sie André nicht an einen anderen Ort gebracht. Welche Rolle spielte der Teddybär, den sie ihm neben das Gesicht gelegt hatte?

In dem Schrank stand eine Plastikkiste mit Kabelbindern und dünnen Drähten. An ihnen klebte Blut. Außerdem fand Colette einen abgebrochenen Fingernagel und ausgerissene Haare. Colette hatte genug gesehen. Sie trat vor die Tür und rief Catherine an. Sie erklärte ihr, dass sie das Blut und die anderen Beweisstücke so schnell wie möglich kriminaltechnisch untersuchen werde.

Auf der gegenüber liegenden Straßenseite bildeten Schaulustige eine Menschentraube. Entsetztes Murmeln, ungläubiges Staunen, Raunen über das Unerhörte waberten bis zum Haus.

Arnaud nahm Gloria mit. „Sollen wir?", fragte er. Gloria überquerte mit ihm die Straße. Sie gingen auf die Traube zu. Die wichen zurück.

„Hat jemand von Ihnen etwas gesehen? Ist jemandem etwas aufgefallen?"

„Das stille Mädchen?"

„Das hätten wir ihr nicht zugetraut."

„Die Mutter? Niemals! Wie können Sie so etwas denken."

„Das muss ein Fremder gewesen sein."

„Keiner von hier. Keiner von uns tut so etwas."

Keiner hatte zugehört, hatte ihre Fragen verstanden. Gesehen, gehört hatte niemand etwas. Gloria diktierte die Namen aller Befragten und deren Adressen in ihr Handy.

„Wohnt außer Ihnen noch jemand hier, der momentan nicht anwesend ist?"

„Ja, Madame Dorléac, Jeanne Dorléac. Sie arbeitet als Krankenschwester in Sète. Bestimmt hat sie Frühschicht, dann kommt sie nicht vor sechzehn oder siebzehn Uhr nach Hause. Sie wohnt am Ende der Straße im rechten Haus." Gloria fügte den Namen und die Adresse hinzu. Dann kehrten sie dem Schauplatz den Rücken. Catherine hatte sie telefonisch gebeten, nach Sylvie zu schauen, die sich in der psychiatrischen Abteilung des Hôspitals Jules Falret in Sète befand.

8

Sylvie befand sich noch immer in einem schockähnlichen Zustand. Ihr Gehirn weigerte sich, einen Zusammenhang herzustellen. Diese Frau, Andrè, ihre Mutter. Es gab keine Verbindung. Die Psychologin, Madame Violet, stellte ihr einfache Fragen, sie reagierte kaum. Sie schaute auf den Tisch, an die Wand, aus dem Fenster. Sie erinnerte sich weder an den Namen der Frau, die sie befreit hatte, noch wusste sie, warum sie in die Garage gegangen war. Madame Violet empfahl, Sylvie vorerst von der neurologischen Abteilung des Centre Hospitalier Universitaire in Montpellier betreuen zu lassen. Wenn ihre dissoziative Amnesie vorübergehe, erleide sie vermutlich einen Nervenzusammenbruch.

Madame Violet erklärte Arnaud und Gloria den Sachverhalt. Sylvies bisheriges Weltbild sei gewaltsam zusammengebrochen. Dadurch könne sie den Anblick der dehydrierten, misshandelten Frau in der Garage nicht mit ihren Erinnerungen verbinden. Das sei eine extreme, mentale Belastung und dadurch werde das limbischen System blockiert. Sylvie könne Schuldgefühle wegen der Taten ihrer Mutter entwickeln und sich selbst dafür verantwortlich machen. Eine dissoziative Amnesie könne die Folge eines großen inneren Konfliktes sein.

Kaum hatten sie das Krankenhaus verlassen, wandte sich Arnaud an Gloria. „Hast du das verstanden?" „Du meinst dissoziative Amnesie? Sagt dir vorübergehender Gedächtnisverlust mehr?" „Das heißt, sie wird wieder normal?" Sein verdutzter Gesichtsausdruck veranlasste Gloria, ihm freundschaftlich auf die Schulter zu klopfen. „Es wird dauern, aber ja, irgendwann wird sie wieder normal."

Nachdenklich fuhren Arnaud Pinel und Gloria Zhou zum Supermarkt, um die Arbeitskollegen von Emma Saumade zu befragen.

„Ist das normal?", fragte Gloria. „Wochenlang passiert überhaupt nichts und dann überschlagen sich die Ereignisse. Ich habe das Gefühl, als würde alles über mir zusammenbrechen."

„Du wolltest doch wissen, wie es in der Praxis läuft. So kann es gehen. Man stochert unendlich lange im Nebel, hört Hunderte von Zeugen an und irgendwann, wenn man schon glaubt, man findet nichts mehr, platzt die Blase und findet den oder die Täter."

„Vielleicht studiere ich doch lieber Medizin", sagte Gloria und starrte auf die Straße.

9

Die Chefin Madame Sorel und eine Arbeitskollegin, Madame Pécresse, warteten schon auf die Gendarmen.

Madame Pécresse berichtete, dass Emma sehr stolz auf ihre Kinder sei. Sylvie sei so erwachsen, so vernünftig. Sie helfe im Haushalt mit und versorge ihre Geschwister. Sogar die Wäsche könne sie ihr bedenkenlos überlassen. Die jüngere Tochter Lisa sei ihre beste Freundin. Von einem Freund habe sie nur einmal kurz etwas gesagt. Das sei nichts Ernstes, um das man sich Sorgen machen müsse. Für Sylvie komme ein besonderer Mann, da sei sie sich sicher.

Die Chefin, Madame Sorel, warf ein, Emma habe sich oft widersprochen. Anfangs habe sie mit Sylvies Vernunft angegeben, später habe sie behauptet, Sylvie sei zu verspielt.

Madame Pécresse ergänzte, dass Emma vor einem Jahr total verliebt gewesen sei. Sie habe ihr sogar das Foto des Mannes gezeigt.

Er habe älter, aber sehr attraktiv ausgesehen. Ein beeindruckend schöner Mann. Emma habe oft betont, dass er ihre Kinder sehr gemocht habe. Wohlhabend sei er. Emma habe immerzu davon gesprochen, dass er sie eines Tages heiraten würden. Dann brauche sie nicht mehr an der Kasse sitzen und zu jedem Idioten freundlich sein. Manchmal träumte sie davon, dass Sylvie ihr Abitur nachholen und studieren könne. Sie war fröhlich und guter Dinge.

Ein paar Monate später sei sie jedoch total verheult zur Arbeit gekommen. Sie sei nicht ansprechbar gewesen, habe nichts erzählt.

„Ich bin mir sicher, dass es mit dem Freund zu tun hatte. Nach ein paar Tagen war sie wieder die alte, aber nicht mehr so euphorisch“, sagte Madame Pécresse.

Madame Sorel mischte sich ein. An dem Tag nach ihrem Geburtstag sei sie wieder aufgeblüht. Sie habe immer wieder ein Amulett aus Silber angefasst, wenn sie glaubte, dass sie nicht beobachtet werde. Plötzlich habe sie auch Herrendüfte benutzt.

„Irgendwann hat sie mir in einer Pause erzählt, wer der Glückliche sei, nämlich Oscar Melrose, der Eigentümer der Ferienanlage. Aber vor ungefähr vier Wochen war plötzlich alles wieder wie vorher. Sie kam schlecht gelaunt zur Arbeit, klagte über Kopf-, Zahn- und Rückenschmerzen und griff mehrmals am Tag zu ihren Schmerztabletten.“

„Vor zwei Wochen war sie plötzlich wieder normal“, sagte Madame Pécresse. „Während der Mittagspause deutete sie an, dass sie nun endlich heiraten werde. Oscar müsse nur noch die Scheidung von seiner Frau abwarten. Sie lächelte sogar, als sie mir verriet, dass sie vielleicht zusammen von hier weggehen würden.“

„Wir danken für Ihre Hilfe“, sagte Arnaud und schaltete das Diktiergerät ab.

„Manisch-depressiv?“, fragte er, als sie im Auto saßen. „Keine Ahnung“, sagte Gloria und gähnte. Es war fast sieben Uhr abends.

10

Ihr Dienstschluss war längst überschritten. Colette hatte sich selbst übertroffen. Kurz, bevor Catherine und Joseph Emma Saumade in den Verhörraum baten, hatte sie ihnen die Ergebnisse ihrer Untersuchung mitgeteilt. Das Blut ließ sich eindeutig André zuordnen. Der abgebrochene Fingernagel und die ausgerissenen Haare stammten von Odette.

„Ich bin gespannt, welche Geschichte uns Madame Saumade erzählt", sagte Catherine, bevor sie die Tür zu dem kahlen Raum öffnete, an dessen Tisch Emma Platz genommen hatte. Catherine schaltete ihr Aufnahmegerät ein, nannte Datum und Zeit der Aufzeichnung und eröffnete das Gespräch.

„Was hat André Ihnen getan?"

„Er wollte mein Leben zerstören."

„Ihr Leben?"

„Er wollte mir Sylvie wegnehmen."

„Wie hat er das gemacht?"

„Er hat sie überredet, er wollte ihr Drogen geben."

„Haben Sie das gesehen?"

„Wenn sie nach Hause kam, rochen ihre Kleider nach Marihuana."

„Sie haben also nicht selbst gesehen, dass André ihr Marihuana gegeben hat?"

„Sylvie war verstört, wenn sie nach Hause kam. Das konnte ich nicht zulassen."

Emma Saumade schwieg, schaute auf den Boden, sie vermied den Blickkontakt mit Catherine Rozier.

„Sie haben trotzdem mit André getanzt."

„Das haben Sie mich schon einmal gefragt."

Emma Saumade schaute aus dem Fenster. Plötzlich sagte sie trotzig: „Sylvie ist zu jung für ihn."

„Deswegen haben Sie eine Liebesbeziehung mit ihm begonnen?"

„So alt bin ich nicht. Es gibt viele Paare, in denen die Frauen älter sind."

„Sie wollten Ihrer Tochter den Freund ausspannen?"

„Sylvie hat keine Zeit für einen Freund. Sie hilft mir im Haushalt, im Garten, heiraten kann sie später.“

„Wie alt waren Sie, als Sie geheiratet haben?“

„Das war ein Fehler. Aber es tut nichts zur Sache.“

„Sie haben ihm den kleinen Teddy mitgegeben, warum?“

„Er hat Sylvie gehört, als sie klein war. Er sollte nicht so allein im Wald liegen.“

„Der Teddy oder André?“

„André.“

„Wann haben Sie André zum letzten Mal getroffen?“

„Donnerstag? Freitag? Ich weiß es nicht.“

„Was ist am Freitag passiert?“

„Gar nichts ist am Freitag passiert.“

„Hat er mit Ihnen Schluss gemacht?“

Emma Saumade biss sich auf die Lippen, ihre Wangenmuskeln spannten sich.

„Er hat mich beleidigt“, stieß sie aus. „Er war gemein zu mir.“

Sie sprach leise. Catherine musste sich anstrengen, um sie zu verstehen.

„Sie haben versucht, André mit einem Kabel zu erdrosseln. Haben Sie ihn vorher betäubt?“

Schweigen.

Catherine ging nach draußen, um sich mit Joseph zu beraten. Dann versuchte sie noch einmal. „Haben Sie ihn betäubt“, wiederholte sie ihre Frage.

„Ich bin unschuldig“, schrie Emma. „André ist in meine Garage eingebrochen. Er ist auf einen Stuhl gestiegen und hat sich einen Gürtel umgelegt, dann ist er heruntergesprungen. Nach zehn Sekunden war er tot.“

Ihre Augen glänzten unnatürlich.

„Warum haben Sie das nicht gemeldet?“

„Man hätte mir nicht geglaubt. Sie glauben mir ja jetzt auch nicht.“

„Wer hat ihm die Striemen auf dem Rücken beigebracht? Ist er vor seinem Tod über einen Stacheldrahtzaun gerobbt?“

Catherine brauchte eine Pause. Sie würden ein psychiatrisches Gutachten einholen. Sie bat Joseph, das Verhör fortzusetzen.

Als er den Raum betrat, blühte Emma Saumade auf. Sie strich sich die Haare glatt, schaute Joseph erwartungsvoll an.

„Ich bin Capitaine Leroux. Warum haben Sie Odette entführt und misshandelt?"

„Sie hat mir Oscar weggenommen."

„Oscar ist mit Maggie verheiratet."

„Oscar liebt mich. Wir wollen heiraten, wenn er von Maggie geschieden ist."

„Aber Odette war mit Emile Scolaire, dem Koch liiert."

„Sie stellte Oscar nach, zog Kleider mit einem tiefen Ausschnitt an, wuselte ständig um ihn herum. Sie hätten sehen sollen, wie sie sich geschminkt hat. Wie eine Nutte."

„Wie lange arbeiten Sie samstags bei den Melroses?"

„Von morgens neun bis achtzehn Uhr."

„Sind Sie offiziell angestellt?"

„Ich bekam meinen Lohn immer bar."

Joseph machte sich Notizen. „Haben Sie neben Ihrer Tätigkeit im Supermarkt noch mehr Putzstellen?"

„Ja, habe ich. Eine bei einem Zahnarzt in Florensac und eine bei einem Metzger in Loupian."

„Wann begann Odettes Dienst?"

„Sie kam immer eine Viertelstunde früher. Sie gab vor, Emile in der Küche zu helfen. In Wirklichkeit lauerte sie Oscar auf."

„Haben Sie Odette gefragt, ob sie ein Verhältnis mit Oscar hat?"

„Sie hat es abgestritten, aber sie lügt."

„Oscar Melrose bestreitet, eine Beziehung zu Ihnen zu haben."

„Er kann es öffentlich nicht zugeben. Nicht, bevor er von Maggie geschieden wurde."

„Wann haben Sie sich mit Oscar getroffen?"

„Wenn ich die Zimmer gereinigt habe, kam er manchmal vorbei. Dann hat er mich heimlich geliebt."

Catherine betrat den Verhörraum und setzte sich.

„Wie haben Sie Odette in ihr Haus gelockt?

„Das war einfach. Ich traf sie Sonntagnacht zufällig in einer Bar. Sie sah mitgenommen und wütend aus. Ich habe sie auf ein Glas Rotwein zu mir eingeladen. Sie sagte, das sei sehr freundlich. Ihr Freund habe sie belogen und betrogen.“

„Waren Ihre Kinder nicht im Haus?“

„Sie schliefen.“

„Wie ist sie in die Garage gekommen?“ Emma lachte hysterisch. „Ich sagte, dort stehe eine hübsche Kommode, die ich in meinem Wohnzimmer nicht unterbringen könne. Ich würde sie ihr schenken, falls sie ihr gefalle.“

„Sie ist also freiwillig mitgegangen. Was haben Sie dann gemacht?“

„Ich habe sie betäubt, gefesselt und an einem Stuhl festgebunden. Ach ja, und ihr einen Knebel in den Mund gesteckt, damit sie die Nachbarn nicht erschreckt.“

„Woher hatten Sie ein Mittel zum Betäuben?“

Emma Saumade wurde unruhig, schaute zur Decke, zum Boden, antwortete nicht.

„Haben Sie es in der Zahnarztpraxis entwendet?“, fragte Joseph.

„Der Schrank war nicht abgeschlossen“, gab Emma zu.

„Ist dem Zahnarzt nicht aufgefallen, dass ihm Lidocain fehlte?“

„Er hat es seiner Assistentin in die Schuhe geschoben.“

„Sie haben Odette in ihrer Garage gefangen gehalten. Warum?“

„Sie sollte leiden, so, wie ich gelitten habe.“

„Sie haben gelitten?“

„Mein Vater hat mich im Keller eingesperrt, wenn ich gelogen habe. Dann musste ich so lange im Dunklen sitzen, bis ich die Wahrheit gesagt habe.“

„Wie lange hat Ihr Vater Sie eingesperrt?“

„Lange.“

„Wie alt waren Sie zu dem Zeitpunkt?“

„Zehn, elf?“

„Haben Sie oft im Keller gesessen?“

„Er war nicht mein richtiger Vater. Er hat mich verachtet. Wenn ich etwas angestellt habe, sagte er mir, ich sei ein Bastard, ein unnützes Balg, das seine viel zu mitleidige Frau großgezogen habe.“

„Was hatten Sie mit Odette vor?“

„Sie hat mich angespuckt. Ich musste sie bestrafen.“

„Für das Spucken?“

„Sie hat mich ausgelacht. Sie sagte mir, Oscar würde sich niemals auf mich einlassen. Da habe ich ihr das Maul gestopft.“

Plötzlich sprang sie auf und tobte: „Sie haben mir meine Kinder weggenommen. Sie brauchen mich.“ Sie warf sich vor Leroux auf die Knie, umklammerte seine Unterschenkel und schluchzte: „Er hat mich dazu getrieben. Ich kann nichts dafür. Ich wollte meine Kinder schützen. André wollte Sylvie ermorden, das konnte ich nicht zulassen, da habe ich eingegriffen.“

Joseph brauchte Kraft, um sich aus ihrem Klammergriff zu befreien. „Also haben Sie ihn umgebracht, ja oder nein?“

„Ich musste es tun“, kreischte sie. „Er ist des Teufels.“

Joseph ließ Emma Saumade in Handschellen abführen. Er forderte einen Wagen an, der Emma in die forensische Psychiatrie frachte. Anschließend informierte er Marc und den Untersuchungsrichter.

11

Wie betäubt hatten sich all im Büro der Gendarmerie versammelt. Joseph fand als erster die Sprache wieder.

„Welchen Tag haben wir heute?“, fragte er.

„Donnerstag“, brüllten Catherine, Arnaud, Gavin Rifaud und Gloria wie aus einem Munde.

„Genau“, stimmte Claude zu, der bei dem Krach aus seinem Kabuff stürzte.

„Ab sofort haben wir bis Montag dienstfrei“, verkündete er. „Wer übernimmt die Stallwache?“

Sie fanden einen jungen Gendarmen, der mit ihrem Fall nichts zu tun hatte. Er übernahm den Dienst.“

Sie fuhren zu ihrer Außendienststelle, in das La Permanence Le Tabou.

Mit einer Flasche Rosé versuchten sie, die Bilder der vergangenen Stunden hinweg zu spülen. Eine diskrete Meeresbrise fegte die schweren Gedanken fort, und der reichhaltige Käseteller sorgte dafür, dass sie wieder Boden unter ihren Füßen spürten. Verena brachte Nachschub und spendierte jedem ein Schälchen mit dunkel glänzenden Oliven und salzigen Nüssen.

„Santè! Auf eine friedliche Welt."

Sie prosteten sich zu, als ein extrem lauter Knall aus der Richtung von Montagnac zu hören war.

„Darum kümmern wir uns am Montag", verkündete Leroux.

12

Abends kuschelte sich Catherine in der neu erworbenen Hollywood-Schaukel eng an Marc. Sie schnupperte an seinem Hals und knabberte ein bisschen an seinem Ohr. Er gurrte und schnurrte genüsslich. „Mehr, mehr", forderte er, aber Catherine war nach der Anspannung der letzten Tage noch nicht zu mehr aufgelegt. Ihr stand der Sinn nach Albern.

„Ich glaube", sagte sie und betrachtete Marc eingehend, „du gehörst zu dem Typus Hase".

„Hase? Wieso Hase? Ich mümmele keine Karotten und lange Ohren habe ich auch nicht. Oder hoppele ich beim Laufen?"

„Nichts dergleichen", kicherte Catherine. „Mir ist ein Buch von John Cleese in die Hände gefallen."

„Du hast noch Zeit zum Lesen gefunden? Ist mir gar nicht aufgefallen."

„Falsche Frage. Du sollst mich fragen, ob John Cleese derjenige ist, der bei Monty Python mitgemacht hat."

„Ja und? Ist es der? Und wenn ja, was willst du mir von ihm erzählen?"

„Der zitiert etwas sehr Interessantes von Guy Claxton. Es handelt von der Art zu Denken und dementsprechend von der Art und

Weise, um Lösungen zu finden." „Brauchen wir das für unsere Kriminalfälle?", fragte Marc unwirsch. Er hätte lieber weiter mit Catherine Sterne gezählt oder Vergleichbares.

„Hör doch mal. Die Hase-Denkweise zielt auf Vernunft und Logik ab, auf flinkes, zielgerichtetes, überlegtes und bewusstes Denken. Darin sind wir geübt." „Ich kenne Menschen, die überhaupt nicht denken."

„Ja, aber, es ist interessant, sich auch mit der Schildkrötendenkweise zu befassen. Sie bevorzugt verspieltes, langsameres Beschäftigen mit den Dingen. In verzwickten, rätselhaften oder zweifelhaften Situationen verspricht die langsamere Herangehensweise größere Erfolge. Wenn wir mit der uns vertrauten Logik nicht weiterkommen, müssen wir unbekannte Wege gehen. Beide Denkweisen sind gleichwertig. Die eine ist genauso intelligent wie die andere. Aber: Hörst du mir überhaupt zu?"

Sanftes Schnorcheln beantwortete ihre Frage.

Ich danke allen, die mich bei der Entstehung dieses Buches beraten und tatkräftig unterstützt haben. Wie immer danke ich Jan für mehrfaches Korrekturlesen, seine Anregungen, und die leckeren Mahlzeiten, mit denen er meine Arbeit versüßt hat, Birgit und Sylvia für das Korrekturlesen.

Mein Dank gilt auch Lydia Benecke. Die Lektüre ihres Buches Psychopathinnen brachte mich auf die Idee, einen Charakter wie Emma in einem Roman darzustellen.

Selbstverständlich sind alle Personen frei erfunden, Ähnlichkeiten mit lebenden Personen sind rein zufällig.

¹ Siehe Bericht MDR, Tim Bartz u.a. vom 29.4.2021
² Kleine Kartoffeln, bei uns auch als Drillinge bekannt
³ Violette Kartoffeln

In der Krimi-Reihe von Johanna Huda sind bisher erschienen:

Der Gast aus La Lumière: Lieutenant Leroux' erster Fall (2016)

Im Wind verspielt: Capitaine Leroux' zweiter Fall (2017)

Der Schwan von Sète: Capitaine Leroux' neuer Fall (2018)

Die Madonna von Montbazin: Capitaine Leroux' vierter Fall (2019)

Schatten über dem Étang de Thau: Capitaine Leroux' fünfter Fall (2020)

Der Mord an Monsieur Bonmatin: Capitaine Leroux' sechster Fall (2022)

Erhältlich unter www.oldib-verlag.de oder im Buchhandel.